HEYNE <

Das Buch

Einst hat Phury seinen Zwillingsbruder Zsadist aus grausamer Gefangenschaft befreit. Doch obwohl seitdem mehr als ein Jahrhundert vergangen ist, heilen Zs Wunden nicht. Gezeichnet an Körper und Seele ist er wohl der düsterste und unheimlichste Krieger der Bruderschaft der BLACK DAGGER. Erst als er die schöne Aristokratin Bella trifft, die sich zu ihm hingezogen fühlt, erwacht in Zsadist plötzlich wieder ein Gefühl, das er längst für begraben hielt: Hoffnung. Doch auch sein Zwilling Phury, der in einem selbstauferlegten Zölibat lebt, zeigt Interesse an Bella. Als die junge Vampirin von der Gesellschaft der Lesser entführt wird, müssen die beiden Brüder ihre Schwierigkeiten überwinden und gemeinsam alles daransetzen, die Frau zu retten, die sie lieben …

Die BLACK DAGGER-Serie:

Erster Roman: Nachtjagd
Zweiter Roman: Blutopfer
Dritter Roman: Ewige Liebe
Vierter Roman: Bruderkrieg
Fünfter Roman: Mondspur
Sechster Roman: Dunkles Erwachen
Siebter Roman: Menschenkind

Die Autorin

J. R. Ward begann bereits während ihres Studiums mit dem Schreiben. Nach ihrem Hochschulabschluss veröffentlichte sie die BLACK DAGGER-Serie, die in kürzester Zeit die amerikanischen Bestseller-Listen eroberte. Die Autorin lebt mit ihrem Mann und ihrem Golden Retriever in Kentucky und gilt seit dem überragenden Erfolg der Serie als neuer Star der romantischen Mystery.

Besuchen Sie J. R. Ward unter: www.jrward.com

J. R. Ward

MONDSPUR

Ein BLACK DAGGER-Roman

WILHELM HEYNE VERLAG
MÜNCHEN

Titel der Originalausgabe
LOVER AWAKENED (PART 1)

Aus dem Amerikanischen übersetzt von Astrid Finke

FSC
Mix
Produktgruppe aus vorbildlich
bewirtschafteten Wäldern und
anderen kontrollierten Herkünften

Zert.-Nr. SGS-COC-1940
www.fsc.org
© 1996 Forest Stewardship Council

Verlagsgruppe Random-House FSC-DEU-0100
Das für dieses Buch verwendete FSC-zertifizierte Papier
Holmen Book Cream liefert Holmen Paper, Hallstavik, Schweden

Deutsche Erstausgabe 3/08
Redaktion: Natalja Schmidt

www.heyne.de
Printed in Germany 2008
Umschlagbild: Dirk Schulz
Umschlaggestaltung: Animagic, Bielefeld
Autorenfoto © by John Rott
Satz: Buch-Werkstatt GmbH, Bad Aibling
Druck und Bindung: GGP Media GmbH, Pößneck

ISBN 978-3-453-56511-1

Gewidmet: *Dir*
Niemand kann dir je gleichen.
Für mich … bist du der Einzige.
Mir fehlen die Worte dafür …

Danksagung

Mit unendlicher Dankbarkeit den Lesern der Black Dagger und ein Hoch auf meine Cellies!

Ich danke euch so sehr: Karen Solem, Kara Cesare, Claire Zion, Kara Welsh, Rose Hilliard.

Dank auch an die besten Zahnarztteams der Welt:
Dr. Robert N. Mann und Ann Blair
Dr. Scott A. Norton und Kelly Eichler
und ihre unvergleichlichen Mitarbeiter.

Und wie immer heißen Dank an meinen Exekutivausschuss: Sue Grafton, Dr. Jessica Andersen, Betsey Vaughan.

In Liebe zu meiner Familie.

Glossar der Begriffe und Eigennamen

Bannung – Status, der einer Vampirin der Aristokratie auf Gesuch ihrer Familie durch den König auferlegt werden kann. Unterstellt die Vampirin der alleinigen Aufsicht ihres Hüters, üblicherweise der älteste Mann des Haushalts. Ihr Hüter besitzt damit das gesetzlich verbriefte Recht, sämtliche Aspekte ihres Lebens zu bestimmen und nach eigenem Gutdünken jeglichen Umgang zwischen ihr und der Außenwelt zu regulieren.

Die Bruderschaft der Black Dagger – Die Brüder des Schwarzen Dolches. Speziell ausgebildete Vampirkrieger, die ihre Spezies vor der Gesellschaft der *Lesser* beschützen. Infolge selektiver Züchtung innerhalb der Rasse besitzen die Brüder ungeheure physische und mentale Stärke sowie die Fähigkeit zur extrem raschen Heilung. Die meisten von ihnen sind keine leiblichen

Geschwister; neue Anwärter werden von den anderen Brüdern vorgeschlagen und daraufhin in die Bruderschaft aufgenommen. Die Mitglieder der Bruderschaft sind Einzelgänger, aggressiv und verschlossen. Sie pflegen wenig Kontakt zu Menschen und anderen Vampiren, außer um Blut zu trinken. Viele Legenden ranken sich um diese Krieger, und sie werden von ihresgleichen mit höchster Ehrfurcht behandelt. Sie können getötet werden, aber nur durch sehr schwere Wunden wie zum Beispiel eine Kugel oder einen Messerstich ins Herz.

Blutsklave – Männlicher oder weiblicher Vampir, der unterworfen wurde, um das Blutbedürfnis eines anderen zu stillen. Die Haltung von Blutsklaven ist heute zwar nicht mehr üblich, aber nicht ungesetzlich.

Die Auserwählten – Vampirinnen, deren Aufgabe es ist, der Jungfrau der Schrift zu dienen. Sie werden als Angehörige der Aristokratie betrachtet, obwohl sie eher spirituell als weltlich orientiert sind. Normalerweise pflegen sie wenig bis gar keinen Kontakt zu männlichen Vampiren; auf Weisung der Jungfrau der Schrift können sie sich aber mit einem Krieger vereinigen, um den Fortbestand ihres Standes zu sichern. Sie besitzen die Fähigkeit zur Prophezeiung. In der Vergangenheit dienten sie allein stehenden Brüdern zum Stillen ihres Blutbedürfnisses, aber diese Praxis wurde von den Brüdern aufgegeben.

Doggen – Angehörige(r) der Dienerklasse innerhalb der Vampirwelt. *Doggen* pflegen im Dienst an ihrer Herrschaft altertümliche, konservative Sitten und folgen einem formellen Bekleidungs- und Verhaltenskodex. Sie können tagsüber aus dem Haus gehen, altern aber relativ rasch. Die Lebenserwartung liegt bei etwa fünfhundert Jahren.

Gesellschaft der *Lesser* – Orden von Vampirjägern, der von Omega zum Zwecke der Auslöschung der Vampirspezies gegründet wurde.

Glymera – Das soziale Herzstück der Aristokratie, sozusagen die »oberen Zehntausend« unter den Vampiren.

Gruft – Heiliges Gewölbe der Bruderschaft der Black Dagger. Sowohl Ort für zeremonielle Handlungen wie auch Aufbewahrungsort für die erbeuteten Kanopen der Lesser. Hier werden unter anderem Aufnahmerituale, Begräbnisse und Disziplinarmaßnahmen gegen Brüder durchgeführt. Niemand außer Angehörigen der Bruderschaft, der Jungfrau der Schrift und Aspiranten hat Zutritt zur Gruft.

Hellren – Männlicher Vampir, der eine Partnerschaft mit einer Vampirin eingegangen ist. Männliche Vampire können mehr als eine Vampirin als Partnerin nehmen.

Hohe Familie – König und Königin der Vampire sowie all ihre Kinder.

Hüter – Vormund eines Vampirs oder einer Vampirin. Hüter können unterschiedlich viel Autorität besitzen, die größte Macht übt der Hüter einer gebannten Vampirin aus.

Lielan – Ein Kosewort, frei übersetzt in etwa »mein Liebstes«.

Jungfrau der Schrift – Mystische Macht, die dem König als Beraterin dient sowie die Vampirarchive hütet und Privilegien erteilt. Existiert in einer jenseitigen Sphäre und besitzt umfangreiche Kräfte. Hatte die Befähigung zu einem einzigen Schöpfungsakt, den sie zur Erschaffung der Vampire nutzte.

Lesser – Ein seiner Seele beraubter Mensch, der als Mitglied der Gesellschaft der *Lesser* Jagd auf Vampire macht, um sie auszurotten. Die *Lesser* müssen durch einen Stich in die Brust getötet werden. Sie altern nicht, essen und trinken nicht und sind impotent. Im Laufe der Jahre verlieren ihre Haare, Haut und Iris ihre Pigmentierung, bis sie blond, bleich und weißäugig sind. Sie riechen nach Talkum. Aufgenommen in die Gesellschaft werden sie durch Omega. Daraufhin erhalten sie ihre Kanope, ein Keramikgefäß, in dem sie ihr aus der Brust entferntes Herz aufbewahren.

Mahmen – Mutter. Dient sowohl als Bezeichnung als auch als Anrede und Kosewort.

Nalla – Kosewort. In etwa »Geliebte«.

Omega – Unheilvolle mystische Gestalt, die sich aus Groll gegen die Jungfrau der Schrift die Ausrottung der Vampire zum Ziel gesetzt hat. Existiert in einer jenseitigen Sphäre und hat weitreichende Kräfte, wenn auch nicht die Kraft zur Schöpfung.

Princeps – Höchste Stufe der Vampiraristokratie, untergeben nur den Mitgliedern der Hohen Familie und den Auserwählten der Jungfrau der Schrift. Dieser Titel wird vererbt; er kann nicht verliehen werden.

Pyrokant – Bezeichnet die entscheidende Schwachstelle eines Individuums, sozusagen seine Achillesverse. Diese Schwachstelle kann innerlich sein, wie zum Beispiel eine Sucht, oder äußerlich, wie ein geliebter Mensch.

Rythos – Rituelle Prozedur, um verlorene Ehre wiederherzustellen. Der Rythos wird von dem Vampir gewährt, der einen anderen beleidigt hat. Wird er angenommen, wählt der Gekränkte eine Waffe und tritt damit dem unbewaffneten Beleidiger entgegen.

Schleier – Jenseitige Sphäre, in der die Toten wieder mit ihrer Familie und ihren Freunden zusammentreffen und die Ewigkeit verbringen.

Shellan – Vampirin, die eine Partnerschaft mit einem Vampir eingegangen ist. Vampirinnen nehmen sich in der Regel nicht mehr als einen Partner, da gebundene männliche Vampire ein ausgeprägtes Revierverhalten zeigen.

Symphath – Eigene Spezies innerhalb der Vampirrasse, deren Merkmale die Fähigkeit und das Verlangen sind, Gefühle anderer Vampire zu manipulieren (zum Zwecke eines Energieaustauschs). Historisch wurden die Symphathen oft mit Misstrauen betrachtet und in bestimmten Epochen auch von den Vampiren gejagt. Sind heute nahezu ausgestorben.

Tahlly – Kosewort. Entspricht in etwa »Süße«.

Transition – Entscheidender Moment im Leben eines Vampirs, wenn er oder sie ins Erwachsenenleben eintritt. Ab diesem Punkt müssen sie das Blut des jeweils anderen Geschlechts trinken, um zu überleben, und vertragen kein Sonnenlicht mehr. Findet normalerweise mit etwa Mitte zwanzig statt. Manche Vampire überleben ihre Transition nicht, vor allem männliche Vampire. Vor ihrer Transition sind Vampire von schwächlicher Konstitution und sexuell unreif und desinteressiert. Außerdem können sie sich noch nicht dematerialisieren.

Triebigkeit – Fruchtbare Phase einer Vampirin. Üblicherweise dauert sie zwei Tage und wird von heftigem sexuellem Verlangen begleitet. Zum ersten Mal tritt sie etwa fünf Jahre nach der Transition eines weiblichen Vampirs auf, danach im Abstand von etwa zehn Jahren. Alle männlichen Vampire reagieren bis zu einem gewissen Grad auf eine triebige Vampirin, deshalb ist dies eine gefährliche Zeit. Zwischen konkurrierenden männlichen Vampiren können Konflikte und Kämpfe ausbrechen, besonders wenn die Vampirin keinen Partner hat.

Vampir – Angehöriger einer gesonderten Spezies neben dem Homo sapiens. Vampire sind darauf angewiesen, das Blut des jeweils anderen Geschlechts zu trinken. Menschliches Blut kann ihnen zwar auch das Überleben sichern, aber die daraus gewonnene Kraft hält nicht lange vor. Nach ihrer Transition, die üblicherweise etwa mit Mitte zwanzig stattfindet, dürfen sie sich nicht mehr dem Sonnenlicht aussetzen und müssen sich in regelmäßigen Abständen aus der Vene ernähren. Entgegen einer weitverbreiteten Annahme können Vampire Menschen nicht durch einen Biss oder eine Blutübertragung »verwandeln«; in seltenen Fällen aber können sich die beiden Spezies zusammen fortpflanzen. Vampire können sich nach Belieben dematerialisieren, dazu müssen sie aber ganz ruhig werden und sich konzentrieren; außerdem dürfen sie nichts Schweres bei sich tragen. Sie können Menschen ihre Erinnerung nehmen, allerdings nur, solange diese Erinnerungen im Kurzzeitgedächtnis abgespeichert sind. Manche Vampire können auch Gedanken lesen. Die Lebenserwartung liegt bei über eintausend Jahren, in manchen Fällen auch höher.

Vergeltung – Akt tödlicher Rache, typischerweise ausgeführt von einem Mann im Dienste geliebter Angehöriger oder seiner Partnerin.

Wanderer – Ein Verstorbener, der aus dem Schleier zu den Lebenden zurückgekehrt ist. Wanderern wird großer Respekt entgegengebracht und sie werden für das, was sie durchmachen mussten, verehrt.

Zwiestreit – Konflikt zwischen zwei männlichen Vampiren, die Rivalen um die Gunst einer Vampirin sind.

1

»Verflucht noch mal, Zsadist! Lass den Scheiß …«

Phurys Stimme übertönte nur mit Mühe das Geräusch des Aufpralls vor ihnen. Und sie hielt seinen Zwillingsbruder nicht davon ab, bei achtzig Sachen aus dem fahrenden Escalade zu springen.

»V, er ist draußen! Kehrtwende!«

Phurys Schulter knallte gegen das Fenster, als Vishous das Steuer des SUVs gekonnt herumriss. Die Scheinwerfer wirbelten herum und strichen über Z hinweg, der sich auf dem schneebedeckten Asphalt abrollte. Nur den Bruchteil einer Sekunde später sprang er wieder auf die Füße und sprintete auf die qualmende, zerknitterte Limousine zu, die jetzt einen Baumstamm als Dekoration auf der Motorhaube trug.

Ohne seinen Bruder aus den Augen zu lassen, tastete Phury nach seinem Sicherheitsgurt. Die *Lesser*, die sie hier hinaus an den Rand von Caldwell gejagt hatten, mochten vielleicht von den Gesetzen der Physik rüde an der Weiterfahrt gehindert worden sein, aber das hieß nicht, dass sie aus dem Verkehr gezogen waren. Diese untoten Dreckskerle waren ziemlich hart im Nehmen.

Der Escalade blieb ruckartig stehen. Phury riss die Tür auf seiner Seite auf, während er gleichzeitig die Beretta zog. Schwer zu sagen, wie viele *Lesser* in dem Auto saßen, oder was für Munition sie dabeihatten. Die Feinde der Vampire traten normalerweise in Rudeln auf und waren immer schwer bewaffnet – *Verfluchte Scheiße!* Drei hellhaarige Jäger stiegen aus, und nur der Fahrer wirkte von dem Unfall ein bisschen angeschlagen.

Das miserable Kräfteverhältnis bremste Zsadist nicht im Mindesten. Lebensmüder Wahnsinniger, der er war, stürzte er sich mit gezogenem schwarzem Dolch unbeirrbar auf die untote Dreiergruppe.

Inzwischen stürmte auch Phury quer über die Straße, dicht gefolgt von Vishous. Leider waren sie völlig überflüssig.

Die Luft war von geräuschlosem Schneegestöber erfüllt, und der süße Duft der Kiefern mischte sich mit dem aus dem zerstörten Auto austretenden Benzin. Zsadist erledigte alle drei *Lesser* allein mit seinem Dolch. Zuerst zerschnitt er ihnen die Sehnen der Kniekehlen, damit sie nicht mehr weglaufen konnten, dann brach er ihnen die Arme, damit sie sich nicht mehr wehren konnten, und schließlich schleifte er sie über den Boden und reihte sie nebeneinander auf wie schauerliche Puppen.

Das Ganze dauerte maximal viereinhalb Minuten, inklusive dem Einsammeln der Ausweise und Führerscheine. Danach hielt Zsadist kurz inne und schöpfte Atem. Als er so auf die Ölspur aus schwarzem Blut blickte, die sich über den weißen Schnee zog, stieg Dampf von seinen Schultern auf, ein merkwürdig sanft wirkender Dunst, der vom eiskalten Wind verweht wurde.

Phury steckte seine Beretta wieder in das Holster zurück und verspürte eine leichte Übelkeit, als hätte er eine Familienpackung Butter verdrückt. Unbehaglich rieb er sich das Brustbein, sah sich zuerst nach links um, dann nach rechts. Die Route 22 war zu dieser nachtschlafenden Zeit außerhalb Caldwells wie ausgestorben. Menschliche Zeugen waren höchst unwahrscheinlich. Und Rehe zählten nicht.

Er wusste, was jetzt kam. Versuchte erst gar nicht, es aufzuhalten.

Zsadist kniete sich hin und beugte sich über einen der *Lesser*, das vernarbte Gesicht verzerrt vor Hass, die zerstörte Oberlippe gefletscht, die Fänge länger als die eines Tigers. Mit seinem kurz geschorenen Haar und den eingefallenen Wangen sah er aus wie der Sensenmann höchstpersönlich; und wie Gevatter Tod störte es auch ihn nicht im Geringsten, in der Kälte zu arbeiten. Er war besser bewaffnet als angezogen; trug lediglich einen schwarzen Rolli und eine weite schwarze Hose am Leib, doch über seine Brust spannte sich das Markenzeichen der Bruderschaft der Black Dagger, die gekreuzten Dolchhalfter. Um die Oberschenkel hatte er zwei weitere Messer geschnallt, und in seinem Pistolengurt steckten zwei SIG Sauer.

Wobei er die Neun-Millimeter-Waffen nie benutzte. Er wurde lieber persönlich, wenn er tötete. Das waren die einzigen Momente, in denen er überhaupt jemandem nahe kam.

Jetzt packte Z den *Lesser* am Kragen seiner Lederjacke, riss seinen Oberkörper heftig vom Boden hoch und hielt ihn sich ganz dicht vor das Gesicht.

»Wo ist die Frau?« Als er außer einem gemeinen Lachen keine Antwort bekam, verpasste Z dem Vampirjäger einen Fausthieb. Der Schlag hallte in den Bäumen wider, ein hartes Geräusch wie von einem zerbrechenden Ast. *»Wo ist die Frau?«*

Das höhnische Grinsen machte Z so wütend, dass er sein eigener Polarkreis wurde. Die Luft um seinen Körper herum lud sich magnetisch auf und wurde kälter als die Nacht. Keine Schneeflocke war mehr in seiner Nähe zu sehen, als lösten sie sich durch die Kraft seines Zorns in Nichts auf.

Hinter sich hörte Phury ein leises Knistern und blickte sich um. Vishous zündete sich eine Selbstgedrehte an, die Tattoos um seine linke Schläfe herum und das Ziegenbärtchen um seinen Mund leuchteten im orangefarbenen Schein der Flamme auf.

Beim Geräusch eines weiteren Faustschlags nahm V einen tiefen Zug und ließ den Blick seiner diamantklaren Augen zur Seite wandern. »Alles klar bei dir, Phury?«

Nein, nichts war klar. Zs aggressives Wesen war schon immer legendär gewesen, doch in letzter Zeit war er so brutal geworden, dass man ihm kaum noch zusehen konnte. Das bodenlose, seelenlose Nichts in ihm war völlig entfesselt, seitdem Bella von den *Lessern* entführt worden war.

Und immer noch gab es keine Spur von ihr. Die Brüder hatten keine Hinweise, keine Anhaltspunkte, absolute Fehlanzeige, wohin sie auch blickten. Trotz Zs knallharter Befragungstechnik.

Phury war selbst völlig fertig wegen der Entführung. Zwar kannte er Bella noch nicht lange, doch sie war eine so schöne Frau, aus der obersten Adelsschicht ihrer Rasse. Für ihn allerdings hatte sie mehr bedeutet als nur eine edle Blutlinie. So viel mehr. Sie hatte jenseits seines Zölibatsschwurs den Mann hinter der Selbstbeherrschung berührt, hatte etwas in ihm aufgewühlt, das er tief in sich verborgen hatte. Er versuchte ebenso verzweifelt, sie zu finden wie Zsadist, doch nach sechs Wochen verlor er langsam den Glauben daran, dass sie noch lebte. Die *Lesser* folterten Vampire, um Informationen über die Bruderschaft aus ihnen herauszubekommen, und wie der Rest der Zivilbevölkerung wusste sie nur wenig über die Brüder. Sicherlich hatte man sie inzwischen getötet.

Seine einzige Hoffnung war, dass sie nicht tage- oder gar wochenlang durch die Hölle hatte gehen müssen, bevor sie in den Schleier eingehen durfte.

»Was habt ihr mit der Frau gemacht?«, knurrte Zsadist den nächsten *Lesser* an. Als er nur ein »Leck mich« zu hören bekam, biss er den Scheißkerl in einer bemerkenswerten Imitation von Mike Tyson.

Warum allerdings Zsadist sich überhaupt derart um eine vermisste Vampirin kümmerte, kapierte keiner in der Bruderschaft. Er war bekannt für seinen Frauenhass – ach was, er war dafür geradezu *gefürchtet.* Warum also ausgerechnet Bella ihm etwas bedeutete, blieb ein Rätsel.

Während das Echo von Zs schmutziger Arbeit die Einsamkeit des Waldes durchbrach, spürte Phury, wie er selbst der Befragung nicht standhielt, obwohl die *Lesser* stark blieben und keinerlei Information preisgaben.

»Ich weiß nicht, wie lange ich das noch aushalte«, flüsterte er kaum hörbar.

Zsadist war das Einzige, was er im Leben hatte, außer der Mission der Bruderschaft, die Vampire gegen die *Lesser* zu verteidigen. Jeden Tag schlief Phury allein, wenn er überhaupt schlief. Essen verschaffte ihm nur wenig Lust. Frauen standen wegen seines Zölibats nicht zur Debatte. Und jede einzelne Sekunde machte er sich

Sorgen, was Zsadist als Nächstes abziehen und wer dadurch verletzt werden würde. Er fühlte sich, als stürbe er an tausend Stichen, als verblutete er ganz langsam. Eine Ersatzzielscheibe für die gesammelte Mordlust seines Zwillingsbruders.

V streckte die Hand mit dem Handschuh aus und umschloss Phurys Hals. »Sieh mich an, Mann.«

Phury schielte zu ihm herüber und zuckte zusammen. Die Pupille von Vishous' linkem Auge – dem mit der Tätowierung darum – dehnte sich, bis man nichts mehr sah als ein schwarzes Loch.

»Vishous, nein … ich will nicht …« Scheiße. Das fehlte ihm gerade noch, jetzt etwas über die Zukunft zu erfahren. Wie sollte er, bitte schön, damit umgehen, dass alles nur noch schlimmer werden würde?

»Der Schnee fällt heute Nacht langsam«, sagte V und rieb sich mit dem Daumen über eine pulsierende Halsader.

Phury blinzelte, eine merkwürdige Ruhe senkte sich über ihn, sein Herzschlag verlangsamte sich auf den Rhythmus von Vs Daumen.

»Der Schnee … er fällt so langsam.«

»Ja … ja, das tut er.«

»Und wir hatten in diesem Jahr viel Schnee, nicht wahr?«

»Ähm … ja.«

»Ja … viel Schnee, und es wird noch mehr kommen. Heute Nacht. Morgen. Nächsten Monat. Nächstes Jahr. Die Flocken kommen, wann sie wollen, und fallen, wo sie wollen.«

»Das stimmt«, entgegnete Phury leise. »Man kann es nicht aufhalten.«

»Nur der Boden kann es aufhalten.« Der Daumen hörte auf zu reiben. »Mein Bruder, für mich siehst du nicht aus wie der Erdboden. Du wirst den Schnee nicht aufhalten. Niemals.«

Eine Reihe von Knallgeräuschen ertönte, gefolgt von Lichtblitzen, als Z den *Lessern* den Dolch in die Brust stieß, und die Körper sich in nichts auflösten. Dann hörte man nur noch das Zischen des kaputten Kühlers und Zs schweres Atmen.

Wie ein Gespenst erhob er sich von dem schwarz durchtränkten Boden, das Blut der *Lesser* strömte ihm über Gesicht und Arme. Seine Aura war ein schimmernder Dunst der Gewalt, der die Szenerie hinter ihm zum Flimmern brachte und den Wald um den Umriss seines Körpers herum unscharf wirken ließ.

»Ich fahre in die Stadt«, sagte er und wischte sich die Klinge am Oberschenkel ab, »und suche mir ein paar weitere.«

Unmittelbar bevor Mr O wieder loszog, um Vampire zu jagen, öffnete er die Trommel seiner Neun-Millimeter-Smith-&-Wesson und untersuchte das Innere des Laufs. Die Waffe musste dringend gereinigt werden, genau wie seine Glock. Er hatte zwar noch jede Menge andere Sachen auf seiner Erledigungsliste stehen, aber nur ein Vollidiot pflegte seine Knarren nicht. Ein *Lesser* musste immer tadellose Waffen bei sich haben. Bei einem Gegner wie der Bruderschaft der Black Dagger durfte man sich keine Nachlässigkeit erlauben.

Auf seinem Weg quer durch das Überzeugungszentrum machte er einen Schlenker um den Autopsietisch herum, den sie für ihre Arbeit benutzten. Das Gebäude bestand aus einem einzigen Raum ohne Isolierung und ohne Bodenbelag, doch da keine Fenster eingebaut waren, drang immerhin kaum Wind ein. Es gab eine Pritsche, auf der er schlief. Eine Dusche. Keine Toilette oder

Küche, da *Lesser* nicht aßen. Das Gebäude roch immer noch nach frischem Holz, da es erst vor eineinhalb Monaten erbaut worden war. Es roch außerdem nach dem Petroleumradiator, mit dem sie es beheizten.

Das Inventar beschränkte sich auf ein Regal, das sich über die gesamte, fünfzehn Meter lange Wand vom nackten Erdboden bis zu den Dachsparren erstreckte und in dem ihr Werkzeug ordentlich auf den Brettern aufgereiht lag: Messer, Schraubstöcke, Zangen, Hammer, Fuchsschwänze. Alles, was einer Kehle einen Schrei entreißen konnte, war hier vorhanden.

Doch das Gebäude war nicht nur eine Folterkammer; es diente auch zur Verwahrung Gefangener. Vampire über einen längeren Zeitraum einzusperren, war kniffig, denn sie konnten einem direkt vor der Nase weg verpuffen, wenn sie es schafften, sich zu entspannen und zu konzentrieren. Stahl hinderte sie an dieser Magie, aber eine Zelle mit Gitterstäben wiederum schirmte die Blutsauger nicht vor dem Sonnenlicht ab, und einen geschlossenen Raum aus massivem Stahl zu bauen, war unpraktisch. Was allerdings prächtig funktionierte, war ein Abflussrohr aus Wellblech, das vertikal in den Boden eingelassen war. Beziehungsweise drei davon.

O war stark versucht, zu den Aufbewahrungsrohren hinüberzugehen, wusste aber ganz genau, dass er dann den Absprung nicht mehr schaffen würde. Und er hatte Quoten zu erfüllen. Der stellvertretende Befehlshaber nach dem *Haupt-Lesser* zu sein, verschaffte ihm einige Boni, wie zum Beispiel diese Einrichtung leiten zu dürfen. Gleichzeitig musste er aber, wenn er seine Privatsphäre schützen wollte, eine angemessene Performance zeigen.

Was zum Beispiel auch bedeutete, seine Waffen in Schuss zu halten, selbst wenn er eigentlich lieber etwas anderes tun würde. Er schob einen Erste-Hilfe-Kasten beiseite, schnappte sich die Waffenreinigungskiste und zog einen Stuhl an den Autopsietisch.

Die einzige Tür des Gebäudes schwang ohne Anklopfen auf. O blickte über die Schulter, doch beim Anblick des Besuchers zwang er sich dazu, den entnervten Ausdruck von seinem Gesicht zu wischen. Mr X war nicht willkommen, aber da er nun mal der Boss der Gesellschaft der *Lesser* war, konnte er ihn schlecht abweisen. Schon alleine aus Selbsterhaltungstrieb.

Wie er so unter der nackten Glühbirne stand, sah der *Haupt-Lesser* deutlich wie ein Mann aus, mit dem man sich besser nicht anlegte, falls man an seinem eigenen Körper hing. Knapp zwei Meter groß und eine Statur wie ein Auto: quadratisch und stahlhart. Und wie alle anderen Mitglieder der Gesellschaft, die ihre Initiation schon längere Zeit hinter sich hatten, waren all seine Pigmente verblasst. Seine weiße Haut nahm niemals einen rosigen Schimmer an. Sein Haar hatte die Farbe eines Spinnennetzes. Die Augen zeigten das helle Grau eines bedeckten Himmels und waren ebenso glanzlos und stumpf.

Lässig begann Mr X durch den Raum zu schlendern und sich umzusehen. Er wollte nicht überprüfen, ob aufgeräumt war, so viel war klar – er suchte etwas. »Man hat mir erzählt, Sie hätten gerade einen Neuen bekommen.«

O ließ den Lappen sinken und zählte im Geiste die Waffen, die er am Körper trug. Ein Wurfmesser am rechten Oberschenkel; die Glock im Hosenbund. Er wünschte, er hätte mehr. »Den hab ich vor etwa fünfundvierzig Minuten in der Innenstadt vor dem *Zero Sum* aufgelesen. Er steckt in einem der Löcher und kommt gerade wieder zu sich.«

»Gut gemacht.«

»Ich hatte eigentlich vor, direkt noch mal loszugehen, jetzt sofort.«

»Ach ja?« Mr X blieb vor dem Regal stehen und nahm ein Jagdmesser mit Wellenschliff in die Hand. »Wissen Sie, ich habe etwas verdammt Beunruhigendes gehört.«

O hielt den Mund und ließ die Hand auf den Oberschenkel gleiten, näher an den Griff seines Messers.

»Wollen Sie mich gar nicht fragen, was?«, der *Haupt-Lesser* spazierte auf die drei Aufbewahrungsrohre in der Erde zu. »Vielleicht, weil Sie das Geheimnis bereits kennen?«

Unmerklich umschloss O das Messer mit der Handfläche, als Mr X über den Abdeckungen aus Drahtgeflecht verweilte, die auf den Abflussrohren lagen. Die ersten beiden Gefangenen gingen ihm am Allerwertesten vorbei. Der dritte jedoch ging niemanden etwas an.

»Nichts frei, Mr O?« Mit der Spitze seines schweren Stiefels tippte Mr X gegen eines der Seile, die in jedes der Löcher hinabreichten. »Ich dachte, Sie hätten zwei getötet, weil die Jungs nichts Weltbewegendes zu erzählen hatten.«

»Stimmt.«

»Einschließlich des Vampirs, den sie heute festgesetzt haben, müsste dann eines der Rohre frei sein. Stattdessen sind unsere Röhren voll besetzt.«

»Ich habe noch einen gefangen.«

»Wann?«

»Gestern Nacht.«

»Sie lügen.« Mr X schob den Drahtdeckel mit dem Fuß von der dritten Röhre.

Os erster Impuls war, auf die Füße zu springen, mit zwei Sätzen bei Mr X zu sein und ihm das Messer in die

Kehle zu rammen. Doch so weit würde er gar nicht kommen. Der *Haupt-Lesser* hatte einen raffinierten Trick drauf, mit dem er seine Untergebenen auf der Stelle erstarren lassen konnte. Es genügte, den fraglichen Kandidaten einfach anzusehen.

Also blieb O, wo er war, und bebte vor Anstrengung, seinen Hintern unbeweglich auf dem Stuhl zu lassen.

Mr X holte eine Taschenlampe aus der Hosentasche, knipste sie an und richtete den Strahl in das Loch. Als ein ersticktes Quieken zu hören war, weiteten sich seine Augen. »Ich will verdammt sein, es ist wirklich eine Frau! Warum zum Teufel weiß ich davon nichts?«

Ganz langsam stand O auf. Das Messer hing unter der weiten Cargohose an seinem Oberschenkel. Den Griff hatte er fest in der Hand. »Sie ist neu«, sagte er.

»Darüber habe ich aber etwas anderes gehört.«

Mit schnellen Schritten ging Mr X ins Badezimmer und riss den Plastikduschvorhang zurück. Fluchend trat er gegen die Shampooflaschen und Babyöltiegel, die in einer Ecke aufgereiht standen. Dann lief er zum Munitionsschrank und zog die Kühlbox heraus, die dahinter versteckt war. Er stellte sie auf den Kopf, sodass die Vorräte darin auf den Boden fielen. Da *Lesser* keine Nahrung zu sich nahmen, war das ein eindeutiges Geständnis.

Mr Xs bleiche Miene war wutverzerrt. »Sie halten sich hier also ein Haustier?«

O wog seine möglichen Ausreden ab, während er gleichzeitig die Entfernung zwischen ihnen beiden abschätzte. »Sie ist wertvoll. Ich benutze sie bei den Befragungen.«

»Und wie?«

»Die männlichen Mitglieder der Gattung mögen es nicht, wenn eine Frau verletzt wird. Sie ist ein Ansporn, die Wahrheit zu sagen.«

Mr Xs Augen verengten sich. »Warum haben Sie mir nichts von ihr erzählt?«

»Das hier ist mein Zentrum. Sie haben es mir übertragen, und ich darf es nach meinem Ermessen leiten.« Und wenn er den Dreckskerl finden würde, der geplaudert hatte, würde er ihm die Haut in Streifen abziehen. »Ich kümmere mich gut um den Laden hier, und das wissen Sie auch. Wie ich meine Arbeit erledige, sollte Ihnen eigentlich egal sein.«

»Ich hätte davon erfahren müssen.« Urplötzlich wurde Mr X ganz ruhig. »Haben Sie mit dem Messer in Ihrer Hand etwas Bestimmtes vor, mein Sohn?«

Ja, Papi, stell dir vor, das hab ich. »Habe ich hier das Sagen oder nicht?«

Mr X verlagerte sein Gewicht auf die Fußballen, und O wappnete sich für eine Auseinandersetzung.

Bloß, dass genau in diesem Augenblick sein Handy klingelte. Das erste Klingeln klang schrill in der angespannten Stille, wie ein Schrei. Das zweite wirkte schon weniger aufdringlich. Das dritte war keine große Sache mehr.

Als ihre frontale Konfrontation abgebrochen worden war, dämmerte O langsam, dass er nicht ganz klar im Kopf war. Er war ein großer Bursche und ein extrem guter Kämpfer, aber gegen Mr Xs Tricks kam er nicht an. Und wenn O verletzt oder getötet wurde, wer sollte sich dann um seine Frau kümmern?

»Gehen Sie dran«, befahl Mr X. »Und stellen Sie auf Lautsprecher.«

Der Anruf kam von einem weiteren Elitekämpfer. Drei *Lesser* waren am Straßenrand keine drei Kilometer von hier entfernt eliminiert worden. Ihr Auto war um einen Baum gewickelt aufgefunden worden, die Brandflecke ihrer Auflösung hatten den Schnee geschmolzen.

Verdammter Mist. Die Black Dagger. Wieder einmal.

Als O aufgelegt hatte, fragte Mr X: »Wie sieht's aus, wollen Sie sich mit mir anlegen, oder wollen Sie lieber an die Arbeit gehen? Eins davon wird ihr sicherer Tod sein. Sie können es sich aussuchen.«

»Habe ich hier das Sagen?«

»Solange Sie mir geben, was ich brauche.«

»Ich habe schon haufenweise Zivilisten hierher gebracht.«

»Leider erzählen die nicht gerade viel.«

O ging zu dem offenen Rohr und deckte es wieder ab, ohne Mr X auch nur eine Sekunde aus den Augen zu lassen. Dann stellte er seinen Stiefel auf die Abdeckung und blickte dem *Haupt-Lesser* direkt in die Augen.

»Ich kann auch nichts dafür, dass die Bruderschaft sich selbst ihrer eigenen Gattung gegenüber so geheimnisvoll gibt.«

»Möglicherweise müssen Sie sich ein bisschen mehr anstrengen.«

Sag nicht, er soll dich am Arsch lecken, dachte O. *Wenn du diese Probe deiner Willenskraft nicht überstehst, ist deine Frau Hundefutter.*

Während O mühsam versuchte, sich zurückzuhalten, lächelte Mr X. »Ihre Beherrschung wäre noch bewundernswerter, wenn sie nicht die einzig mögliche Reaktion wäre. Aber lassen Sie uns über die heutige Nacht reden. Die Brüder werden nach den Kanopen der ausgeschalteten Jäger suchen. Fahren Sie schleunigst zu Mr H nach Hause und holen Sie seine Kanope ab. Ich werde jemanden zu As Wohnung schicken und mich um D selbst kümmern.«

An der Tür blieb Mr X noch einmal stehen. »Und was die Vampirin betrifft … Wenn Sie sie als Werkzeug benutzen, dann behalten Sie sie von mir aus. Aber wenn

Sie das Weibsstück hier aus einem anderen Grund einquartiert haben, dann haben wir ein Problem. Wenn Sie weich werden, verfüttere ich Sie Stück für Stück an Omega.«

O erschauerte nicht einmal. Er hatte Omegas Folter schon einmal über sich ergehen lassen, und er würde es sicher auch wieder überstehen. Für seine Frau würde er alles durchstehen.

»Also, was haben Sie mir zu sagen?«, herrschte ihn der *Haupt-Lesser* an.

»Ja, Sensei.«

Ungeduldig wartete O, bis er hörte, wie Mr X Auto sich entfernte. Sein Herz ratterte dabei wie ein Elektrotacker. Er wollte seine Frau aus der Röhre holen und ihren Leib an seinem Körper spüren, doch dann würde er nicht mehr die Kraft finden, hier wegzukommen. Um sich etwas zu beruhigen, reinigte er schnell seine S&W und füllte die Munition auf. Es half nicht besonders, aber wenigstens zitterten seine Hände nicht mehr, als er damit fertig war.

Auf dem Weg zur Tür nahm er die Schlüssel zu seinem Pick-up mit und aktivierte den Bewegungsmelder über dem dritten Loch. Diese kleine Spielerei war ein echter Lebensretter. Wenn irgendetwas den Infrarotlaser durchbrach, würde eine Gewehrsalve aus drei Richtungen gleichzeitig losgehen und dem Vorwitzigen ein paar richtig große Löcher verpassen.

Bevor er ging, blieb er noch einmal zögernd stehen. Gott, er wollte sie im Arm halten. Bei dem Gedanken, seine Frau zu verlieren, drehte er einfach durch. Diese Vampirin ... sie war jetzt sein Grund zu leben. Nicht die Gesellschaft. Oder das Töten.

»Ich gehe aus, Frau, benimm dich anständig.« Er wartete. »Ich komme bald wieder, und dann werden wir dich waschen.« Als keine Antwort kam, fragte er: »Frau?«

O schluckte zwanghaft. Es half nichts, sich zu ermahnen, ein Mann zu sein, er konnte einfach nicht gehen, ohne ihre Stimme zu hören.

»Lass mich nicht ohne Abschied gehen.«

Stille.

Der Schmerz sickerte in sein Herz und steigerte seine Liebe für sie noch. Er atmete tief ein, das köstliche Gewicht der Verzweiflung setzte sich auf seiner Brust fest. Er hatte geglaubt, die Liebe zu kennen, bevor er ein *Lesser* wurde. Er hatte geglaubt, Jennifer, die Frau, mit der er jahrelang verbunden gewesen war, die er geliebt und geschlagen hatte, sei etwas Besonderes gewesen. Doch erst jetzt wusste er, was wahre Leidenschaft war. Seine Gefangene war der brennende Schmerz, durch den er sich wieder wie ein Mensch fühlte. Sie war die Seele, die seine eigene ersetzte, die er Omega geschenkt hatte. Durch sie lebte er, obwohl er untot war.

»Ich komme zurück, so schnell ich kann, Frau.«

In ihrem Loch sackte Bella zusammen, als sie die Tür zuschlagen hörte. Die Tatsache, dass der *Lesser* völlig neben der Spur war, bloß weil sie ihm nicht geantwortet hatte, gefiel ihr. Das hieß ja wohl, dass sein Wahnsinn jetzt vollkommen war, oder nicht?

Seltsam, dass ein Ende im Irrsinn auch auf sie wartete. Von dem Moment an, als sie vor wie vielen Wochen auch immer in diesem Rohr aufgewacht war, hatte sie angenommen, dass ihr Tod ganz konventionell sein würde, von der Sorte, die mit einem schwer beschädigten Körper einherging. Doch nein, zuerst starb ihr Geist, während ihr Körper bei relativer Gesundheit blieb.

Die Psychose hatte sich Zeit gelassen damit, Besitz von

ihr zu ergreifen, und wie bei einer körperlichen Krankheit war sie in Stufen vorangeschritten. Zunächst war sie zu verängstigt gewesen, um an irgendetwas anderes zu denken als daran, wie sich die Folter anfühlen würde. Doch die Tage verstrichen, und nichts dergleichen war geschehen. Der *Lesser* schlug sie zwar, und seine Blicke auf ihrem Körper waren ekelerregend, aber er tat ihr nicht das an, was er den anderen Vampiren antat. Und er vergewaltigte sie auch nicht.

Als Reaktion darauf hatten sich ihre Gedanken allmählich verschoben, ihre Lebensgeister waren wieder erwacht, und sie hatte die Hoffnung genährt, doch noch gerettet zu werden. Diese Phönix-aus-der-Asche-Periode hatte einige Zeit angehalten. Eine ganze Woche vielleicht, obwohl der Lauf der Tage schwer nachzuhalten war.

Aber dann hatte ihr unaufhaltsamer Niedergang begonnen, und was sie nach unten gezogen hatte, war der *Lesser* selbst gewesen. Es hatte ein Weilchen gedauert, bis sie es begriffen hatte, doch sie hatte eine bizarre Macht über ihren Geiselnehmer, und nach einer gewissen Zeit hatte sie angefangen, diese zu benutzen. Erst hatte sie nur ihre Grenzen ausgetestet. Später quälte sie ihn einzig und allein aus dem Grund, weil sie ihn so sehr hasste und wollte, dass er litt.

Der *Lesser*, der sie verschleppt hatte ... liebte sie aus irgendeinem Grund. Von ganzem Herzen. Manchmal brüllte er sie an, manchmal machte er ihr auch Angst, wenn er eine seiner Launen hatte, doch je härter, je ablehnender sie zu ihm war, desto besser behandelte er sie. Wenn sie ihn nicht in ihre Augen sehen ließ, geriet er vor lauter Panik ins Wanken. Wenn er ihr Geschenke brachte und sie sie zurückwies, weinte er. Mit wachsender Inbrunst sorgte er sich um sie und bettelte um ihre

Aufmerksamkeit. Er kuschelte sich an sie, und wenn sie ihn nicht an sich heranließ, dann brach er zusammen.

Mit seinen Gefühlen zu spielen, stellte momentan ihre gesamte, hasserfüllte Welt dar, und die Grausamkeit, die sie nährte, brachte sie um. Einst war sie ein lebendiges Wesen gewesen, eine Tochter, eine Schwester … ein Jemand … Nun verlor sie alles Lebendige in diesem Albtraum, wurde so maskenhaft wie eine einbalsamierte Mumie, hart wie Zement.

O gütige Jungfrau der Schrift, sie wusste, er würde sie niemals gehen lassen. So sicher, als hätte er sie auf der Stelle getötet, hatte er ihr jede Zukunft genommen. Alles, was sie jetzt noch hatte, war diese grauenhafte, unendliche Gegenwart. Mit ihm.

Panik, ein Gefühl, das sie schon länger nicht mehr gespürt hatte, wallte in ihrer Brust auf.

In ihrer Verzweiflung, die vorherige Empfindungslosigkeit wiederzuerlangen, konzentrierte sie sich darauf, wie kalt es in der Erde war. Der *Lesser* kleidete sie in die Sachen, die er aus der Kommode und dem Schrank in ihrem eigenen Haus mitgenommen hatte, und sie trug lange Hosen und Fleecepullis ebenso wie warme Socken und Stiefel. Trotz alledem war die Kälte erbarmungslos, sie kroch durch alle Schichten, schlich sich in ihre Knochen und drang bis ins Mark ein.

Ihre Gedanken wanderten zu dem Bauernhaus, in dem sie nur so kurze Zeit gewohnt hatte. Sie hatte sich ein fröhliches Feuer im Wohnzimmerkamin angezündet und war so glücklich gewesen, allein sein zu dürfen … Doch das waren böse Erinnerungen, böse Bilder. Sie erinnerten sie an ihr altes Leben, an ihre Mutter … an ihren Bruder.

Lieber Himmel, Rehvenge. Rehv hatte sie wahnsinnig gemacht mit seiner Bevormundung, doch er hatte recht behalten. Wäre sie bei ihrer Familie geblieben, hätte sie niemals Mary kennen gelernt, die menschliche Frau, die nebenan wohnte. Und niemals wäre sie in jener Nacht über die Wiese zwischen ihren Häusern gelaufen, um sicherzugehen, dass bei Mary alles in Ordnung war. Und niemals wäre sie dem *Lesser* in die Arme gelaufen ... also wäre es niemals so weit gekommen, dass sie gleichzeitig tot und am Leben war.

Wie lange ihr Bruder wohl nach ihr gesucht hatte? Hatte er inzwischen aufgegeben? Vermutlich. Nicht einmal Rehv konnte so lange ohne jede Hoffnung weitermachen.

Sie wäre jede Wette eingegangen, dass er nach ihr gesucht hatte, doch in gewisser Weise war sie froh, dass er sie nicht gefunden hatte. Obwohl er ein hochgradig aggressiver Vampir war, blieb er doch ein Zivilist und wäre sehr wahrscheinlich verletzt oder getötet worden, wenn er zu ihrer Rettung käme. Diese *Lesser* waren stark. Brutal und kraftvoll. Nein, um sie zurückzuholen, bedurfte es eines Kriegers, der dem Monster ebenbürtig war, das sie gefangen hielt.

Ein Bild von Zsadist tauchte vor ihrem geistigen Auge auf, so deutlich wie ein Foto. Sie sah seine wilden schwarzen Augen. Die Narbe, die über sein Gesicht lief und seine Oberlippe verzerrte. Die tätowierten Sklavenfesseln um Hals und Handgelenke. Sie erinnerte sich an die Narben der Peitschenstriemen auf seinem Rücken. Und die Piercings in seinen Brustwarzen. Und seinen muskulösen, viel zu schlanken Körper.

Sie dachte an seinen bösartigen, kompromisslosen Willen und an all seinen schnell entflammbaren Hass. Er war Furcht einflößend, eine düstere Legende ihrer Rasse. Nicht nur gebrochen, ein Wrack, in den Worten seines Zwillingsbruders. Er allein könnte dem *Lesser* die

Stirn bieten. Zsadists Brutalität war vermutlich das Einzige, was sie noch retten konnte, wenn sie auch nicht ernsthaft damit rechnete, dass er nach ihr suchen würde. Sie war nichts als eine gewöhnliche Vampirin, der er zweimal begegnet war.

Und beim zweiten Mal hatte sie ihm schwören müssen, nie wieder in seine Nähe zu kommen.

Wieder überfiel sie die Angst; um das Gefühl im Zaum zu halten, redete sie sich ein, Rehvenge suche immer noch nach ihr. Und dass er der Bruderschaft Bescheid geben würde, wenn er irgendeinen Hinweis auf ihren Aufenthaltsort fände. Vielleicht käme Zsadist dann, um sie zu suchen, weil es zu seinem Job gehörte.

»Hallo? Hallo? Ist da jemand?« Die zittrige männliche Stimme klang gedämpft, blechern.

Der neueste Gefangene, dachte sie. Anfangs versuchten sie immer, Kontakt aufzunehmen.

Bella räusperte sich. »Ich bin ... hier.«

Eine Pause entstand. »Gütige Jungfrau der Schrift ... bist du die Frau, die sie entführt haben? Bist du ... Bella?«

Ihren Namen zu hören, war ein Schock. Scheiße, der *Lesser* nannte sie schon so lange *seine Frau,* dass sie ihren eigenen Namen beinahe schon vergessen hatte. »Ja ... ja, das bin ich.«

»Du lebst noch.«

Zumindest schlug ihr Herz noch. »Kenne ich dich?«

»I-ich war auf deiner Beerdigung. Mit meinen Eltern, Ralstam und Jilling.«

Bella fing an zu zittern. Ihre Mutter und ihr Bruder ... hatten sie zu Grabe getragen. Andererseits war das nicht verwunderlich. Ihre Mutter war tief religiös und glaubte fest an die alten Traditionen. Wenn sie vom Tod ihrer Tochter überzeugt war, hatte sie mit Sicherheit auf der richtigen Zeremonie bestanden, damit Bella in den Schleier eintreten konnte.

O … lieber Himmel. Zu glauben, dass sie aufgegeben hatten, und es zu wissen, waren zwei ganz unterschiedliche Dinge. Niemand würde sie retten. Niemals.

Da hörte sie plötzlich etwas Seltsames. Und merkte, dass sie schluchzte.

»Ich werde fliehen«, sagte der Vampir mit Nachdruck. »Und dich nehme ich mit.«

Bella ließ ihre Knie nachgeben und glitt an der welligen Blechwand des Rohrs entlang bis ganz nach unten. Jetzt war sie wirklich tot, oder? Tot und begraben.

Wie grausam passend, dass sie in der Erde feststeckte.

2

Zsadists wuchtige Stiefel trugen ihn durch eine Seitenstraße der Trade Street, die schweren Sohlen zerstampften gefrorenen Matsch und zermalmten das eisverkrustete Profil von Reifenspuren. Er war allein, und es war stockdunkel, da die Ziegelbauten zu beiden Seiten fensterlos waren und die Wolken den Mond verdeckten. Und dennoch funktionierte seine Nachtsicht perfekt, sie durchdrang jede Finsternis. Genau wie seine Wut.

Schwarzes Blut. Was er brauchte, war mehr schwarzes Blut. Er brauchte das Gefühl, wie es über seine Hände floss und in sein Gesicht spritzte und seine Klamotten besudelte. Er brauchte ein Meer von Blut, das über den Boden rann und in die Erde sickerte. Um Bellas Gedächtnis zu ehren, würde er diese Jäger bluten lassen. Jeder Tod war seine Opfergabe an sie.

Er wusste, dass sie nicht mehr am Leben war, wusste tief im Herzen, dass sie auf grausige Weise den Tod gefunden haben musste. Warum also fragte er diese Scheißkerle immer wieder, wo sie war? Er hatte keinen blassen Schimmer. Es war einfach das Erste, was ihm über die Lippen kam, egal wie oft er sich sagte, dass ihr längst nicht mehr zu helfen war.

Und er würde diesen Arschlöchern immer weiter Fragen stellen. Er wollte das *Wo* wissen, das *Wie* und das *Womit.* Die Antworten würden ihn innerlich zerfressen, doch er musste es wissen. Musste es unbedingt erfahren. Und irgendwann würde einer von ihnen reden.

Z blieb stehen. Sog die Luft ein. Betete darum, dass ihm der süßliche Geruch von Talkum in die Nase stieg. Verflucht, er hielt das nicht mehr lange aus … dieses Nichtwissen.

Doch dann lachte er bitter. Klar, als ob er das nicht aushalten könnte. Dank seines einhundert Jahre währenden sorgfältigen Trainings mit der Herrin gab es keine Form von Dreck, die er noch nicht gefressen hatte. Körperlicher Schmerz, seelische Qualen, abgrundtiefe Erniedrigung und Demütigung, Hoffnungslosigkeit, Hilflosigkeit: Er hatte alles erlebt, alles erlitten.

Also konnte er auch das hier überleben.

Er blickte hinauf in den Himmel und geriet ins Taumeln, als er den Kopf in den Nacken legte. Rasch stützte er sich an einem Müllcontainer ab, dann holte er tief Luft und wartete darauf, dass das Gefühl des Betrunkenseins verging. Keine Chance.

Zeit, sich zu ernähren. Schon wieder.

Er fluchte, hoffte, er könnte sich noch ein oder zwei Nächte auf den Beinen halten. Gut, er schleppte seinen Körper schon seit Wochen mit reiner Willenskraft durch die Gegend, aber das war nichts Ungewöhnliches für ihn. Und heute Nacht wollte er sich einfach nicht mit der Blutlust befassen.

Komm schon, komm schon … konzentrier dich.

Er zwang sich dazu, weiterzugehen, die Gassen der Innenstadt abzusuchen, sich in das urbane Labyrinth Caldwells, der Kneipen- und Drogenszene New Yorks, hinein- und wieder herauszuschlängeln.

Gegen drei Uhr morgens hatte er solchen Bluthunger, dass er sich stoned fühlte, und nur aus diesem Grund gab er nach. Er konnte die Verfremdung nicht ertragen, das taube Gefühl in seinem Körper. Es erinnerte ihn zu stark an den Opiumrausch, in den er als Blutsklave immer gezwungen worden war.

Er beschleunigte seinen Schritt und machte sich auf den Weg ins *Zero Sum,* der derzeitigen Stammlocation der Bruderschaft in der Innenstadt. Die Türsteher lotsten ihn direkt an der Warteschlange vorbei; die bevorzugte Behandlung war eine der Vergünstigungen, die man bekam, wenn man so viel Asche in dem Laden ließ wie die Brüder. Allein Phurys roter Rauch machte ein paar Riesen Umsatz im Monat, und V und Butch bedröhnten sich ausschließlich mit dem edelsten Sprit. Und dann waren da noch Zs eigene regelmäßige Erwerbungen.

Im Inneren des Clubs war es heiß und dunkel wie in einer schwülen, tropischen Höhle, in der Technobeats durch die Luft wirbelten. Menschen drängten sich auf der Tanzfläche, schlürften Wasser, schwitzten, kauten Kaugummi, während sie sich zu den pulsierenden Laserstrahlen bewegten. Um die Tanzfläche herum lehnten Körper an den Wänden, in Zweier- und Dreiergrüppchen, wanden sich, berührten sich.

Z marschierte ohne Umwege in die VIP-Lounge. Die Menschenmenge ließ ihn durch, teilte sich wie ein Stück Samt, der zerrissen wird. Obwohl die meisten Leute auf Ecstasy und Koks waren, funktionierte der Überlebensinstinkt dieser überhitzten Leiber immer noch gut genug, um in ihm einen wandelnden Sargdeckel zu erkennen.

Am Ende des Gangs ließ ihn ein kahl geschorener Türsteher in das Herzstück des Clubs ein. Hier war es vergleichsweise ruhig. Zwanzig Tische mit Sitzgelegenheiten standen großzügig verteilt im Raum, das Scheinwerferlicht von der Decke beleuchtete die Tischplatten aus schwarzem Marmor. Die Stammnische der Bruderschaft lag direkt neben dem Notausgang, und Z war nicht überrascht, Vishous und Butch dort zu entdecken, jeder mit einem Cognacschwenker vor sich. Phurys Martiniglas war unbewacht.

Die beiden Brüder wirkten nicht begeistert, ihn hier zu sehen. Nein ... sie schienen eher bei seinem Anblick zu resignieren, als hätten sie darauf gehofft, man nähme ihnen eine Last ab, und er hätte ihnen stattdessen jeweils einen Motorblock zugeworfen.

»Wo ist er?« Z deutete mit dem Kopf auf den Martini seines Zwillingsbruders.

»Besorgt sich hinten Dope-Nachschub«, sagte Butch. »Ihm ist das Rauchkraut ausgegangen.«

Z setzte sich links von ihm an den Tisch und lehnte sich zurück, um dem Lichtkegel auf dem schimmernden Tisch zu entgehen. Um sich herum erkannte er die Gesichter bedeutungsloser Fremder. Die VIP-Ecke wurde von einem harten Kern von Stammgästen besucht, doch keiner der Großverdiener hier suchte gern Kontakt jenseits seines engeren Kreises. Im gesamten Club herrschte der Grundsatz »keine Fragen, keine Antworten«, was ein Grund für die Brüder war, hierherzukommen. Obwohl der Eigentümer des *Zero Sum* ein Vampir war, mussten sie ihre wahre Identität unter Verschluss halten.

Im Laufe des vergangenen Jahrhunderts hatte die

Bruderschaft der Black Dagger innerhalb ihrer eigenen Rasse zunehmend ein Geheimnis um ihre Organisation gemacht. Es gab natürlich Gerüchte, und die Zivilbevölkerung kannte einige Namen, aber keine Einzelheiten drangen an die Öffentlichkeit. Das Täuschungsmanöver war begonnen worden, nachdem die Vampirgesellschaft vor etwa einhundert Jahren zu zerfallen begann und tragischerweise das Vertrauen zum Hauptproblem innerhalb der Spezies geworden war. Inzwischen gab es allerdings noch weitere Gründe. Die *Lesser* folterten Zivilisten, um an Informationen über die Bruderschaft zu kommen, weswegen es unerlässlich war, die Tarnung aufrechtzuerhalten.

Das alles hatte dazu geführt, dass die wenigen Vampire, die diesen Laden frequentierten, sich nicht sicher sein konnten, ob die großen Kerle in den Lederklamotten, dem beeindruckenden Alkoholkonsum und den vielen Dollars tatsächlich Mitglieder der Black Dagger waren. Und glücklicherweise verboten es ihre Sitten, und nicht zuletzt die Mienen der Brüder, Fragen zu stellen.

Ungeduldig rutschte Zsadist auf dem Stuhl herum. Er hasste den Club; wirklich. Hasste es, so viele Körper um sich herum zu spüren. Hasste den Lärm. Die Gerüche.

Tuschelnd näherte sich ein Dreiergespann menschlicher Frauen dem Tisch der Brüder. Die drei arbeiteten heute Nacht, wenn auch das, was sie servierten, nicht in ein Glas passte. Das waren die typischen Edelnutten: teure Haarverlängerungen, noch teurere Silikonbrüste und Kleider aus der Sprühdose. Eine Menge dieser wandelnden Lustbarkeiten trieben sich im Club herum, besonders in der VIP-Lounge. Der Reverend, dem das *Zero Sum* gehörte, und der es auch selbst betrieb, glaubte an

Produktvielfalt als Geschäftsstrategie, weswegen er ihre Körper ebenso anbot wie den Alkohol und die Drogen. Zudem betätigte sich der Vampir auch als Geldverleiher, beschäftigte einige Buchmacher und hielt noch jede andere erdenkliche Dienstleistung für seine überwiegend menschliche Kundschaft bereit.

Die drei Prostituierten lächelten und plauderten und boten sich an. Doch keine von ihnen war, wonach Z suchte, und auch Butch hatte kein Interesse. Zwei Minuten später spazierten sie zum nächsten Tisch.

Z war verdammt hungrig, doch es gab eine Sache, die für ihn nicht verhandelbar war, wenn es darum ging, sich zu nähren.

»Hey, ihr Süßen«, sagte eine andere Frau. »Möchte einer von euch ein bisschen Gesellschaft?«

Er blickte auf. Das Gesicht dieser Frau war so hart wie ihr Körper. Schwarze Lederklamottten. Glasige Augen. Kurzes Haar.

Absolut perfekt.

Z legte seine Hand in die Lichtpfütze auf dem Tisch, hob zwei Finger und klopfte dann zweimal mit den Knöcheln auf den Stein. Butch und V fingen an, auf ihren Sitzen herumzurutschen; ihre Anspannung ärgerte ihn.

Die Frau lächelte. »Also gut.«

Zsadist beugte sich nach vorn und erhob sich zu seiner vollen Größe, sodass sein Gesicht vom Scheinwerfer erhellt wurde. Der Blick der Hure erstarrte, und sie machte einen Schritt rückwärts.

Genau in diesem Moment kam Phury durch eine Tür zu ihrer Linken. Seine spektakuläre Haarmähne fing Lichtblitze auf und warf sie zurück. Ihm auf den Fersen folgte ein gemeingefährlich aussehender Vampir mit einem Irokesenschnitt: der Reverend.

Auf dem Weg zum Tisch der Brüder lächelte der Clubeigentümer verkniffen. Seinen amethystfarbenen Augen entging das Zögern der Prostituierten nicht. »Schönen guten Abend, die Herren. Hast du was vor, Lisa?«

Sofort riss sich Lisa wieder am Riemen. »Ich wollte mich gerade um ihn hier kümmern, Boss.«

»Richtige Antwort.«

Genug gequatscht, dachte Z. »Raus. Sofort.«

Er drückte die Feuerschutztür auf und folgte Lisa in die Gasse hinter dem Club. Der Dezemberwind blies durch die weite Jacke, die er über seine Waffen gezogen hatte, doch die Kälte kümmerte ihn nicht, genauso wenig wie Lisa. Obwohl die eisigen Böen ihr die Frisur zerzausten und sie praktisch nackt war, stand sie, ohne zu zittern, vor ihm, das Kinn hoch erhoben.

Nun, da sie sich darauf eingelassen hatte, war sie vollkommen bereit für ihn. Ein echter Profi.

»Wir tun es hier«, sagte er und trat in den Schatten. Dann holte er zwei Hundertdollarscheine aus der Tasche und hielt sie ihr vor die Nase. Ihre Finger zerknüllten das Geld, bevor sie es in ihren Lederrock schob.

»Wie hättest du's denn gern?« Sie rückte auf ihn zu und wollte ihm die Arme auf die Schultern legen.

Blitzschnell drehte er sie mit dem Gesicht zur Wand. »Fass mich nicht an. Ich bin der Einzige, der hier anfasst.«

Ihr Körper verspannte sich, und ihre Furcht kitzelte ihn in der Nase, ein schwefliges Brennen. Doch ihre Stimme war fest. »Pass bloß auf, Arschloch. Wenn ich mit blauen Flecken zurückkomme, jagt er dich wie ein Tier.«

»Keine Sorge, du kommst schon heil aus dieser Nummer raus.«

Doch sie war immer noch eingeschüchtert.

Normalerweise war Angst das Einzige an einer Frau,

was ihn antörnte, der einzige Weg, ihn hart werden zu lassen. In letzter Zeit allerdings funktionierte das nicht mehr, was ihm auch recht war. Er hatte die Reaktion seines Schwanzes immer verachtet, und da die meisten Frauen sich bei Zsadists Anblick vor Angst beinahe in die Hosen machten, wurde er um einiges häufiger erregt, als ihm lieb war. Überhaupt nicht wäre besser gewesen. Scheiße, er war vermutlich der einzige Mann auf dem Planeten, der gerne impotent gewesen wäre.

»Leg den Kopf zur Seite«, befahl er. »Ohr auf die Schulter.«

Zögernd gehorchte sie und bot ihm ihren Hals dar. Genau deshalb hatte er sie ausgewählt. Kurzes Haar bedeutete, er müsste nichts aus dem Weg schieben. Er hasste es, sie berühren zu müssen.

Beim Anblick ihres Nackens wurde sein Durst stärker, und seine Fänge verlängerten sich. Zur Hölle, er war so ausgetrocknet, dass er sie vollkommen leer saugen könnte.

»Was hast du denn vor?«, fauchte sie. »Mich beißen?«

»Genau.«

Unvermittelt schnellte sein Kopf nach vorn, und er hielt sie fest, als sie mit den Armen um sich schlug. Um es für sie leichter zu machen, beruhigte er sie durch seine Gedanken, entspannte sie, versetzte sie in einen Rausch, der ihr zweifellos sehr vertraut war. Sie wurde ruhiger, und er schluckte, so viel er konnte, ohne zu würgen, schmeckte das Koks und den Alkohol in ihrem Blut ebenso wie die Antibiotika, die sie nahm.

Als er fertig war, leckte er die Einstiche ab, damit der Heilungsprozess schneller in Gang kam und sie nicht verblutete. Dann zog er ihren Kragen über die Bissstelle, löschte sich aus ihrem Gedächtnis und schickte sie zurück in den Club.

Wieder allein ließ er sich gegen die Ziegelwand fallen. Menschliches Blut war so schwach, reichte ihm gerade eben so zum Überleben. Aber er würde nicht von Frauen seiner eigenen Spezies trinken. Nicht noch einmal. Nie mehr.

Wieder blickte er in den Himmel. Die Wolken, die vorhin das Schneegestöber mit sich gebracht hatten, waren jetzt weg, und zwischen den Gebäuden konnte er einen Streifen des Sternenhimmels entdecken, funkelnd wie ein gigantisches Nadelkissen. Die Konstellation sagte ihm, dass er nur noch zwei Stunden draußen bleiben konnte.

Als er genug Kraft gesammelt hatte, schloss er die Augen und dematerialisierte sich an den einzigen Ort, zu dem er sich hingezogen fühlte.

Gott sei Dank blieb ihm noch genug Zeit, dorthin zu gehen. Dort zu sein.

3

John Matthew stöhnte und drehte sich in seinem Bett auf den Rücken. Die Frau kam ihm nach, ihre nackten Brüste pressten sich an seine breite, nackte Brust. Mit einem verführerischen Lächeln griff sie ihm zwischen die Beine und fand seine harte Begierde. Er warf den Kopf zurück und stöhnte wieder, als sie seine Erektion aufrichtete und sich daraufsetzte. Mit seinen Händen auf ihren Knien fing sie an, ihn langsam und heftig zu reiten.

O ja …

Mit der einen Hand spielte sie an sich selbst herum; mit der anderen quälte sie ihn, indem sie sich mit der flachen Hand über ihre Brüste hinauf bis zum Hals fuhr und ihr langes platinblondes Haar dabei mit nach oben strich. Ihre Hand wanderte weiter bis zu ihrem Gesicht, dann war der Arm über dem Kopf, ein graziler Bogen. Sie bog sich zurück und drückte die Brüste heraus, die harten Spitzen geschwollen, rosig. Ihre Haut war so blass wie frisch gefallener Schnee.

»Krieger.« Sie hielt inne. »Hältst du das aus?«

Ob er das aushielt? Und ob. Und damit kein Zweifel aufkam, wer hier was aushielt, packte er ihre Oberschenkel und stieß seine Hüften kraftvoll nach oben, bis sie aufschrie.

Als er sich wieder zurückzog, lächelte sie auf ihn herab und ritt ihn immer schneller und schneller. Sie war feucht, und sie war eng, und seine Erektion war im siebten Himmel.

»Krieger, hältst du das aus?« Ihre Stimme war jetzt tief vor Anstrengung.

»Worauf du dich verlassen kannst«, knurrte er. Mann, sobald er gekommen war, würde er sie herumwerfen und gleich wieder in sie eindringen.

»Hältst du das aus?« Immer härter stieß sie zu, den Arm immer noch hoch über den Kopf gehoben, ritt sie ihn wie einen Bullen, bäumte sich auf ihm auf.

Das war großartiger Sex … unglaublicher, wahnsinniger, großartiger …

Ihre Worte wurden dumpf, verzerrt … und die Tonlage fiel unter die weibliche Oktave ab. »Hältst du das aus?«

John spürte einen kalten Schauer. Etwas stimmte hier nicht. Etwas stimmte ganz und gar nicht …

»Hältst du das aus? Hältst du das aus?« Plötzlich drang eine Männerstimme aus ihrer Kehle, eine Männerstimme verspottete ihn. »Hältst du das aus?«

John bemühte sich, sie abzuwerfen, doch sie klammerte sich an ihn und hörte nicht auf, ihn zu reiten.

»Glaubst du, du hältst das aus? Kannst-du-das-aushalten? *Kannstdudasaushalten?«* Die Männerstimme schrie jetzt, brüllte aus dem Frauengesicht heraus.

Das Messer stieß aus der Luft über ihrem Kopf auf ihn herab – nur, dass sie jetzt ein Mann war, ein Mann mit weißer Haut und blassen Haaren, und Augen in der Farbe des Nebels. Als die Klinge silbern aufblitzte, wollte John sie mit dem Arm abblocken, doch sein Arm war nicht mehr muskelbepackt. Er war dünn und ausgezehrt.

»Glaubst du, du hältst das aus, Krieger?«

In einem eleganten Bogen landete der Dolch genau in der Mitte seiner Brust. Ein heißer Schmerz loderte an der Stelle auf, das Feuer rann ihm durch den Körper, prallte innen von seiner Haut ab, bis er hellwach vor Qual war. Ächzend rang er nach Luft und würgte an seinem eigenen Blut, würgte und keuchte, bis auch seine Lungen brannten. Er ruderte wild mit den Armen, kämpfte gegen den Tod, der ihn holen kam …

»John! John! Wach auf!«

Seine Augen klappten weit auf. Der erste Gedanke war, dass sein Gesicht schmerzte, wenn er auch keine Ahnung hatte, warum, da er doch in die Brust gestochen worden war. Dann bemerkte er, dass er den Mund weit aufgerissen hatte und das ausstieß, was ein Schrei gewesen wäre, hätte er über einen Kehlkopf verfügt. So jedoch kam lediglich ein konzentrierter Luftstrom hervor.

Dann spürte er die Hände … Hände drückten seine Arme auf die Matratze. Der Schrecken kehrte zurück, und in einem für seine Verhältnisse beachtlichen Aufbäumen warf er seinen mageren Körper vom Bett. Er landete mit dem Gesicht nach unten, seine Wange schlitterte über den rauen Teppichboden.

»John! Ich bin es, Wellsie.«

Die Realität kehrte beim Klang dieses Namens zurück und schüttelte ihn aus seiner Hysterie wie eine Ohrfeige.

O mein Gott … Alles war gut. Ihm ging es gut. Er lebte.

Er warf sich in Wellsies Arme und vergrub das Gesicht in ihrem langen roten Haar.

»Ist ja gut.« Sie zog ihn auf ihren Schoß und streichelte ihm über den Rücken. »Du bist zu Hause. Du bist in Sicherheit.«

Zu Hause. In Sicherheit. Ja, nach nur sechs Wochen war dies sein Zuhause … das erste, das er je besessen hatte, nachdem er im Waisenhaus aufgewachsen war und danach in miesen Löchern gewohnt hatte, seit er sechzehn war. Bei Wellsie und Tohrment jedoch war er zu Hause.

Und hier war er nicht nur in Sicherheit; er wurde auch verstanden. Ach was, er selbst hatte hier erst die Wahrheit über sich erfahren. Bis Tohrment ihn fand, hatte er nicht gewusst, warum er immer anders als die anderen gewesen war, oder warum er so dürr und schwächlich war. Aber männliche Vampire waren eben so – vor ihrer Transition. Selbst Tohr, ein ausgewachsenes Mitglied der Bruderschaft der Black Dagger, war offenbar früher schmächtig gewesen.

Jetzt hob Wellsie Johns Kopf an. »Kannst du es mir erzählen?«

Er schüttelte den Kopf und vergrub sich noch tiefer in ihrem Haar, hielt sie so fest, dass er sich wunderte, wie sie überhaupt noch atmen konnte.

Zsadist materialisierte sich vor Bellas Haus und fluchte leise. Schon wieder war jemand hier gewesen. Im Pulverschnee der Auffahrt sah man frische Reifenspuren und Fußabdrücke, die bis zur Tür reichten. *Mist* … Da waren sehr viele Fußabdrücke, so viele, dass es so aussah, als hätte jemand das Haus ausgeräumt. Das machte ihn nervös, als verschwänden immer mehr kleine Stückchen von ihr.

Verflucht noch mal. Wenn ihre Familie den Haushalt auflöste, wüsste er nicht mehr, wohin er gehen sollte, um bei ihr zu sein.

Ohne zu blinzeln, starrte er die Veranda und die hohen Fenster des Wohnzimmers an. Vielleicht sollte er sich ein paar Dinge von ihr einpacken. Das wäre nicht gerade die feine englische Art, aber andererseits war er sich für einen Diebstahl gewiss nicht zu schade.

Wie schon oft dachte er über ihre Familie nach. Er wusste, dass sie Aristokraten waren, doch mehr auch nicht, und er konnte gut darauf verzichten, sie näher kennen zu lernen. Selbst an seinen besten Tagen war er grauenhaft im Umgang mit anderen Leuten, doch die Situation mit Bella machte ihn überdies auch gefährlich im Umgang. Nein, Tohrment war der Verbindungsmann zu ihrer Familie, und Z achtete sorgfältig darauf, ihnen nicht zu begegnen.

Er ging hinten um das Haus herum, trat durch die Küche ein und schaltete die Alarmanlage ab. Wie jede Nacht sah er als Erstes nach ihren Fischen. Flocken schwammen auf dem Wasser, ein Anzeichen dafür, dass sich schon jemand darum gekümmert hatte. Es kotzte ihn an, dass man ihm diese Aufgabe abgenommen hatte.

Die Wahrheit war, dass er ihr Haus inzwischen als sein eigenes Heim betrachtete. Er hatte es geputzt und aufgeräumt, nachdem sie entführt worden war. Er war durch alle Zimmer und über alle Stufen gelaufen, hatte aus den Fenstern geblickt und auf jedem Stuhl und jedem Sofa und auch auf dem Bett gesessen. Er hatte sich sogar entschlossen, das Haus zu kaufen, falls ihre Familie den Kasten verkaufen wollte. Zwar hatte er noch nie ein Haus oder besonders viele persönliche Gegenstände besessen, doch diese Mauern und dieses Dach und der ganze Kram darin – alles würde ihm gehören. Es würde ein Schrein für Bella sein.

Z absolvierte einen kurzen Rundgang durch das Haus und machte eine Bestandsaufnahme der Dinge, die entfernt worden waren. Viel war es nicht. Ein Gemälde und eine silberne Schale aus dem Wohnzimmer, ein Spiegel aus dem Eingangsbereich. Er hätte gern gewusst, warum ausgerechnet diese Gegenstände ausgewählt worden waren, und er wünschte sie zurück an Ort und Stelle, wohin sie gehörten.

Als er wieder in die Küche kam, rief er sich ins Gedächtnis, wie der Raum nach ihrer Entführung ausgesehen hatte. All das Blut, die Glasscherben, die kaputten Stühle, das zerbrochene Geschirr. Sein Blick fiel auf einen schwarzen Gummistreifen auf dem Kiefernboden. Er konnte sich ausmalen, wie er entstanden war. Bella hatte sich gegen den *Lesser* gewehrt, war durch die Küche geschleift worden, und ihre Schuhsohle hatte gequietscht, als sie die Spur hinterließ.

Wut kroch ihm durch die Brust, bis er von diesem hässlichen, allzu vertrauten Gefühl zu keuchen begann. Nur ... Himmel Herrgott, das war doch alles völlig unsinnig: Dass er nach ihr suchte, in ihrem Haus herumtigerte und von ihren Sachen besessen war. Sie waren nicht befreundet gewesen. Nicht einmal gute Bekannte. Und er war die beiden Male, als sie sich begegnet waren, nicht gerade nett zu ihr gewesen.

Das bereute er mittlerweile zutiefst. Er wünschte, er hätte während dieser wenigen Momente, die er mit ihr erlebt hatte, nicht so ... Sich *nicht* zu übergeben, als er festgestellt hatte, dass sie von ihm erregt war, wäre beispielsweise ein ganz guter Anfang gewesen. Aber er konnte die Reaktion nun mal schlecht zurücknehmen. Keine Frau außer seiner kranken, abartigen Herrin war jemals feucht für ihn geworden, weshalb glatte weibliche Haut bei ihm nicht unbedingt die besten Assoziationen auslöste.

Beim Gedanken daran, wie Bella sich an seinen Körper gedrückt hatte, fragte er sich immer noch, warum sie bei ihm hatte liegen wollen. Sein Gesicht war ein verdammtes Trümmerfeld. Sein Körper sah nicht viel besser aus, wenigstens nicht sein Rücken. Und gegen seinen Ruf wirkte Jack the Ripper wie ein Pfadfinder. Zum Henker, er war wütend auf alles und jeden, und das zu jeder Zeit. Sie hingegen war wunderschön und mitfühlend und freundlich gewesen, eine würdevolle Aristokratin privilegierter Herkunft.

Aber genau ihre Gegensätze waren doch das Entscheidende gewesen, oder etwa nicht? Für sie war er das Neue, Aufregende gewesen, das sie anzog. Das gefährliche Abenteuer. Die wilde Kreatur, die sie für ein, zwei Stunden aus ihrem braven kleinen Leben reißen würde. Und obwohl es wehgetan hatte, genau auf das reduziert zu werden, was er war, hatte er sie trotzdem noch ... wunderbar gefunden.

Hinter sich hörte er eine Standuhr schlagen. Fünf Uhr.

Die Vordertür öffnete sich knarrend.

Völlig lautlos zog Z blitzschnell einen Dolch aus dem Brusthalfter und drückte sich flach an die Wand. Den Kopf hielt er so, dass er den Flur und den Eingangsbereich im Blick hatte.

Butch hielt die Hände hoch, als er hereinkam. »Ich bin's bloß, Z.«

Zsadist ließ die Klinge sinken und steckte sie zurück ins Halfter.

Der ehemalige Cop bei der Mordkommission bildete die große Ausnahme in ihrer Welt; er war der einzige

Mensch, der je in den inneren Kreis der Bruderschaft aufgenommen worden war. Butch war Vs Mitbewohner, Rhages Partner beim Gewichtheben und Phurys Shopping-Kumpel. Und aus unerfindlichen Gründen war er völlig besessen von Bellas Entführung, wodurch er auch mit Z etwas gemeinsam hatte.

»Was gibt's, Bulle?«

»Bist du auf dem Weg nach Hause?« Das war zwar wie eine Frage formuliert, klang aber eher wie ein Vorschlag.

»Noch nicht.«

»Wird schon bald hell.«

Na und. »Hat Phury dich geschickt?«

»Das war meine eigene Idee. Als du von deinem Ausflug nicht zurückgekommen bist, dachte ich mir schon, dass du vielleicht hier bist.«

Z verschränkte die Arme vor der Brust. »Hast du Angst, ich könnte die Frau umgebracht haben?«

»Nein. Ich hab sie noch im Club gesehen, bevor ich gegangen bin.«

»Und warum stehst du jetzt vor mir?«

Der Mann sah aus, als suchte er nach den passenden Worten, während er in den teuren Lederschuhen, auf die er so abfuhr, vor- und zurückschaukelte. Dann knöpfte er den edlen schwarzen Kaschmirmantel auf.

Ach so … Butch war ein Bote. »Spuck's schon aus, Bulle.«

Immer noch zögernd rieb der Mensch sich mit dem Daumen über die Augenbraue. »Du weißt doch, dass Tohr mit Bellas Familie gesprochen hat, oder? Und dass ihr Bruder ein ziemlicher Hitzkopf ist? Jedenfalls weiß er, dass es jemanden gibt, der regelmäßig hierherkommt. Er hat es durch die Alarmanlage herausgekriegt. Jedes Mal, wenn sie an- oder abgeschaltet wird, empfängt er ein Signal. Er will, dass diese Besuche aufhören, Z.«

Zsadist fletschte die Fänge. »Sein Pech.«

»Er wird Wachen aufstellen.«

»Was zum Teufel geht ihn das eigentlich an?«

»Komm schon, Mann, es ist das Haus seiner Schwester.«

Drecksack. »Ich will das Haus kaufen.«

»Das kommt nicht infrage, Z. Tohr sagte, die Familie wolle es in näherer Zukunft nicht zum Verkauf anbieten. Sie wollen es behalten.«

Einen Augenblick mahlte Z mit den Kiefern. »Bulle, tu dir selbst einen Gefallen und verzieh dich.«

»Ich würde dich lieber nach Hause fahren. Es wird verdammt bald hell.«

»Genau. Und das muss ich mir ganz dringend von einem Menschen erklären lassen.«

Butch fluchte unterdrückt. »Dann lass dich doch knusprig braten, wenn du so scharf darauf bist. Hauptsache, du kommst nicht wieder hierher. Ihre Familie hat schon genug durchgemacht.«

Als die Eingangstür wieder ins Schloss fiel, spürte Z eine Hitzewelle über seinen Körper schwappen, als habe ihn jemand in eine Heizdecke gewickelt und auf die höchste Stufe gestellt. Schweiß brach ihm auf Stirn und Brust aus, sein Magen drehte sich um. Er hob die Hände. Die Innenflächen waren feucht, und die Finger zitterten leicht.

Physiologische Anzeichen von Stress, dachte er.

Eindeutig zeigte er eine gefühlsmäßige Reaktion, wenn er auch keinen blassen Schimmer hatte, worauf. Er bekam nur die Begleitsymptome mit. In seinem Inneren war nichts, jedenfalls kein Gefühl, das er genauer bestimmen konnte.

Er sah sich um und wollte das Haus in Brand stecken, alles in Schutt und Asche legen, damit niemand es haben konnte. Besser als zu wissen, dass er nie wieder hierherkommen konnte.

Das Dumme war nur, dass er das Gefühl hatte, er würde ihr wehtun, wenn er ihr Haus abfackelte.

Wenn er also schon nicht verbrannte Erde hinterlassen konnte, dann wollte er wenigstens etwas mitnehmen. Während er darüber nachdachte, was er mit sich nehmen und sich trotzdem dematerialisieren konnte, legte er die Hand auf die schmale Kette, die sich eng um seinen Hals schloss.

Dieses Schmuckstück mit den winzigen Diamanten gehörte ihr. Er hatte es zwischen den ganzen Trümmern auf dem Terrakottafußboden unter dem Küchentisch gefunden, in der Nacht nach ihrer Entführung. Er hatte es von ihrem Blut gereinigt, den Verschluss repariert und die Kette seitdem immer getragen.

Und Diamanten waren doch unvergänglich? Sie überdauerten alles. Wie seine Erinnerung an sie.

Bevor Zsadist ging, warf er einen letzten Blick auf das Aquarium. Das Futter war jetzt fast verschwunden, von der Oberfläche geschnappt von kleinen aufgesperrten Mäulern, Mäulern, die sich vorsichtig von unten näherten.

John wusste nicht, wie lange er in Wellsies Armen gelegen hatte, aber er brauchte ein Weilchen, um wieder in der Realität anzukommen. Als er sich schließlich ihrer Umarmung entzog, lächelte sie ihn an.

»Bist du sicher, dass du mir nicht von deinem Albtraum erzählen willst?«

Johns Hände bewegten sich, und sie sah ganz genau hin, da sie gerade erst angefangen hatte, die Zeichensprache zu lernen. Er wusste, er redete zu schnell, deshalb nahm er einen Block und einen Stift zur Hand.

Es war nichts. Jetzt geht es mir wieder gut. Aber Danke, dass du mich geweckt hast.

»Willst du wieder ins Bett?«

Er nickte. Es kam ihm so vor, als hätte er seit eineinhalb Monaten nichts getan als geschlafen und gegessen, aber sein Appetit und seine Erschöpfung nahmen einfach kein Ende. Andererseits musste er auch dreiundzwanzig Jahre Hunger und Schlaflosigkeit bekämpfen.

Er legte sich wieder unter die Decke, und Wellsie setzte sich neben ihn. Im Stehen sah man ihre Schwangerschaft noch kaum, aber wenn sie saß, zeigte sich eine deutliche Schwellung unter dem weiten Hemd.

»Soll ich das Licht in deinem Badezimmer anmachen?«

Er schüttelte den Kopf. Dann käme er sich noch mehr wie ein Waschlappen vor, und sein Ego war ohnehin schon total am Boden.

»Ich bin an meinem Schreibtisch, in Ordnung?«

Als sie ging, war er über seine Erleichterung innerlich etwas zerknirscht, doch nach dem Abflauen der Panik schämte er sich einfach. So benahm sich ein Mann einfach nicht. Ein Mann hätte den weißhaarigen Dämon im Traum bekämpft und besiegt. Und selbst wenn er Angst gehabt hätte, dann hätte ein Mann sich nicht zusammengerollt und wie ein Fünfjähriger gezittert, als er aufwachte.

Doch John war eben kein Mann. Zumindest noch nicht. Tohr hatte gesagt, die Wandlung würde erst mit knapp fünfundzwanzig Jahren eintreten. Er konnte es kaum erwarten, bis die nächsten zwei Jahre vorbei waren. Denn selbst wenn ihm nun bewusst war, warum er nur knapp einen Meter siebzig maß und gut fünfzig Kilo wog, war es doch hart. Er hasste den täglichen Anblick seines knochigen Spiegelbildes. Hasste es, Kinderkleidung zu tragen, obwohl er längst alt genug war, um Auto zu fahren, Alkohol zu trinken und zu wählen. Schauderte bei dem Gedanken, dass er noch nie eine Erektion gehabt hatte, nicht einmal, wenn er aus einem seiner erotischen Träume aufwachte. Und eine Frau geküsst hatte er auch noch nicht.

Nein, in Sachen Männlichkeit war er einfach nicht besonders weit. Besonders in Anbetracht dessen, was ihm vor knapp einem Jahr zugestoßen war. Himmel, dieser Überfall jährte sich bald zum ersten Mal, oder nicht? Sein Gesicht verzog sich, als er versuchte, nicht an das schmutzige Treppenhaus zu denken oder an den Mann, der ihm das Messer an die Kehle gehalten hatte, oder an diese furchtbaren Momente, in denen ihm etwas Unwiederbringliches genommen worden war: seine Unschuld.

Er zwang seinen Verstand aus dieser Abwärtsspirale heraus und sagte sich, dass er wenigstens nicht länger ein hoffnungsloser Fall war. Schon bald würde er sich in einen Mann verwandeln.

Die Gedanken an seine Zukunft machten ihn ganz zappelig, und er warf die Decke von sich und ging zum Schrank. Der Anblick war immer noch ungewohnt; noch nie in seinem Leben hatte er so viele Hosen und Pullis besessen, und alle waren so neu und schön … Alle Reißverschlüsse intakt, keine fehlenden Knöpfe, keine Löcher, keine Risse. Sogar ein Paar nagelneue Turnschuhe stand dort.

Er holte einen Pulli aus dem Schrank und zog ihn an, dann steckte er seine schlaksigen Beine in eine saubere Hose. Im Badezimmer wusch er sich Gesicht und Hände und kämmte sich die dunklen Haare. Dann machte er sich auf den Weg in die Küche und durchquerte Räume, deren Grundriss klar und modern war, die aber mit Möbeln und Kunstwerken aus der italienischen Renaissance eingerichtet waren und mit dazu passenden Stoffen dekoriert. Als er Wellsies Stimme aus dem Arbeitszimmer hörte, blieb er stehen.

»... muss ein Albtraum gewesen sein. Ich meine, Tohr, er war zu Tode erschrocken ... Nein, er hat sich herausgeredet, als ich ihn danach gefragt habe, und ich hab ihn auch nicht gedrängt. Ich glaube, es wird Zeit, dass er zu Havers geht. Ja ... M-hm. Zuerst sollte er Wrath treffen. Okay. Ich liebe dich, mein *Hellren.* Was? Tohr, mir geht es doch ganz genauso. Ich weiß gar nicht mehr, wie es ohne ihn war. Er ist so ein Segen.«

John lehnte sich an die Wand im Flur und schloss die Augen. Seltsam, er dachte von den beiden ganz genauso.

4

Stunden später, oder zumindest kam es ihr so vor, erwachte Bella davon, dass die Drahtabdeckung beiseitegeschoben wurde. Der süßliche Geruch des *Lesser* waberte zu ihr herab und überlagerte den durchdringenden, feuchten Erdgeruch.

»Hallo, meine Frau.« Das Geschirr um ihren Oberkörper zog sich zusammen, als er sie an den Seilen herauszog, die daran befestigt waren.

Ein Blick in seine blassbraunen Augen, und sie wusste, jetzt war kein guter Zeitpunkt, um Grenzen auszutesten. Er stand unter Strom, sein Lächeln war viel zu überdreht. Und Anspannung bekam ihm überhaupt nicht gut.

Gerade, als ihre Füße den Boden berührten, ruckte er am Geschirr, sodass sie auf ihn fiel. »Ich hab gesagt, hallo, meine Frau.«

»Hallo, David.«

Er schloss die Augen. Er liebte es, wenn sie seinen Namen sagte. »Ich habe etwas für dich.«

Er nahm ihr die Gurte nicht ab, sondern führte sie darin zu dem Edelstahltisch in der Mitte des Raumes. Als er sie mit den Handschellen an den Tisch fesselte, wusste sie, dass es draußen noch dunkel sein musste. Nachlässig wurde er nur tagsüber, wenn sie nicht weglaufen konnte.

Der *Lesser* ging vor die Tür und ließ sie weit offen stehen. Es folgten ein Schlurfen und Knurren, dann schleppte er einen halb bewusstlosen Vampir herein. Der Kopf des Gefangenen rollte auf den Schultern herum, als wäre im Genick ein Scharnier kaputt. Seine Füße schleiften über den Boden. Er trug eine vormals elegante schwarze Hose und einen Kaschmirpulli, doch jetzt waren die Kleider zerrissen, nass und blutverschmiert.

Mit einem unterdrückten Stöhnen schob sich Bella rückwärts, bis die angespannte Kette sie daran hinderte, noch weiter zu gehen. Sie konnte die Folter nicht mit ansehen; sie konnte es einfach nicht.

Der *Lesser* wuchtete den Vampir auf den Tisch und streckte ihn flach aus. Rasch wickelte er Ketten um seine Hand- und Fußgelenke und befestigte sie dann mit Metallklammern. Sobald die trüben Augen des Gefangenen die Regale mit den Werkzeugen entdeckten, verfiel er in Panik. Er riss an den Stahlfesseln, wodurch sie gegen den Metalltisch rasselten.

Bella sah dem Vampir in die blauen Augen. Er hatte furchtbare Angst, und sie wollte ihn beruhigen, doch sie wusste, das wäre nicht klug. Der *Lesser* beobachtete sie, wartete.

Und dann zückte er ein Messer.

Der Vampir auf dem Tisch schrie auf, als sich der *Lesser* über ihn beugte. Doch David schlitzte lediglich den Pulli des Gefangenen auf und entblößte seine Brust und seinen Hals.

Obwohl Bella sich dagegen wehrte, regte sich Blutlust in ihr. Es war lange her, seit sie sich genährt hatte, vielleicht schon Monate, und nach all den Belastungen brauchte ihr Körper unbedingt, was nur das Blut des anderen Geschlechts ihr geben konnte.

Der *Lesser* nahm sie am Arm und zog sie um den Tisch herum. Die Handschellen glitten an dem um den Tisch herumlaufenden Griff mit.

»Ich dachte mir, dass du bestimmt inzwischen Durst hast.« Er rieb ihr mit dem Daumen über den Mund. »Also habe ich dir diesen hier geholt, damit du dich an seiner Vene nähren kannst.«

Sie riss die Augen auf.

»So ist es. Er gehört dir allein. Ein Geschenk. Er ist frisch und jung. Besser als die zwei, die in den Rohren stecken. Und wir können ihn so lange behalten, wie er dir dienlich ist.« Der *Lesser* schob ihre Oberlippe zurück. »Sieh dir das an … diese Fänge werden immer länger. Meine Frau ist hungrig.«

Seine Hand umklammerte ihren Nacken, und er küsste sie und leckte sie mit seiner Zunge ab. Irgendwie gelang es ihr, den Würgereiz zu unterdrücken, bis er den Kopf wieder hob.

»Ich habe mich schon immer gefragt, wie das wohl aussieht.« Seine Augen tasteten ihr Gesicht ab. »Meinst du, es macht mich an? Ich bin nicht sicher, ob ich das geil finden will oder nicht. Ich glaube, ich mag dich lieber rein. Aber du musst das tun, oder? Sonst stirbst du.«

Er drückte ihren Kopf auf die Kehle des gefesselten Vampirs herunter. Als sie sich sträubte, lachte der *Lesser* leise und raunte ihr ins Ohr. »So ist es brav. Wenn du ihn bereitwillig genommen hättest, hätte ich dich wahrscheinlich aus Eifersucht geschlagen.« Mit der freien Hand streichelte er ihr übers Haar. »Und jetzt trink.«

Bella sah dem Vampir in die Augen. *Lieber Himmel …*

Der Mann hatte aufgehört, sich zu wehren, und starrte sie unverwandt an, seine Augen fielen ihm beinahe aus dem Kopf. So hungrig sie auch war, sie konnte den Gedanken nicht ertragen, von ihm zu trinken.

Jetzt wurde der Griff ihres Peinigers um ihren Nacken fester und seine Stimme gemeiner. »Du solltest besser trinken. Es hat mich verdammt viel Mühe gekostet, dir dieses Geschenk zu besorgen.«

Sie öffnete den Mund, ihre Zunge war vor lauter Durst rau wie Schleifpapier. »Nein …«

Da hielt der *Lesser* ihr das Messer vor die Augen. »So oder so wird er vor Ablauf der nächsten Minute bluten. Wenn ich mich um ihn kümmere, macht er es nicht lang. Also vielleicht möchtest du es mal probieren, *Frau?*«

Tränen traten ihr in die Augen angesichts der Schändung, die sie begehen würde.

»Es tut mir so leid«, flüsterte sie dem angeketteten Vampir zu.

Heftig wurde ihr Kopf zurückgerissen, und eine Handfläche traf sie von links. Der Schlag riss ihren gesamten Oberkörper herum, und der *Lesser* hielt sie an einer dicken Haarsträhne fest, damit sie nicht hinfiel. Er zog sie brutal zu sich heran. Wo das Messer hingeraten war, konnte Bella nicht sagen.

»Du entschuldigst dich nicht bei dem da.« Seine Hand umschloss fest ihr Kinn, die Fingerspitzen bohrten sich in das Fleisch unterhalb der Wangenknochen. »Ich bin der Einzige, um den du dich kümmerst. Haben wir uns verstanden? Ich sagte, *haben wir uns verstanden?*«

»Ja«, keuchte sie.

»Ja, was?«

»Ja, David.«

Er bog ihr den freien Arm auf den Rücken, ein heftiger Schmerz fuhr ihr in die Schulter. »Sag mir, dass du mich liebst.«

Aus dem Nichts heraus loderte ein Feuersturm der Wut in ihrem Brustkorb auf. *Niemals* würde sie dieses Wort zu ihm sagen. *Niemals.*

»Sag mir, dass du mich liebst«, brüllte er ihr seine Forderung ins Gesicht.

Ihre Augen blitzten auf, und sie fletschte die Fänge. Sofort geriet seine Erregung völlig außer Kontrolle, sein Körper begann zu beben, sein Atem ging schneller. Er war augenblicklich bereit zu einer körperlichen Auseinandersetzung, kampflüstern, aufgerichtet wie zum Sex. Das war der Teil der Beziehung, für den er lebte. Er liebte es, mit ihr zu kämpfen. Hatte ihr erzählt, dass seine frühere Frau nicht so stark wie sie gewesen war, nicht so lange durchgehalten habe, bis sie bewusstlos wurde.

»Sag mir, dass du mich liebst.«

»Ich. Verabscheue. Dich.«

Als er die Hand hob und zur Faust ballte, funkelte sie ihn wortlos an, ruhig, gefasst, bereit für seinen Schlag. So blieben sie lange Zeit stehen, ihre Körper wie Zwillingsbögen in Herzform regungslos angespannt, aneinandergebunden durch die unsichtbaren Fäden der Gewalt, die zwischen ihnen verliefen. Hinter ihnen wimmerte der Vampir auf dem Tisch.

Da plötzlich streckte der *Lesser* seine Arme aus, und er vergrub das Gesicht an ihrem Hals. »Ich liebe dich«, sagte er. »Ich liebe dich so sehr … ich kann ohne dich nicht leben …«

»Ach du Scheiße«, ertönte es plötzlich hinter ihnen.

Bella und der *Lesser* wandten ruckartig den Kopf in Richtung der Stimme. Der Eingang zum Überzeugungszentrum stand weit offen, und ein hellhaariger Vampirjäger war im Türrahmen stehen geblieben.

Nun brach er in Gelächter aus und sagte dann die vier Worte, die alles darauf Folgende auslösten: »Das werde ich melden.«

Blitzschnell rannte David dem anderen *Lesser* hinterher und jagte ihn nach draußen.

Bella zögerte keine Sekunde, als die ersten Kampfgeräusche ertönten. Sie machte sich sofort über die Fesseln des Vampirs her, löste die Metallklammern, wickelte die Kette ab. Keiner von beiden sprach ein Wort, während sie erst seine rechte Hand befreite und dann am rechten Knöchel weitermachte. Sobald er konnte, riss der Gefangene hektisch an den Fesseln auf seiner linken Seite. Dann war er frei, sprang er vom Tisch und betrachtete hilflos die stählernen Handschellen, die Bella an der Flucht hinderten.

»Du kannst mich nicht retten«, sagte sie zu ihm. »Er hat den einzigen Schlüssel.«

»Ich kann es nicht fassen, dass du noch lebst. Ich habe von dir gehört ...«

»Geh, jetzt geh schon ...«

»Er wird dich umbringen.«

»Nein, das wird er nicht.« Sie wünschte sich zwar, tot zu sein, aber das machte es nicht wahr. »Geh! Dieser Kampf wird nicht ewig dauern.«

»Ich werde dich holen.«

»Sieh einfach nur zu, dass du nach Hause kommst.« Als er den Mund wieder öffnete, befahl sie: »Halt verdammt noch mal die Klappe und konzentrier dich. Wenn du kannst, sag meiner Familie, dass ich nicht tot bin. Geh!«

Der Mann hatte Tränen in den Augen, als er sie schloss. Er holte zweimal tief Luft ... und dematerialisierte sich.

Bella begann so heftig zu zittern, dass sie zu Boden

sank, den an den Tisch gefesselten Arm über den Kopf haltend.

Die Kampfgeräusche von draußen hörten plötzlich auf. Stille. Dann gab es einen Lichtblitz und ein Knall ertönte. Sie wusste ohne Zweifel, dass David gewonnen hatte.

O gütige Jungfrau der Schrift... Das würde schlimm werden. Das würde ein sehr, sehr schlimmer Tag.

Zsadist blieb bis zum allerletzten Moment auf Bellas schneebedecktem Rasen stehen, dann dematerialisierte er sich in das trostlose, finstere Ungeheuer von einem Anwesen, in dem die gesamte Bruderschaft lebte. Das Herrenhaus sah aus wie die Kulisse eines alten Horrorfilms. Überall gab es schaurige Wasserspeier und Schatten und Bleiglasfenster. Vor dem Steinkasten gab es einen Hof, auf dem eine Reihe von Autos parkte, sowie ein Pförtnerhäuschen, das Butch und V als Junggesellenbude diente. Eine sechs Meter hohe Mauer umschloss das Gelände. Um hineinzugelangen, musste man zwei vorgelagerte Tore passieren, und eine Reihe böser Überraschungen diente dazu, unerwünschte Besucher abzuschrecken.

Z ging auf den Eingang des Haupthauses zu und öffnete eine der mit Stahl verkleideten Flügeltüren. Im Vorraum tippte er einen Code in ein Tastenfeld ein und wurde sofort eingelassen. Mit einer Grimasse betrat er die Halle. Der riesige Raum mit den juwelenfarbenen Wänden, dem Blattgold und dem bunten Mosaikfußboden wirkte auf ihn wie eine überfüllte Kneipe: totale Reizüberflutung.

Zu seiner Rechten hörte er die Geräusche eines vollen Esszimmers: das leise Klappern von Silberbesteck auf Porzellan, undeutliche Worte von Beth, ein Kichern von Wrath … und dann Rhages Bass, der sich einschaltete. Es gab eine Pause, vermutlich weil Hollywood eine Grimasse zog, und dann ertönte allgemeines Gelächter wie klingende Murmeln auf einem sauberen Fußboden.

Er hatte keine Lust, sich mit seinen Brüdern anzulegen, geschweige denn, mit ihnen zu essen. Inzwischen wüssten sie sicher alle, dass er wie ein Schwerverbrecher aus Bellas Haus gejagt worden war, weil er sich zu oft dort herumdrückte. Innerhalb der Bruderschaft konnte man schlecht ein Geheimnis bewahren.

Immer zwei Stufen auf einmal nehmend, stieg Z die große Freitreppe hinauf. Je schneller er rannte, desto gedämpfter wurden die Geräusche der Mahlzeit, und die Stille war ihm angenehm. Oben wandte er sich nach links und ging dann einen langen Flur entlang, der von antiken Statuen gesäumt war. Die marmornen Athleten und Krieger wurden indirekt aus den Nischen hinter ihnen beleuchtet, ihre weißen Arme, Beine und Oberkörper zeichneten ein Schattenmuster auf die blutrote Wand. Wenn man schnell genug daran entlanglief, erweckte der Rhythmus die Statuenkörper scheinbar zum Leben.

Sein Zimmer lag am Ende des Flurs, und als er die Tür öffnete, traf er auf eine Wand aus Kälte. Er stellte nie die Heizung oder die Klimaanlage an, genau wie er niemals im Bett schlief, oder das Telefon benutzte, oder etwas in die antiken Kommoden legte. Der Wandschrank war das Einzige, was er brauchte, und dorthin ging er, um seine Waffen abzulegen. Er bewahrte sie und die Munition in dem feuerfesten Schränkchen ganz hinten auf, und seine vier T-Shirts und drei Hosen hingen eng zusammen. So spärlich bestückt wie der begehbare Schrank war, fühlte er sich bei seinem Anblick oft an Skelette erinnert, all diese leeren Kleiderbügel und Messingstangen wirkten so zerbrechlich und dürr.

Er zog sich aus und duschte. Er hatte Hunger, aber dabei beließ er es gern. Der Schmerz eines leeren Magens, das trockene Lechzen nach Wasser … sich das zu verweigern, was unter seiner Kontrolle stand, entspannte ihn immer. Wenn er es auch noch durchziehen könnte, ohne Schlaf auszukommen, würde er sich das auch noch versagen. Und diese gottverdammte Blutlust …

Er wollte sauber sein. Innerlich.

Als er wieder aus der Dusche kam, schor er sich mit einem Rasierer den Schädel. Nackt, ausgekühlt und groggy ging er zu seinem kahlen Lager auf dem Fußboden hinüber. Beim Anblick der beiden gefalteten Decken, die ungefähr so viel Polsterung boten wie zwei Heftpflaster, musste er an Bellas Bett denken. Es war breit und ganz weiß. Weiße Kissenbezüge und Laken. Ein dickes weißes Deckbett und ein weißer flauschiger Überwurf lagen darauf.

Er hatte auf ihrem Bett gelegen. Hatte sich eingebildet, sie darin riechen zu können. Manchmal hatte er sich sogar darauf herumgewälzt. Das weiche Bett hatte unter seinem harten Körper nachgegeben. Das war beinahe so gewesen, als hätte sie ihn berührt, und auf eine Art sogar besser, als wenn sie es tatsächlich getan hätte. Er konnte es nicht ertragen, wenn ihn jemand anfasste … obwohl er sich wünschte, er hätte Bella nur ein einziges Mal an sich herangelassen. Bei ihr hätte er es vielleicht ausgehalten.

Seine Augen wanderten zu dem Totenkopf, der auf dem Boden neben seinem Lager stand. Die Augenhöhlen waren schwarze Löcher, und er stellte sich die Pupille und die Iris vor, die ihn einst daraus angestarrt hatten. Zwischen die Zähne war ein etwa fünf Zentimeter breiter Streifen schwarzen Leders geschoben worden. Traditionell wurden Worte der Hingabe an die Verstorbenen in diesen Lederstreifen geritzt, doch das Stück, auf das dieser Kiefer biss, war blank.

Er legte sich hin, mit dem Kopf neben den Schädel, und die Vergangenheit kehrte zurück, das Jahr 1802 …

Der Sklave erwachte allmählich. Er lag flach auf dem Rücken und hatte überall Schmerzen, wenn er auch nicht wusste, warum … bis ihm einfiel, dass er in der vergangenen Nacht in die Transition eingetreten war. Stundenlang hatten ihn die Schmerzen der sprießenden Muskeln, der sich verdickenden Knochen, seines sich verwandelnden Körpers bewegungsunfähig gemacht.

Seltsam … wahrlich, sein Hals und seine Handgelenke schmerzten auf eine andere Art.

Er schlug die Augen auf. Die Decke hing tief, und in den Stein eingezogen waren dünne schwarze Gitterstäbe. Als er den Kopf drehte, sah er eine Eichentür mit weiteren Gitterstäben, die vertikal die dicken Planken herab verliefen. An der Wand waren ebenfalls Stahlbalken sichtbar … Im Verlies. Er war im Verlies, aber warum? Und er sollte sich sputen, um seine Pflichten nicht zu vernachlässigen …

Er versuchte, sich aufzusetzen, doch seine Unterarme und Schienbeine waren am Boden befestigt. Seine Augen weiteten sich, er zuckte …

»Sachte, sachte!« Das war der Schmied. Und er tätowierte gerade schwarze Fesseln um die Trinkstellen des Sklaven.

O allmächtige Jungfrau der Schrift, nein. Nicht das …

Der Sklave wehrte sich gegen die Fesseln, und der andere Mann blickte ärgerlich auf. »Still, sag ich! Ich werde mich nicht auspeitschen lassen, weil du nicht stillhalten kannst.«

»Ich flehe dich an …« Die Stimme des Sklaven klang falsch. Sie war zu tief. »Hab Erbarmen.«

Da hörte er ein leises weibliches Lachen. Die Herrin des Haushaltes war in die Zelle getreten, das lange Gewand aus weißer Seide auf dem Steinboden hinter sich herziehend. Ihr blondes Haar fiel ihr verführerisch über die Schultern.

Der Sklave senkte den Blick, wie es sich geziemte, und bemerkte, dass er gänzlich unbekleidet war. Errötend, verlegen wünschte er sich, seine Scham wäre bedeckt.

»Du bist erwacht«, sagte sie und näherte sich ihm.

Er konnte sich nicht vorstellen, warum sie einem von solch niederem Stand wie ihm einen Besuch abstattete. Er war nur ein Küchenjunge, noch unter den Dienstmägden stehend, die den Abtritt säubern mussten.

»Sieh mich an«, befahl die Herrin.

Er tat wie ihm geheißen, obwohl es allem widersprach, was er je gewusst hatte. Nie zuvor war es ihm erlaubt gewesen, ihr in die Augen zu blicken.

Was er darin sah, machte ihn fassungslos. Sie betrachtete ihn, wie ihn noch nie eine Frau angesehen hatte. Gier prägte die edlen Gesichtszüge, ihr dunkler Blick glühte von einer Absicht, die er nicht zu deuten vermochte.

»Gelbe Augen«, murmelte sie. »Wie selten. Wie schön.«

Ihre Hand legte sich auf den nackten Oberschenkel des Sklaven. Bei der Berührung zuckte er zusammen. Beklemmung überkam ihn. Das war falsch, dachte er. Sie sollte ihn dort nicht berühren.

»Was für eine prachtvolle Überraschung du mir beschert hast. Sei dir gewiss, dass derjenige, der dich mir zeigte, von mir gut gefüttert wurde.«

»Herrin … ich möchte Euch bitten, mich an die Arbeit gehen zu lassen.«

»O, das wirst du, keine Sorge.« Ihre Hand strich über sein Becken, an der Stelle, wo die Schenkel auf die Hüfte trafen. Er zuckte wieder und hörte den unterdrückten Fluch des Schmieds. »Und was für ein Segen das für mich ist. Mein Blutsklave fiel

am heutigen Tag einem bedauerlichen Unfall zu Opfer. Sobald sein Quartier gesäubert wurde, wirst du dort einziehen.«

Der Sklave bekam keine Luft mehr. Er hatte von dem Bedauernswerten gewusst, den sie dort eingesperrt hielt, da er ihm Essen in die Zelle gebracht hatte. Manchmal, wenn er das Tablett bei den Wachen ließ, hatte er merkwürdige Geräusche durch die schwere Tür dringen hören …

Seine Furcht musste in seinem Gesicht deutlich zu lesen gewesen sein, denn die Herrin beugte sich über ihn, kam so nah, dass er das Parfum auf ihrer Haut riechen konnte. Sie lachte leise und entzückt, als sei seine Furcht eine köstliche Leckerei.

»Wahrlich, ich kann es kaum erwarten, dich zu besitzen.« Sie wandte sich um und funkelte den Schmied an. »Gib Acht auf das, was ich dir gesagt habe, sonst lasse ich dich ins Morgengrauen schicken. Erlaub dir nicht einen Fehltritt mit deiner Nadel. Seine Haut ist viel zu vollkommen, um sie zu entstellen.«

Bald darauf war die Tätowierung beendet, der Schmied nahm die einzige Kerze mit sich und ließ den Sklaven in der Dunkelheit auf dem Tisch festgebunden zurück.

Er bebte vor Verzweiflung und Entsetzen, als ihm sein neuer Rang bewusst wurde. Er war nun der Niederste der Niederen, am Leben erhalten lediglich, um einen anderen zu nähren … und nur die Jungfrau mochte wissen, was noch seiner harrte.

Es dauerte lange, bis die Tür sich wieder öffnete und Kerzenschein ihm anzeigte, dass seine Zukunft bereits begonnen hatte: Die Herrin trat ein, in einen schwarzen Umhang gekleidet, begleitet von zwei männlichen Vampiren, deren Vorliebe für ihr eigenes Geschlecht allgemein bekannt war.

»Reinigt ihn für mich«, befahl sie.

Sie sah zu, wie der Sklave gewaschen und geölt wurde, und sie schritt mit dem Kerzenlicht um seinen Körper herum, immer in Bewegung, nie stand sie still. Der Sklave zitterte. Er hasste die Empfindung der Männerhände auf seinem Gesicht, seiner

Brust, seinem Geschlecht. Er fürchtete, dass einer von ihnen oder beide versuchen würden, ihn auf unheilige Weise zu nehmen.

Als sie fertig waren, sagte der größere der beiden: »Sollen wir ihn für Euch erproben, Herrin?«

»Heute Nacht werde ich ihn für mich selbst behalten.«

Sie ließ den Umhang fallen und kletterte gelenkig auf den Tisch. Dann setzte sie sich rittlings auf den Sklaven. Ihre Hände fanden seine intimste Stelle, und während sie ihn streichelte, war ihm bewusst, dass die anderen Männer sich selbst in die Hand nahmen. Da der Sklave schlaff blieb, umfing sie ihn mit ihren Lippen. Die Geräusche im Raum waren entsetzlich, das lustvolle Stöhnen der Männer und das Schmatzen und Saugen der Herrin.

Seine Demütigung war vollkommen, als der Sklave zu weinen begann und Tränen aus seinen Augenwinkeln über die Schläfen in die Ohren rollten. Noch nie war er zwischen den Beinen berührt worden. Vor der Transition war sein Körper nicht bereit und nicht fähig zur körperlichen Vereinigung gewesen, wenn ihn das auch nicht daran gehindert hatte, sich darauf zu freuen, eines Tages bei einer Frau zu liegen. Er hatte sich immer vorgestellt, dass der Akt wunderschön sein würde, denn im Sklaventrakt war er schon gelegentlich Zeuge der fleischlichen Lust geworden.

Doch nun … die Intimität auf diese Art zu erleben, ließ ihn sich dafür schämen, jemals so etwas herbeigewünscht zu haben.

Unvermittelt gab ihn die Herrin frei und schlug ihm mitten ins Gesicht. Die Fingerabdrücke brannten auf seiner Wange, als sie vom Tisch herunterstieg.

»Bringt mir die Salbe«, zischte sie. »Seine Rute kennt seine Aufgabe wohl nicht.«

Einer der Männer brachte einen kleinen Tiegel zum Tisch. Der Sklave spürte eine seifige Hand auf sich. Er war sich nicht sicher, wem sie gehörte, aber dann war da ein brennendes Gefühl. Ein seltsames Gewicht ließ sich auf seiner Leiste nieder, er spürte, wie sich etwas auf seinem Oberschenkel rührte und dann langsam auf seinen Bauch legte.

»Du … gütige Jungfrau im Schleier«, murmelte einer der Männer.

»Solche Größe«, raunte der andere. »Er würde noch den tiefsten Brunnen überschwemmen.«

Die Stimme der Herrin klang ähnlich erstaunt. »Er ist gewaltig.«

Der Sklave hob mühsam den Kopf. Auf seinem Bauch lag sein mächtiges, angeschwollenes Glied. Er hatte dergleichen noch niemals zuvor gesehen.

Dann ließ er sich wieder auf den Tisch sinken, und die Herrin erklomm seine Hüften. Dieses Mal fühlte er, wie ihn umfing, etwas Feuchtes. Wieder hob er den Kopf. Sie saß rittlings auf ihm und er war … in ihrem Körper. Sie bewegte sich auf ihm, stieß sich auf und nieder, keuchte. Undeutlich nahm er wahr, dass die anderen Männer im Raum wieder stöhnten, die kehligen Laute wurden immer lauter, während sie sich schneller und schneller bewegte. Und dann ertönten Schreie, ihre, die der Männer.

Die Herrin sank auf die Brust des Sklaven. Immer noch atmete sie schwer, dann befahl sie ihren Dienern: »Haltet seinen Kopf fest.«

Einer der Männer legte dem Sklaven eine Hand auf die Stirn und streichelte mit der anderen sein Haar. »Wie schön. Wie weich. Und all diese Farben.«

Da vergrub die Herrin ihr Gesicht am Hals des Sklaven und biss ihn. Er schrie auf ob des Schmerzes und der Schändung. Zwar hatte er schon Männer und Frauen voneinander trinken sehen, und es war ihm immer … richtig erschienen. Doch das hier tat weh und machte ihn schwindlig, und je stärker sie an seiner Vene saugte, desto benommener wurde er.

Er musste wohl ohnmächtig geworden sein, denn als er wieder erwachte, hob sie den Kopf und leckte sich die Lippen. Sie kletterte von ihm herunter, warf sich den Umhang über, und die drei ließen ihn allein in der Dunkelheit. Nur Augenblicke später betraten Wachen, die er erkannte, die Zelle.

Die anderen Männer vermieden es, ihn anzublicken, obwohl er mit ihnen früher auf freundlichem Fuße gestanden hatte, da er ihnen immer ihr Ale gebracht hatte. Jetzt jedoch hielten sie die Augen von ihm abgewandt und sprachen nicht. Er sah an sich herunter und stellte zu seiner Schande fest, dass die Wirkung jener Salbe immer noch vorhielt und sein Stab immer noch groß und hart war.

Der Schimmer darauf verursachte ihm Übelkeit.

Verzweifelt wollte er den Wachen erklären, dass es nicht seine Schuld war, dass er mit aller Willenskraft versuchte, das Fleisch zu besiegen, doch er schämte sich zu sehr, um ein Wort herauszubringen. Die Männer lösten die Fesseln an seinen Armen und Beinen. Als er aufstehen wollte, gaben seine Beine nach, da er stundenlang flach auf dem Rücken ausgestreckt gelegen hatte und seine Transition erst einen Tag hinter ihm lag. Niemand half ihm bei seinen Bemühungen, aufrecht stehen zu bleiben, und er wusste, es lag daran, dass sie ihn nicht berühren wollten, nicht einmal in seiner Nähe sein wollten. Er wollte sich bedecken, aber sie legten ihn mit geübten Griffen in Ketten, sodass er keine Hand frei hatte.

Die Scham wurde noch gesteigert, als er den Flur herablaufen musste. Er konnte das schwere Gewicht an seiner Hüfte spüren, es hüpfte bei jedem Schritt, wippte obszön. Wieder stiegen ihm Tränen in die Augen und tropften über seine Wangen, und einer der Wachmänner schnaubte angewidert.

Man brachte den Sklaven in einen anderen Teil des Schlosses, in einen weiteren Raum mit massiven Wänden und eingearbeiteten Stahlgittern. Dieser verfügte über ein Bettpodest und einen richtigen Nachttopf und einen Teppich, und Fackeln wa-

ren hoch an den Wänden angebracht. Mit ihm wurde auch Essen und Wasser hereingebracht, ein Küchenjunge, den er schon sein ganzes Leben kannte, hatte die Nahrungsmittel abgestellt. Auch dieser junge Vampir, der noch vor seiner Transition stand, mied nun seinen Blick.

Man löste die Fesseln an den Händen des Sklaven und sperrte ihn ein.

Zitternd und bloß kauerte er sich in einer Ecke auf den Boden. Sanft schlang er die Arme um seinen Körper, denn niemand sonst würde ihm mit Zärtlichkeit begegnen, und er bemühte sich, freundlich zu seiner neuen Gestalt zu sein ... einer Gestalt, die auf eine so durch und durch falsche Art und Weise gebraucht worden war.

Während er vor- und zurückschaukelte, sorgte er sich um seine Zukunft. Noch nie hatte er irgendwelche Rechte besessen, keine Bildung, kein Wissen. Doch zumindest hatte er sich frei bewegen können. Und sein Körper und sein Blut hatten ihm selbst gehört.

Bei der Erinnerung an die Hände auf seiner Haut wurde ihm wieder übel. Er blickte auf sein Geschlecht hinab und stellte fest, dass er die Herrin immer noch auf sich riechen konnte. Er fragte sich, wie lange die Schwellung wohl anhalten würde.

Und was geschehen würde, wenn sie zurückkam.

Zsadist rieb sich das Gesicht und drehte sich um. Sie war wiedergekommen, o ja. Und sie war niemals allein gekommen.

Er schloss die Augen, um die Erinnerungen zu verscheuchen, und versuchte krampfhaft, einzuschlafen. Das letzte Bild, das vor ihm aufblitzte, war Bellas Bauernhaus auf der schneebedeckten Wiese.

Das Haus war so unendlich leer, so verlassen, obwohl es mit Dingen angefüllt war. Mit Bellas Verschwinden war es seiner wichtigsten Aufgabe beraubt worden: Obschon es immer noch ein massives Gebäude war und Wind und Wetter abzuhalten vermochte, war es nicht mehr länger ein Heim.

Seelenlos.

In gewisser Weise war ihr Haus genau wie er.

5

Der Morgen dämmerte schon, als Butch O'Neal den Escalade auf dem Hof parkte. Beim Aussteigen konnte er G-Unit aus dem Pförtnerhaus wummern hören, woraus er schloss, dass sein Mitbewohner zu Hause war. V brauchte seinen Rap; das war für ihn wie Luft zum Atmen. Er sagte, die fetten Tracks hielten die Störungen durch anderer Leute Gedanken auf einem vertretbaren Level.

Butch marschierte zur Tür und tippte den Code ein. Ein Schloss schnappte auf, und er trat in die Vorhalle, wo er eine weitere Kontrolle durchlief. Vampire standen total auf Doppeltürsysteme. Auf diese Art und Weise musste man sich nämlich keine Sorgen machen, dass einem jemand das ganze Haus mit Sonnenlicht überflutete.

Das Pförtnerhaus, auch bekannt als *Die Höhle,* war nicht besonders aufgemotzt; einfach nur ein Wohnzimmer, Einbauküche und zwei Schlafzimmer mit jeweils eigenem Bad. Doch er mochte die Junggesellenbude, und er mochte den Vampir, mit dem er zusammenwohnte. Er und sein Hausgenosse standen sich so nah wie … Brüder.

Als er ins Wohnzimmer kam, waren die schwarzen Ledersofas leer, doch SportsCenter lief auf dem Plasmafernseher und der schokoladige Duft von rotem Rauch lag in der Luft. Also war Phury hier oder zumindest vor Kurzem erst gegangen.

»Hallo, Lucy«, rief Butch laut.

Die beiden Brüder kamen herein. Beide trugen noch ihre Kampfklamotten. In all dem Leder und mit den schweren Stiefeln sahen sie aus wie die Killer, die sie waren.

»Du siehst müde aus, Bulle«, bemerkte Vishous.

»Ich bin auch völlig fertig.«

Butch schielte nach dem Joint in Phurys Mundwinkel. Eigentlich hatte er seine Drogentage längst hinter sich gelassen, aber heute wäre er beinahe eingeknickt und hätte um einen Zug von diesem roten Rauch gebeten. Die Sache war nur die, er hatte schon zwei Süchte und war deshalb einigermaßen beschäftigt.

Whisky in sich reinzuschütten und eine Vampirin anzuschmachten, die ihn nicht haben wollte, nahm mehr oder weniger seine gesamte Zeit in Anspruch. Außerdem gab es keinen Anlass, an einem System zu drehen, das reibungslos funktionierte. Der liebeskranke Mist heizte das Saufen an, und wenn er dann betrunken war, vermisste er Marissa noch mehr, weswegen er dann noch einen kippen wollte … Und so weiter. Ein höllisches Karussell. Dabei drehte sich sogar der Raum mit.

»Hast du mit Z gesprochen?«, wollte Phury wissen.

Butch zog den Kaschmirmantel aus und hängte ihn in den Schrank. »Ja. Er war nicht begeistert.«

»Wird er sich ein Weilchen von dort fernhalten?«

»Ich glaube schon. Vorausgesetzt, er hat das Haus nicht abgefackelt, nachdem er mich rausgeschmissen hat. Er hatte diesen speziellen Glanz in den Augen, als ich ging. Ihr wisst schon, dieses Glitzern, bei dem einem die Eier in der Hose verschrumpeln, wenn man neben ihm steht.«

Phury fuhr sich mit der Hand durch sein Wahnsinnshaar. Es fiel ihm über die Schultern, lauter dicke blonde, rote und braune Wellen. Er war an sich schon ein gut aussehender Bursche; aber mit der Mähne war er ... okay, gut, der Bruder war schön. Nicht, dass Butch so gepolt gewesen wäre, aber der Kerl sah besser aus als viele Frauen, die er kannte. Kleidete sich auch besser als die meisten Ladys, wenn er nicht gerade in seiner Gefechtsmontur steckte.

Mann, nur gut, dass er kämpfte wie ein Berserker, sonst hätte man ihn noch für einen Schattenparker gehalten.

Phury inhalierte tief. »Danke, dass du dich darum gekümmert ...«

Ein Telefon klingelte auf dem mit Computerequipment voll gestellten Schreibtisch.

»Anruf von draußen«, murmelte V und ging zu seiner Kommandozentrale hinüber.

Vishous war das Computergenie innerhalb der Bruderschaft – eigentlich war er in jeder Hinsicht das Genie – und er war für die Kommunikation und die Sicherheit auf dem Gelände zuständig. Er steuerte alles über die vier großen Kisten, wie er sein PC-Quartett gern nannte. Während V darauf wartete, dass der Anruf auf die Mailbox umgeleitet wurde, warf Butch Phury einen Seitenblick zu. »Hab ich dir denn schon meinen neuen Anzug von Marc Jacobs gezeigt?«

»Ist der etwa schon da?«

»Ja, Fritz hat ihn vorhin vorbeigebracht und angepasst.«

»Süß.«

Auf dem Weg zu seinem Zimmer musste Butch lachen. Genau wie Phury war er geil auf feinen Zwirn und bekannte sich schuldig, ein metrosexueller Dandy zu sein. Komisch, als er noch bei der Polizei gewesen war, hatten ihn seine Klamotten nicht die Bohne interessiert. Seit er bei den Brüdern lebte, spazierte er in Haute Couture herum und fand es großartig. Genau wie Phury also hatte er Glück, dass er ein schmutziger Kämpfer war.

Liebevoll streichelte der Bruder diverse Quadratzentimeter feinsten schwarzen Wollstoff auf einem Bügel und ließ die angezeigten »Aaaahs« und »Ooooohs« ertönen, als V hereinkam.

»Bella lebt.«

Butch und Phury rissen die Köpfe herum, und der teure Anzug landete in einem Haufen auf dem Boden.

»Ein Zivilist wurde heute Nacht hinter dem *Zero Sum* entführt und an einen Ort im Wald gebracht, um Bella zu nähren. Er hat sie gesehen. Mit ihr gesprochen. Und irgendwie hat sie ihm zur Flucht verholfen.«

»Bitte sag mir, dass er den Ort wiederfinden kann«, murmelte Butch. Die verzweifelte Dringlichkeit der Lage war ihm nur zu bewusst. Und er war nicht der Einzige, der sofort Gewehr bei Fuß stand. Phurys Blick war so durchdringend, dass er damit jemanden an die Wand hätte nageln können.

»Kann er. Er hat sich den Heimweg markiert, hat sich in Zweihundertmetersprüngen dematerialisiert, bis er auf der Route 22 war. Er schickt mir eine E-mail mit einer Karte. Ganz schön clever für einen Zivilisten.«

Butch rannte hinaus ins Wohnzimmer zu seinem Mantel und dem Autoschlüssel. Sein Halfter hatte er noch nicht ausgezogen, daher war die Glock immer noch unter seinen Arm festgeschnallt.

Doch V stellte sich ihm in den Weg. »Wo willst du hin, mein Alter?«

»Ist die Mail mit der Karte schon da?«

»Stopp.«

Butch starrte seinen Mitbewohner an. »Ihr könnt doch tagsüber nicht raus. Ich schon. Warum zum Teufel sollten wir warten?«

»Hör mal, Kumpel«, Vs Stimme wurde weicher. »Das hier ist eine Sache der Bruderschaft. Du schaltest dich da nicht ein.«

Butch zögerte. *Na klar, mal wieder außen vor.*

Sicher, er durfte am Rande mitarbeiten, ein bisschen Tatortanalyse betreiben, seine grauen Zellen mit taktischen Problemen auf Trab halten. Doch wenn der Kampf begann, hielten ihn die Brüder immer am Spielfeldrand.

»Verflucht noch mal, V …«

»Nein. Du lässt die Finger davon. Vergiss es.«

Zwei Stunden später hatte Phury genug Informationen, um zum Zimmer seines Zwillingsbruders zu gehen. Es hatte in seinen Augen keinen Zweck gehabt, Zsadist mit einer lückenhaften Geschichte auf Hundertachtzig zu bringen, und es hatte etwas gedauert, bis der Plan Gestalt angenommen hatte.

Als er klopfte und keine Antwort erhielt, trat er ein und zuckte zusammen. Im Zimmer war es so kalt wie in einem Kühlraum.

»Zsadist?«

Z lag auf ein paar gefalteten Decken in der hintersten Ecke, sein nackter Körper war gegen die Kälte fest zusammengerollt. Keine drei Meter entfernt stand ein luxuriöses Bett, doch das hatte sein Bruder noch nie benutzt. Z schlief immer auf dem Fußboden, egal, wo er wohnte.

Phury ging zu ihm und kniete sich neben ihn. Er würde ihn bestimmt nicht anfassen, besonders nicht, wenn er ihn überraschte. Höchstwahrscheinlich würde Z erst während des Angriffs zu sich kommen.

Gütige Jungfrau der Schrift, dachte Phury. Wenn er so schläft und all sein Zorn unter Verschluss ist, wirkte Z beinahe zerbrechlich.

Vergiss das »beinahe«. Zsadist war immer schon so verdammt dünn gewesen, so schrecklich mager. Jetzt allerdings war er nur noch Haut und Knochen. Wann war das geschehen? *Himmel Herrgott,* während Rhages *Rhythos'* in der Grotte waren sie alle nackt gewesen, und damals hatte er ganz bestimmt nicht ausgesehen wie ein Skelett. Und das war erst sechs Wochen her.

Unmittelbar vor Bellas Entführung …

»Zsadist? Wach auf, mein Bruder.«

Z regte sich, die schwarzen Augen öffneten sich langsam. Normalerweise wachte er abrupt und beim geringsten Geräusch auf, aber er hatte sich genährt, daher war er etwas träger als sonst.

»Sie wurde gefunden«, sagte Phury. »Bella wurde gefunden. Heute Morgen war sie noch am Leben.«

Z blinzelte ein paarmal, als wäre er sich nicht sicher, ob er träumte. Dann hievte er seinen Oberkörper von seinem Lager hoch. Die Ringe in seinen Brustwarzen fingen das Licht aus dem Flur auf, als er sich das Gesicht rieb.

»Was hast du gesagt?«, fragte er mit rauer Stimme.

»Wir haben einen Tipp bekommen, wo Bella ist. Und die Bestätigung, dass sie noch lebt.«

Plötzlich wurde Z hellwach, schob sich voran wie ein Zug, nahm Geschwindigkeit auf, erzeugte Energie durch den Schwung. Mit jeder Sekunde, die verstrich, kehrte mehr seiner Kraft zurück.

»Wo ist sie?«, herrschte er seinen Bruder an.

»In einem Haus im Wald. Ein Zivilist konnte entkommen, weil sie ihm bei der Flucht geholfen hat.«

Z sprang hoch und landete mit einem geschmeidigen Satz auf dem Boden. »Wie komme ich da hin?«

»Der geflüchtete Vampir hat V eine Karte gemailt, aber …«

Z war bereits auf dem Weg zum Schrank. »Besorg mir die Karte.«

»Es ist Mittag, Bruder.«

Ruckartig blieb Z stehen, ein eisiger Lufthauch entströmte seinem Körper, gegen den die übrige Temperatur im Raum geradezu wohlig warm wirkte. Und seine schwarzen Augen blitzten so gefährlich wie zwei polierte Vorschlaghämmer, als er über die Schulter schaute.

»Dann schick den Bullen. Schick Butch.«

»Tohr will ihn nicht lassen …«

»Scheiß drauf! Der Mensch geht.«

»Zsadist – hör auf. Denk nach. Butch hätte keinerlei Verstärkung, an dem Ort könnten aber unzählige *Lesser* sein. Willst du, dass sie bei einem verpfuschten Rettungsversuch getötet wird?«

»Der Bulle kommt schon klar.«

»Er ist gut, aber er ist nur ein Mensch. Wir können ihn nicht dorthin schicken.«

Z fletschte die Fänge. »Vielleicht hat Tohr vor allem davor Angst, dass der Kerl geschnappt wird und auf einem ihrer Tische über uns auspackt.«

»Ach, komm schon, Z, Butch weiß eine ganze Menge über uns. Also ist das natürlich auch ein Grund.«

»Aber wenn sie einem Gefangenen zur Flucht verholfen hat, was zum Henker glaubst du wohl, werden diese *Lesser* genau in diesem Moment mit ihr machen?«

»Wenn ein ganzer Trupp von uns bei Sonnenuntergang hingeht, dann haben wir viel bessere Chancen, sie lebend da rauszuholen. Das weißt du genau. Wir müssen abwarten.«

Nackt stand Z da, sein Atem ging heftig, die Augen waren schmale Schlitze voller glühendem Hass. Als er endlich wieder sprach, war seine Stimme nur ein böses Knurren.

»Tohr sollte besser beten, dass sie noch lebt, wenn ich sie heute Nacht finde. Sonst hole ich mir seinen beschissenen Kopf, Bruder oder kein Bruder.«

Phurys Blick wanderte zu dem Totenkopf auf dem Fußboden. Z hatte bereits einmal bewiesen, wie gut er jemanden enthaupten konnte.

»Hast du mich gehört, Bruder?«, zischte er.

Phury nickte. Mann, er hatte ein mieses Gefühl bei dieser Sache. Ein ganz mieses Gefühl.

6

Als O seinen Pick-up über die Route 22 lenkte, stachen ihn die Strahlen der untergehenden Nachmittagssonne in die Augen, und er fühlte sich wie verkatert. Ja ... neben den Kopfschmerzen spürte er dasselbe Kribbeln im Körper wie früher nach einer durchzechten Nacht, die winzigen Zuckungen fühlten sich an wie Würmer unter der Haut.

Der lange Rattenschwanz des Bedauerns, den er hinter sich herschleppte, erinnerte ihn ebenfalls an die Tage, als er noch gesoffen hatte. Als er zum Beispiel neben einer hässlichen Frau aufgewacht war, die er verabscheute, aber trotzdem gevögelt hatte. Diese ganze Sache hier war genauso ... nur viel, viel schlimmer.

Er umklammerte das Lenkrad. Seine Knöchel waren aufgeschlagen, und er wusste, dass er Kratzer am Hals hatte. Die Bilder des Tages blendeten ihn, und sein Magen rebellierte. Er war angeekelt von dem, was er dieser Frau angetan hatte.

Das heißt, *jetzt* war er angeekelt. Als er es getan hatte … war es ihm gerecht erschienen.

Um Himmels willen, er hätte einfach vorsichtiger sein sollen. Sie war doch trotz allem ein lebendiges Wesen … Scheiße, was, wenn er zu weit gegangen war? O Mann … Er hätte sich nie zu diesen Dingen hinreißen lassen dürfen. Er war einfach total ausgeflippt, als er gesehen hatte, dass sie den Vampir befreit hatte, den er für sie besorgt hatte. War wie ein Schrapnell explodiert und über sie hinweggefegt.

Er hob den Fuß vom Gas. Am liebsten hätte er sie aus ihrem Rohr geholt und sich vergewissert, dass sie noch atmete. Aber er hatte einfach nicht mehr genug Zeit gehabt, bevor das Treffen der Elitekämpfer begann.

Er trat das Gaspedal durch. Ihm war klar, dass er sie sowieso nicht wieder verlassen könnte, wenn er sie sah, und dann würde der *Haupt-Lesser* kommen, um nach ihm zu suchen. Und das wäre ein Problem. Das Überzeugungszentrum war völlig verwüstet. *Verflucht noch mal …*

O ging vom Gas und riss mit einem Ruck das Lenkrad nach rechts. Der Pick-up schlingerte von der Route 22 herunter auf einen Feldweg.

Mr Xs Blockhütte, gleichzeitig das Hauptquartier der Gesellschaft der *Lesser,* befand sich mitten in einem 30 Hektar großen Waldstück, völlig isoliert. Ein unscheinbares Holzgebäude mit dunkelgrünem Schindeldach und einem etwa halb so großen Nebengebäude dahinter. Als O davor anhielt, standen bereits sieben Autos und Pick-ups ohne besondere Ordnung davor geparkt, alles einheimische Marken, die meisten älter als vier Jahre.

O ging in die Hütte und stellte fest, dass außer ihm schon alle vollzählig waren. Zehn weitere Elitekämpfer drängten sich in dem niedrigen Innenraum, die bleichen Gesichter grimmig, die muskelbepackten Körper angespannt. Das waren die stärksten Männer der Gesellschaft, diejenigen, die am längsten dabei waren. Was die Dienstzeit betraf, bildete O eine Ausnahme. Seine Einführung war erst drei Jahre her, und keiner von den Anwesenden mochte ihn, weil er neu war.

Nicht, dass man sie gefragt hätte. Er war so hart wie jeder andere Elite-*Lesser* und hatte diese Tatsache auch bereits mehr als einmal unter Beweis gestellt. *Neidische Bastarde* … O nein, er würde nie so werden sie sie, einfach nur willenloses Vieh, das Omega folgte. Er konnte nicht fassen, dass diese Idioten sich noch was darauf einbildeten, immer bleicher zu werden und ihre Identität zu verlieren. Er selbst wehrte sich gegen das Verblassen. Er färbte sich die Haare, um ihr ursprüngliches Dunkelbraun zu bewahren, und ihm schauderte vor dem allmählichen Hellerwerden seiner Iris. Er konnte sich selbst kaum noch in die Augen schauen.

»Sie sind spät dran«, begrüßte ihn Mr X. Der *Haupt-Lesser* lehnte sich mit dem Rücken an einen nicht angeschlossenen Kühlschrank, die blassen Augen blieben an den Kratzern auf Os Hals hängen. »Kleine Auseinandersetzung gehabt?«

»Sie wissen ja, wie diese Brüder sind.« O suchte sich einen Stehplatz. Seinem Partner U nickte er zu, alle anderen ignorierte er.

Immer noch betrachtete ihn der *Haupt-Lesser.* »Hat jemand Mr M gesehen?«

Scheiße, dachte O. Ms Tod, den er beiseitegeschafft hatte, weil er ihn mit seiner Frau erwischt hatte, musste erklärt werden.

»O? Haben Sie etwas zu sagen?«

Links von ihm meldete sich U zu Wort. »Ich habe Mr M unmittelbar vor dem Morgengrauen in der Stadt gesehen. Kämpfte mit einem Bruder.«

Während Mr X seinen Blick nach links wandte, wurde O bei dieser Lüge stocksteif vor Schreck.

»Haben Sie ihn mit ihren eigenen Augen gesehen?«

Us Stimme blieb völlig ruhig. »Ja.«

»Könnte es möglich sein, dass Sie O schützen?«

Was für eine Frage. *Lesser* waren völlig unbarmherzig, kämpften stets untereinander um die besseren Positionen. Selbst zwischen Partnern gab es wenig Loyalität.

»U?«

Der bleiche Kopf bewegte sich vor und zurück. »Er ist auf sich selbst gestellt. Warum sollte ich meine Haut für ihn riskieren?«

Das war ganz offenbar die Art von Logik, der Mr X Vertrauen schenken konnte, denn er setzte die Versammlung fort, ohne weitere Fragen zu stellen. Nachdem die Quoten für Gefangene und Tote ausgegeben worden waren, zerstreute sich die Gruppe.

O ging zu seinem Partner. »Ich muss noch mal kurz zurück zum Überzeugungszentrum, bevor wir losziehen. Ich möchte, dass Sie mitkommen.«

Er musste herauskriegen, warum U seinen Arsch gerettet hatte, und er machte sich keine Sorgen darüber, was der *Lesser* zum Zustand des Zentrums sagen würde. U würde keinen Ärger machen. Er war nicht übermäßig aggressiv, selbstständig oder gar ein unabhängiger Geist.

Weswegen es noch seltsamer war, dass er gerade auf diese Art die Initiative ergriffen hatte.

Zsadist starrte die Standuhr im Foyer des großen Hauses an. Noch acht Minuten, bis die Sonne offiziell untergegangen war. Gott sei Dank war Winter und die Nächte lang.

Sein Blick wanderte zu der Flügeltür, er wusste ganz

genau, wohin er gehen würde, sobald er hinaus konnte. Er hatte sich den Standort eingeprägt, den der Zivilist ihnen mitgeteilt hatte. Er würde sich dematerialisieren und in null Komma nichts dort sein.

Sieben Minuten.

Eigentlich wäre es besser, zu warten, bis der Himmel ganz dunkel war, aber im Augenblick war ihm der Grad der Dunkelheit scheißegal. Sobald dieser verwünschte Feuerball hinter den Horizont gerutscht war, würde er von hier verschwinden. Das bisschen Sonnenbräune, das er sich vielleicht einhandeln würde, ging ihm am Arsch vorbei.

Sechs Minuten.

Noch einmal überprüfte er die Dolche auf seiner Brust. Holte die SIG Sauer aus dem rechten Gürtelholster und checkte alles, dann tat er das Gleiche mit der Waffe auf der linken Seite. Er tastete nach dem Wurfmesser in seinem Hosenbund und der fünfzehn Zentimeter langen Klinge an seinem Oberschenkel.

Fünf Minuten.

Z legte den Kopf zur Seite, ließ die Gelenke knacken, um sich locker zu machen.

Vier Minuten.

Scheiß drauf. Er würde jetzt sofort losgehen …

»Dann verbrutzelst du«, hörte er Phury hinter sich.

Z schloss die Augen. Sein erster Impuls war es, um sich zu schlagen, und der Drang wurde unwiderstehlich, als Phury weiterredete.

»Z, mein Bruder, wie willst du ihr helfen, wenn du flach auf dein Gesicht fällst und anfängst zu qualmen?«

»Geht dir einer ab bei dieser Spielverderbernummer? Oder liegt dieses Gequatsche einfach in deiner Natur?« Als er über die Schulter sah, blitzte vor ihm plötzlich wieder die Szene auf, als Bella hier gewesen war. Phury wirkte so eingenommen von ihr, und Z erinnerte sich daran, wie die beiden hier gestanden und geredet hatten, exakt an der Stelle, wo seine Stiefel jetzt waren. Er hatte sie aus dem Schatten beobachtet, hatte sie begehrt, als sie lächelte und mit seinem Zwillingsbruder lachte.

Zs Ton wurde schärfer. »Ich hätte gedacht, dass du sie zurückhaben willst, wo sie doch so auf dich abgefahren ist und dich so attraktiv fand. Oder … vielleicht willst du auch aus genau diesem Grund, dass sie verschwunden bleibt. Hat sie an deinem Zölibatsschwur gerüttelt, Brüderchen?«

Phury zuckte zusammen, und Zs ausgeprägter Instinkt für die Schwäche seines Gegenübers stürzte sich auf die Vorlage. »Wir haben doch alle gesehen, wie du sie in dieser Nacht abgecheckt hast. Du hast sie gern angeschaut, oder etwa nicht? Und nicht nur ihr Gesicht. Hast du dir ausgemalt, wie sie sich wohl unter dir anfühlen würde? Bist du ganz nervös geworden, du könntest dein *Kein-Sex-Versprechen* an dich selbst brechen?«

Phurys Lippen wurden zu zwei dünnen Strichen, und Z hoffte, er würde grob reagieren. Er brauchte Härte. Vielleicht könnten sie sich sogar in den verbleibenden drei Minuten aufeinanderstürzen.

Doch da war nur Stille.

»Hast du mir nichts zu sagen?« Z schielte zur Uhr. »Auch gut. Es wird Zeit …«

»Ich leide mit ihr. Genau wie du.«

Z wandte sich zu seinem Zwilling um, sah den Schmerz auf seinem Gesicht wie aus großer Distanz, als blickte er durch ein Fernglas. Flüchtig schoss ihm durch den Kopf, dass er etwas fühlen sollte, etwas wie Scham oder Kummer, dafür dass er Phury zwang, diese intime, traurige Offenbarung zu machen.

Ohne ein weiteres Wort verschwand Zsadist.

Er materialisierte sich in einem Waldgebiet etwa einhundert Meter von dem Ort entfernt, von dem der Zivilist geflohen war. Als Z wieder Gestalt annahm, blendete ihn das schwindende Licht am Himmel. Er fühlte sich, als hätte er sich freiwillig eine Säuregesichtspackung machen lasen. Doch er schenkte dem Brennen keine Beachtung und lief in nordöstlicher Richtung durch den Schnee.

Und dann tauchte sein Ziel vor ihm auf, mitten im Wald, etwa dreißig Meter von einem Fluss entfernt: Ein flaches Gebäude, neben dem ein schwarzer Ford F-150 Pick-up und ein unscheinbarer, silberner Taurus geparkt waren. Lautlos schlich Z sich an, wobei er sich immer hinter den Kiefernstämmen und am äußeren Rand des Grundstücks hielt. Das Gebäude hatte keine Fenster und nur eine Tür. Durch die dünnen Wände konnte er Schritte und Wortfetzen hören.

Er holte eine seiner SIGs heraus, entsicherte sie und überlegte, wie er vorgehen sollte. Einfach im Gebäude aufzutauchen, wäre dumm, denn er wusste nicht, wie es darin aussah. Und seine einzige andere Alternative war auch nicht besonders raffiniert, dafür aber verdammt verlockend: Die Tür einzutreten und wie wild um sich zu schießen. Doch so lebensmüde er auch war, er würde Bellas Leben nicht riskieren, indem er den ganzen Kasten durchlöcherte.

Genau in diesem Augenblick aber, Wunder über Wunder, kam ein *Lesser* aus dem Haus und knallte die Tür hinter sich zu. Nur Sekunden später folgte ein zweiter, dann hörte man das Piepsen einer aktivierten Alarmanlage.

Zs erster Impuls war, ihnen beiden eine Kugel in den Kopf zu jagen, doch er hielt sich zurück. Wenn die Vampirjäger die Alarmanlage einschalteten, war höchstwahrscheinlich sonst niemand da, wodurch seine Chancen, Bella zu befreien, gerade enorm gestiegen waren. Aber was, wenn das die normale Routine beim Verlassen des Gebäudes war, egal, ob noch jemand da war? Dann würde er sich nur lautstark ankündigen, und die Hölle würde losbrechen.

Er beobachtete, wie die beiden *Lesser* in den Pick-up stiegen. Einer von ihnen hatte braune Haare, was normalerweise bedeutete, dass er ein neuer Rekrut war. Dieser Kerl benahm sich allerdings nicht wie ein Frischling: Sein Schritt in den Springerstiefeln war selbstbewusst, und er redete die ganze Zeit. Sein hellhaariger Kollege war derjenige, dessen Kopf immer brav nickte.

Der Motor sprang an, und der Pick-up wendete mühelos im Schnee. Ohne Licht fuhr der Wagen auf einen kaum erkennbaren Weg, der sich zwischen den Bäumen hindurchschlängelte.

Diese beiden Bastarde einfach in den Sonnenuntergang fahren zu lassen, war für Z die reinste Folter. Er spannte seine Muskelstränge an, bis sie hart wie Eisenseile waren. Sonst müsste er sich auf die Motorhaube des Pick-ups werfen, seine Faust durch die Windschutzscheibe krachen lassen, die Scheißkerle an den Haaren herauszerren und sie beißen.

Das Motorengeräusch wurde schwächer, und Z lauschte angestrengt in die anschließende Stille. Als er nichts weiter hörte, kehrten seine Gedanken wieder zu der eingetretenen Tür zurück, doch er dachte an die Alarmanlage und sah auf die Uhr. V würde in etwa eineinhalb Minuten hier sein.

Es würde ihn umbringen. Aber er würde warten.

Während er von einem Fuß auf den anderen trat, bemerkte er plötzlich einen Geruch, etwas ... Er schnüffelte. Irgendwo in der Nähe konnte er Propangas riechen. Vermutlich wurde es verwendet, um den Generator hinter dem Gebäude anzutreiben. Und Petroleum von einem Heizgerät. Doch da war noch etwas anderes, etwas Rauchiges, Verbranntes ... Er betrachtete seine Hände, fragte sich, ob er vielleicht in Flammen stand und es nicht bemerkt hatte. Nein.

Was zum Teufel?

Die Kälte kroch ihm bis ins Mark, als ihm klar wurde, was das war. Seine Stiefel standen mitten auf einem versengten Stück Erde, etwa in der Größe eines Körpers. Jemand war genau an dieser Stelle eingeäschert worden – innerhalb der vergangenen zwölf Stunden, dem Geruch nach.

Gütige Jungfrau. Hatten sie sie etwa der Sonne ausgesetzt?

Z ging in die Hocke und legte eine Hand auf den verdorrten Boden. Er stellte sich vor, wie Bella hier lag und die Sonne aufging, stellte sich vor, dass sie zehntausendmal mehr Schmerz empfand als er gerade, als er sich hier materialisiert hatte.

Der geschwärzte Fleck verschwamm ihm vor Augen.

Er rieb sich das Gesicht und starrte dann ratlos seine Handfläche an. Da war Feuchtigkeit. Tränen?

Tief in seiner Brust forschte er nach seinen Gefühlen, doch er fand nur Informationen über seinen Körper. Sein Brustkorb bebte, weil seine Muskeln geschwächt waren. Ihm war schwindlig und leicht übel. Aber das war alles.

Er fuhr sich mit der Hand über das Brustbein und wollte gerade noch einmal die Hand auf den Boden legen, als ein Paar schwere Stiefel in seinen Gesichtskreis traten.

Er blickt hoch in Phurys Gesicht. Es war wie eine Maske, erstarrt und bleich.

»War sie das?«, krächzte er und ging auf die Knie.

Z machte einen Satz rückwärts und konnte gerade noch seine Waffe unter Kontrolle halten. Er konnte jetzt niemanden in seiner Nähe ertragen, ganz besonders nicht Phury.

Hektisch und unbeholfen kam er auf die Füße. »Ist Vishous schon da?«

»Direkt hinter dir, mein Bruder«, flüsterte V.

»Es gibt …« Er räusperte sich. Wischte sich mit dem Unterarm über das Gesicht. »Es gibt eine Alarmanlage. Ich glaube, die Luft ist rein, weil zwei Jäger gerade mit dem Auto weggefahren sind. Aber sicher bin ich mir nicht.«

»Die Alarmanlage ist meine Baustelle.«

Unvermittelt schnappte Z noch weitere Gerüche auf und drehte sich um. Die gesamte Bruderschaft hatte sich versammelt, selbst Wrath, der als König eigentlich auf dem Schlachtfeld nichts verloren hatte. Alle waren bewaffnet. Sie waren alle gekommen, um Bella zurückzuholen.

Der ganze Trupp presste sich mit dem Rücken an die Hausmauer, während V das Türschloss knackte und seine Glock durch die Öffnung schob. Als keine Reaktion kam, schlüpfte er hinein und schloss die Tür wieder hinter sich. Einen Augenblick später hörte man einen langen Piepton. Er öffnete die Tür.

»Alles klar.«

Z rannte los und mähte Vishous dabei praktisch um.

Seine Augen durchdrangen die finsteren Ecken des großen Raums. Im Inneren sah es wild aus, der ganze Boden war übersät mit verstreuten Sachen. Kleider … Messer und Handschellen und … Shampooflaschen? Und was zum Henker war das? Ein ausgeweideter Erste-Hilfe-Kasten, aus dessen kaputtem Deckel Bandagen und Pflaster herausquollen. Das Ding sah aus, als hätte jemand darauf herumgetrampelt, um es zu öffnen.

Sein Herz hämmerte, und der Schweiß lief ihm in Strömen herunter. Er suchte das Zimmer nach Bella ab, entdeckte aber nur unbelebte Gegenstände: eine Regalwand, in der Instrumente gelagert wurden, die aus einem Albtraum zu stammen schienen. Ein Feldbett. Ein feuerfester Metallschrank, so groß wie ein Auto. Ein Autopsietisch, von dessen vier Ecken jeweils ein Satz Ketten herabhing … und der reichlich Blutflecken auf der glatten Oberfläche aufwies.

Ungeordnete Gedanken schossen Z durch den Kopf. Sie war tot. Der ovale Brandfleck bewies es. Aber konnte das nicht auch ein anderer Gefangener gewesen sein? Was, wenn man sie verlegt hatte?

Seine Brüder hielten etwas Abstand, als wüssten sie, dass es besser war, ihm jetzt nicht in die Quere zu kommen. Z ging mit der Waffe in der Hand auf den Metallschrank zu. Er riss ihn auf, packte einfach die Metalltüren und bog sie, bis die Scharniere brachen. Dann schleuderte er die schweren Flügel zur Seite. Sie schepperten laut.

Waffen. Munition. Plastiksprengstoff.

Das Arsenal ihrer Feinde.

Er ging ins Badezimmer. Nichts als eine Duschkabine und ein Eimer mit einer Klobrille darauf.

»Sie ist nicht hier, Bruder«, sagte Phury.

In einem Wutanfall stürzte Z sich auf den Autopsietisch, hob ihn mit einer Hand hoch und warf ihn an die Wand. Mitten im Flug pendelte eine der Ketten zurück und traf ihn an der Schulter. Der Aufprall drang ihm bis auf den Knochen.

Und dann hörte er es. Ein leises Wimmern.

Er riss den Kopf nach links herum.

In der Ecke ragten drei zylindrische Metallgefäße wenige Zentimeter über den Fußboden heraus, abgedeckt von Drahtgeflecht, das ungefähr die dunkelbraune Farbe des nackten Erdbodens hatte. Was auch erklärte, warum er sie zuerst nicht gesehen hatte.

Er ging hinüber und trat einen der Deckel beiseite. Das Wimmern wurde lauter.

Plötzlich wurde ihm schwindlig, und er fiel auf die Knie. »Bella?«

Ein Brabbeln ertönte aus der Erde, und er ließ die Waffe fallen. Wie sollte er …? Seile – in dem Loch, das aussah wie ein Abflussrohr, hingen Seile. Er hielt eines fest und zog sanft daran.

Was zum Vorschein kam, war ein schmutziger, blutverschmierter Vampir, etwa zehn Jahre nach seiner Transition. Der Zivilist war nackt und zitterte, seine Lippen waren blau, die Augen rollten unkontrolliert in den Höhlen herum.

Z zerrte ihn heraus, und Rhage wickelte ihn sofort in seinen Ledertrenchcoat.

»Bringt ihn hier raus«, sagte jemand, während Hollywood die Stricke durchschnitt.

»Kannst du dich dematerialisieren?«, fragte ein anderer Bruder den Vampir.

Z kümmerte sich nicht um das Gespräch. Er nahm sich das nächste Loch vor, doch hier gab es keine Seile, und seine Nase nahm keine Witterung auf. Das Rohr war leer.

Gerade trat er auf das dritte Loch zu, als der gerade Befreite plötzlich schrie: »Nein! D-da ist eine Falle!«

Z erstarrte. »Was für eine Falle?«

Mit klappernden Zähnen erklärte der Vampir: »Ich w-weiß nicht genau. Ich hab nur gehört, wie der *L-Lesser* einen seiner M-männer davor gewarnt hat.«

Bevor Z weitere Fragen stellen konnte, suchte Rhage schon den Raum ab. »Hier drüben ist eine Waffe platziert. Der Lauf zeigt genau in die Richtung.« Man hörte ein metallisches Klicken. »Sie ist nicht geladen. Nicht mehr.«

Z nahm das Dach über dem Loch in Augenschein. Auf dem unbehandelten Sparren, etwa fünf Meter über dem Fußboden, konnte man ein kleines Gerät erkennen. »V, was ist das da oben?«

»Ein Laser. Wenn du den Strahl durchbrichst, löst es vermutlich den …«

»Moment«, meldete sich Rhage wieder. »Ich muss hier noch eine Knarre ausleeren.«

V strich sich über das Ziegenbärtchen. »Es muss eine Fernbedienung geben, um die Schaltung zu aktivieren, wobei der Typ die wahrscheinlich dabeihat. Das würde ich zumindest so halten.« Er blinzelte an die Decke. »Dieses spezielle Modell läuft mit Lithiumbatterien. Wir können also nicht einfach den Generator abschalten, um es auszuknipsen. Und es ist knifflig, die Dinger zu entschärfen.«

Z sah sich suchend nach einem Werkzeug um, mit dem er den Deckel beiseiteschieben konnte. Da fiel ihm das Badezimmer ein. Er ging hinein, riss den Duschvorhang herunter und kam mit der Stange wieder heraus.

»Alle aus dem Weg.«

Rhages Stimme war scharf. »Z, Mann, ich weiß nicht, ob ich schon alle …«

»Nehmt den Zivilisten mit.« Als sich niemand rührte, fluchte er. »Wir haben keine Zeit, hier blöd herumzustehen, und wenn jemand erschossen wird, dann bin ich das. Herrgott noch mal, wollt ihr Brüder jetzt endlich abhauen?«

Als der Raum sich geleert hatte, näherte sich Z vorsichtig dem Loch. Er stand mit dem Rücken zu einer der Waffen, die unschädlich gemacht worden waren, sodass er sich theoretisch in der Schusslinie befand. Dann schob er vorsichtig den Deckel mit der Duschvorhangstange zur Seite. Ein Schuss löste sich mit einem Knall.

Die Kugel traf Z in die linke Wade. Der brennende Einschuss warf ihn auf die Knie, doch er kümmerte sich nicht weiter darum, sondern schleppte sich weiter zum Rand des Rohrs. Er packte die Seile, die in die Erde hingen, und begann zu ziehen.

Das Erste, was er sah, war ihr Haar. Bellas langes, wunderschönes, mahagonifarbenes Haar hing wie ein Schleier über ihrem Gesicht und ihren Schultern.

Die Kraft verließ ihn, er konnte nicht mehr richtig sehen, wurde halb ohnmächtig, doch trotzdem alle seine Gelenke zitterten, zog er weiter. Plötzlich wurde es leichter … weil noch weitere Hände ihm halfen … andere Hände am Seil, andere Hände, die Bella sanft auf den Boden legten.

Nur in ein hauchdünnes Nachthemd gekleidet, das von ihrem eigenen Blut verschmiert war, lag sie regungslos da. Aber sie atmete. Vorsichtig strich er ihr das Haar aus dem Gesicht …

Zsadists Blutdruck ging in den Sturzflug. »Was verdammt … o nein …«

»Was haben sie getan …« Wer auch immer den Satz begonnen hatte, fand nicht die Worte, um ihn zu beenden.

Man hörte Räuspern. Unterdrücktes Husten. Oder vielleicht war es auch ein Würgen.

Z hob sie auf und … hielt sie einfach nur in den Armen. Er musste sie hier wegschaffen, aber er konnte sich nicht bewegen. Blinzelnd, schwindlig, innerlich schreiend wiegte er sie sanft vor und zurück. Worte entstiegen seinem Mund, Wehklagen für sie in der Alten Sprache.

Phury sank neben ihm auf die Knie. »Zsadist? Wir müssen sie von hier wegbringen.«

Abrupt kehrte seine Konzentration zurück, und Z konnte nur noch daran denken, sie in das große Haus zu bringen. Er zerschnitt das Geschirr um ihren Oberkörper, dann kam er mühsam mit ihr in den Armen auf die Beine. Als er zu gehen versuchte, gab sein linkes Bein nach, und er stolperte. Den Bruchteil einer Sekunde konnte er sich nicht erklären, warum.

»Lass mich sie tragen.« Phury streckte die Hände aus. »Du bist angeschossen worden.«

Zsadist schüttelte den Kopf und ging humpelnd an seinem Zwillingsbruder vorbei.

Er brachte Bella zu dem Taurus, der immer noch vor dem Gebäude parkte. Ohne sie loszulassen, zerschmetterte er das Fenster auf der Fahrerseite mit der Faust, dann griff er hinein und löste alle Verriegelungen, während die Alarmanlage durchdrehte. Er öffnete die hintere Tür und legte sie sanft auf den Rücksitz. Als er ihre Beine etwas anwinkelte, damit er die Tür schließen konnte, zuckte er zusammen, als er die Blutergüsse sah. Sehr viele davon.

Irgendwann ging der Alarmanlage der Saft aus, und er bat: »Kann mir jemand eine Jacke geben?«

Im selben Moment, als er den Arm nach hinten streckte, fühlte er auch schon Leder in der Handinnenfläche. Vorsichtig deckte er sie mit Phurys Mantel zu, dann schloss er die Tür und setzte sich ans Steuer.

Das Letzte, was er noch hörte, war Wraths Befehl. »V, hilf mir. Das Ganze hier muss eingeäschert werden.«

Z schloss den Wagen kurz und raste los.

In einem dunklen Teil der Tenth Street lenkte O seinen Pick-up an den Bordstein. »Ich hab immer noch nicht kapiert, warum Sie gelogen haben.«

»Wenn Sie heim zu Omega geschickt würden, was wird dann aus uns? Sie sind einer der stärksten Jäger, die wir haben.«

Widerwillig blickte O ihn an. »Und Sie sind so ein treues Mitglied der Gesellschaft?«

»Ich bin stolz auf unsere Arbeit.«

»Typisch Fünfzigerjahre. Wie hochanständig von Ihnen.«

»Genau, und Ihnen hat es den Arsch gerettet, also seien Sie lieber dankbar.«

Von mir aus. Er hatte Wichtigeres im Kopf als Us blödes Gequatsche von Solidarität.

Beide stiegen aus dem Wagen aus. Das *Zero Sum* und das *Screamer's* und das *Snuff'd* lagen ein paar Blocks die Straße hinunter, und obwohl es kalt war, standen lange Schlangen am Einlass der Clubs. Einige unter den bibbernden Menschen waren zweifellos Vampire, und selbst wenn nicht, würde das eine hektische Nacht werden. Es standen immer Kämpfe mit den Brüdern aus.

O aktivierte die Alarmanlage, stopfte sich den Schlüssel in die Hosentasche ... und blieb wie angewurzelt mitten auf der Straße stehen. Er konnte sich buchstäblich nicht rühren.

Seine Frau ... Jesus, seine Frau hatte wirklich nicht gut ausgesehen, als er und U abgefahren waren.

O griff sich an den Kragen, er bekam keine Luft mehr. Der Schmerz, den sie ertragen musste, war ihm egal; den hatte sie sich selbst zuzuschreiben. Doch er könnte es nicht ertragen, wenn sie sterben würde, wenn sie ihn verließe ... Was, wenn sie jetzt in diesem Augenblick starb?

»Was ist denn los?«, wollte U wissen.

Nervös suchte O in seiner Tasche nach dem Autoschlüssel. »Ich muss weg.«

»Sie verschwinden? Wir haben schon letzte Nacht die Quote nicht erfüllt ...«

»Ich muss nur für eine Minute zurück ins Zentrum. L jagt drüben an der Fifth Street. Ziehen Sie mit ihm los. Ich komme in einer halben Stunde nach.«

O wartete nicht auf eine Antwort. Er sprang in den Pick-up und raste aus der Stadt heraus über die Route 22 durch Caldwells ländliche Randgebiete. Etwa fünfzehn Minuten vom Überzeugungszentrum entfernt sah er das emsige Blitzen von Scheinwerfern. Eine Versammlung von Bullenautos. Er fluchte und trat auf die Bremse. Hoffentlich nur ein Unfall.

Doch nein, in der Zwischenzeit hatte die verfluchte Polizei eine ihrer Alkoholkontrollen aufgebaut. Zwei Streifenwagen parkten auf beiden Seiten der Route 22, orangefarbene Leitkegel und Leuchtsignale standen mitten auf der Straße. Am rechten Straßenrand verkündete ein reflektierendes Schild, dass die Polizei von Caldwell hier Sicherheitsmaßnahmen durchführte.

Verdammt, mussten sie das ausgerechnet hier machen? Mitten in der Prärie? Warum standen sie nicht in der Innenstadt in der Nähe der Bars und Kneipen? Andererseits mussten die Leute aus den Trabantenstädten um Caldwell ja nach der Disco aus der großen Stadt wieder nach Hause fahren.

Vor ihm wartete ein Minivan, und O trommelte mit den Fingern auf dem Lenkrad herum. Zu gern hätte er einfach seine Smith & Wesson gezückt und sowohl den Bullen als auch den Fahrer vor sich ins Nirwana geblasen, einfach nur, weil sie ihm die Zeit stahlen.

Aus der Gegenrichtung näherte sich ein Auto, und

O blickte aus dem Seitenfenster über die Straße. Der unauffällige Ford Taurus blieb mit leise quietschenden Reifen stehen, die Scheinwerfer milchig und trüb.

Mann o Mann, diese lahmarschigen Autos sahen alle gleich aus. U fuhr so eine Karre, weil er glaubte, dass es besser für einen Jäger war, möglichst unauffällig zu sein.

Als der Polizist auf die Schrottkiste zuging, dachte O noch, wie seltsam es war, dass das Fenster auf der Fahrerseite bei diesen eisigen Temperaturen schon heruntergekurbelt war. Dann erhaschte er einen Blick auf den Kerl, der am Steuer saß. Meine Fresse. Der Bursche hatte eine fingerdicke Narbe im Gesicht. Und einen Pflock im Ohr. Vielleicht war das Auto gestohlen.

Der Polizist hatte offenbar denselben Gedanken, denn seine Hand lag auf dem Pistolenknauf, als er den Fahrer ansprach. Und richtig wild wurde es, als der Uniformierte mit der Taschenlampe auf den Rücksitz leuchtete. Unvermittelt lief ein Ruck durch seinen Körper, als hätte man dem Cop eins zwischen die Augen verpasst, und er tastete nach seiner Schulter, offenbar auf der Suche nach seinem Mikro. Nur, dass in diesem Augenblick der Fahrer den Kopf aus dem Fenster steckte und den Beamten unverwandt ansah. Einen Moment schien sogar die Luft zwischen den beiden eingefroren zu sein.

Dann ließ der Polizist den Arm sinken und winkte den Taurus beiläufig durch, ohne auch nur den Führerschein des Fahrers zu überprüfen.

O beäugte den Polizisten, der auf seiner Straßenseite seinen Dienst tat. Der Scheißer hielt immer noch die Fußballmutti vor ihm fest, als wäre ihr Minivan voller Dope. Und das, während sein Kumpel gleichzeitig einen Kerl, der aussah wie ein Serienmörder, ohne mit der Wimper zu zucken, passieren ließ.

Endlich kam O an die Reihe. Er blieb höflich und konnte schon ein paar Minuten später das Gaspedal durchtreten. Er hatte etwa weitere acht Kilometer hinter sich gebracht, als ein greller Lichtblitz rechts von ihm über dem Wald aufzuckte. Ungefähr da, wo das Überzeugungszentrum lag.

Er dachte an den Petroleumradiator mit dem Leck.

Jetzt drückte O wirklich auf die Tube. Seine Frau steckte in der Erde fest … Wenn es brannte …

Er nahm eine Abkürzung durch den Wald und raste zwischen den Kiefern durch. Der Wagen hüpfte unsanft auf und ab, sein Kopf stieß jedes Mal an die Decke, während er sich krampfhaft am Steuerrad festhielt. Er redete sich gut zu, vor ihm war doch gar kein orange glühender Feuerschein zu sehen. Wenn es eine Explosion gegeben hätte, müssten da Flammen sein, und Rauch …

Die Scheinwerfer wirbelten herum. Das Überzeugungszentrum war weg. Dem Erdboden gleichgemacht. Zu Asche zerfallen.

Im allerletzten Moment trat O auf die Bremse, um nicht mit dem Pick-up frontal in einen Baum zu rasen. Dann sah er sich im Wald um, ob er auch wirklich an der richtigen Stelle war. Als er sich davon überzeugt hatte, dass es keinen Zweifel geben konnte, sprang er aus dem Wagen und warf sich auf den Boden.

Immer wieder hob er Hände voll Staub auf, wanderte über das Aschefeld, bis das Zeug ihm in Mund und Nase drang und seinen Körper bedeckte wie ein Umhang. Er fand Stücke von geschmolzenem Metall, aber nichts, das größer als seine Handfläche war.

Durch das Chaos in seinem Kopf bohrte sich die Erinnerung, dieses merkwürdige, gespenstische Pulver schon einmal gesehen zu haben.

O legte den Kopf in den Nacken und schleuderte

seine Frustration gen Himmel. Er hatte keine Ahnung, was aus seinem Mund kam. Er wusste nur, dass die Bruderschaft das hier getan hatte. Denn genau dasselbe war vor sechs Monaten mit der Kampfsportschule der *Lesser* passiert.

Staub … Asche … Zerstörung. Und sie hatten seine Frau mitgenommen.

O mein Gott … War sie noch am Leben gewesen, als sie sie fanden? Oder hatten sie nur ihre Leiche mitgenommen? War sie tot?

Das war seine Schuld; das war alles seine Schuld. Er war so versessen darauf gewesen, sie zu bestrafen, dass er die Tragweite der Flucht dieses entkommenen Vampirs völlig übersehen hatte. Der Kerl war zur Bruderschaft gegangen und hatte ihnen gesagt, wo sie die Frau finden konnten. Und sie waren mit den ersten Schatten des Abends gekommen und hatten sie mitgenommen.

Er wischte sich Tränen der Verzweiflung aus den Augen. Und dann stockte ihm der Atem. Er riss den Kopf herum, suchte die Umgebung ab. Us silberfarbener Ford Taurus war verschwunden.

Die Straßensperre. Die beschissene Straßensperre. Dieser entsetzliche Mann am Steuer war gar kein Mann gewesen. Er war ein Mitglied der Bruderschaft der Black Dagger. Natürlich. Und Os Frau hatte auf dem Rücksitz gelegen, entweder ohnmächtig oder tot. Deshalb war der Bulle durchgedreht. Er hatte sie gesehen, als er das Auto durchsuchte, doch der Bruder hatte sein Hirn gewaschen, damit er den Taurus durchwinkte.

Ohne Zögern sprang O in seinen Wagen und stieg aufs Gas. Er fuhr Richtung Osten zu Us Haus.

Der Taurus hatte einen Lojack-Detektor.

Was bedeutete, mit der richtigen Computersoftware konnte er diese Schrottkarre überall aufspüren.

7

Bella nahm schemenhaft wahr, dass sie in einem Auto lag. Nur, wie war das möglich? Sie musste halluzinieren.

Nein … es klang wirklich wie ein Auto, das gleichmäßige Brummen eines Motors. Und es fühlte sich auch an wie ein Auto, ein gedämpftes Vibrieren, das sich gelegentlich zu einem Holpern verdichtete, wenn der Straßenbelag uneben war.

Sie versuchte, die Augen zu öffnen, stellte aber fest, dass sie das nicht konnte. Es erschöpfte sie zu sehr, also ließ sie es sein. Lieber Himmel, sie war so müde … als hätte sie eine schlimme Grippe. Alles tat ihr weh, besonders der Kopf und der Magen. Und ihr war übel. Angestrengt versuchte sie, sich zu erinnern, was geschehen war, wie sie befreit worden war, *falls* sie denn frei sein sollte. Doch sie hatte nur noch das Bild vor Augen, wie der *Lesser,* der sie liebte, durch die Tür getreten war, triefend vor schwarzem Blut. Der Rest lag im Nebel.

Ihre Hand tastete vorsichtig herum und fand etwas

über ihren Schultern. Sie zog es enger um sich. Leder. Und es roch ... ganz und gar nicht nach der klebrigen Süße ihres Peinigers. Es war der Duft eines Mannes ihrer Rasse. Sie atmete tief durch die Nase ein. Als sie überdies den Talkumgeruch der Vampirjäger aufschnappte, war sie verwirrt, bis sie die Nase in die Polster drückte. Genau, der Sitz. Das war das Auto eines *Lesser.* Doch warum hing dann der Schweiß eines männlichen Vampirs in dem Kleidungsstück, das über sie gebreitet war? Und da war noch etwas anderes, ein anderer Duft ... dunkel, mit einem starken Gewürz vermischt.

Bella begann zu zittern. An diesen Geruch erinnerte sie sich gut, erinnerte sich von ihrem ersten Besuch im Trainingszentrum der Bruderschaft daran, erinnerte sich auch, ihn bei einem späteren Besuch im Wohnhaus der Brüder wieder aufgeschnappt zu haben.

Zsadist. Zsadist war hier im Auto bei ihr.

Ihr Herz hämmerte. Mühsam öffnete sie die Augen, doch entweder verweigerten ihr die Lider den Gehorsam, oder sie waren längst offen, und es war einfach zu dunkel, um etwas zu erkennen.

Wurde ich gerettet?, fragte sie. *Bist du zu mir gekommen, Zsadist?*

Doch kein Laut drang über ihre Lippen, obwohl sie ihre Lippen bewegte. Wieder formte sie die Worte, zwang Luft durch ihren Kehlkopf. Ein heiseres Stöhnen erklang, sonst nichts.

Warum funktionierten ihre Augen nicht?

Sie begann, sich herumzuwerfen, und dann hörte sie das süßeste Geräusch, das je an ihre Ohren gedrungen war.

»Ich hab dich geholt, Bella.« Zsadists Stimme. Tief. Voller Kraft. »Du bist in Sicherheit. Du bist draußen. Und du musst nie wieder dorthin zurück.«

Er hatte sie geholt. Er hatte sie geholt …

Da fing sie an zu schluchzen. Das Auto schien langsamer zu werden, doch dann beschleunigte es abrupt.

Sie war so erleichtert, dass sie dankbar wieder in die Schwärze glitt.

Zsadist trat die Tür zu seinem Zimmer ein und riss dabei den Schließmechanismus aus der Verankerung. Es krachte laut, und Bella regte sich in seinen Armen, stöhnte auf. Er erstarrte, als ihr Kopf sich in seiner Armbeuge hin und her warf.

Das war gut, dachte er. Das war sehr gut.

»Komm Bella, komm zu mir zurück. Wach auf.« Doch sie kam nicht wieder zu Bewusstsein.

Er ging zu seinem Lager und legte sie dort ab, wo er sonst schlief. Als er wieder aufblickte, standen Wrath und Phury im Türrahmen. Die beiden riesenhaften Männer ließen kaum noch Licht aus dem Flur durch.

»Sie muss zu Havers gebracht werden«, sagte Wrath. »Sie braucht medizinische Hilfe.«

»Havers kann sie auch hier behandeln. Sie wird diesen Raum nicht verlassen.«

Die anschließende lange Stille bemerkte Z gar nicht, so gebannt betrachtete er Bellas Atmung. Ihre Brust hob und senkte sich in regelmäßigem Rhythmus, doch ihr Atem schien flach zu bleiben.

Phurys Seufzen hätte er überall herausgehört. »Zsadist …«

»Vergiss es. Er wird hierherkommen. Und niemand fasst sie ohne meine Erlaubnis oder in meiner Abwesenheit an.« Als er seine Brüder anfunkelte, waren Wrath und Phury sprachlos. »Herrgott noch mal, müsst ihr es noch in der Alten Sprache hören, weil ihr euer Englisch verlernt habt? Sie geht *nirgendwohin.*«

Fluchend klappte Wrath sein Handy auf und sprach schnell und herrisch hinein.

Als er das Gerät wieder zuklappte, sagte er: »Fritz ist schon in der Stadt und holt den Arzt ab. Sie sind in zwanzig Minuten hier.«

Z nickte und betrachtete Bellas Augenlider. Er wünschte, er selbst könnte sich um das kümmern, was man ihr angetan hatte. Er wollte sie von ihren Schmerzen befreien. Gnädige Jungfrau ... Wie sehr sie gelitten haben musste.

Ihm wurde bewusst, dass Phury zu ihnen getreten war, und es gefiel ihm überhaupt nicht, dass sein Bruder sich hinkniete. Instinktiv wollte er Bellas Körper mit seinem eigenen abschirmen, wollte seinen Zwillingsbruder, Wrath, den Arzt, *jeden* Mann von ihr fernhalten. Er verstand diesen Impuls nicht, kannte seinen Ursprung nicht, doch er war so stark, dass er sich beinahe auf Phurys Hals gestürzt hätte.

Und dann streckte sein Zwilling die Hand aus, als wollte er ihren Knöchel berühren. Zs Lippen teilten sich und gaben seine Fänge frei, ein Knurren löste sich aus seiner Kehle.

Phurys Kopf schnellte hoch. »Warum benimmst du dich so?«

Sie gehört mir, dachte Z.

Doch im selben Augenblick, als diese Überzeugung ihm durch den Kopf schoss, schob er sie wieder beiseite. Was zum Henker machte er denn da?

»Sie ist verletzt«, murmelte er. »Sei einfach nur vorsichtig. Okay?«

Fünfzehn Minuten später traf Havers ein. Der große, schlanke Arzt trug einen Lederkoffer in der Hand und sah aus, als wollte er direkt an die Arbeit gehen. Doch als er einen Schritt nach vorn machte, sprang Z auf, fing ihn ab und drückte ihn an die Wand. Havers blasse Augen weiteten sich entsetzt hinter seiner Hornbrille, und sein Koffer fiel geräuschvoll zu Boden.

Wrath fluchte. »Verdammt …«

Z kümmerte sich nicht um die Hände, die ihn zurückziehen wollten, und durchbohrte ihn mit einem funkelnden Blick. »Du behandelst sie besser als dein eigen Fleisch und Blut. Wenn sie nur einmal unnötigerweise zuckt, bekommst du das hundertfach am eigenen Leib zu spüren.«

Havers' Körper bebte, sein Mund bewegte sich tonlos.

Ein entschlossenes Ziehen von Phury an seinem Zwilling bewegte überhaupt nichts. »Z, immer locker …«

»Halt du dich da raus«, zischte er. »Haben wir uns verstanden, Doktor?«

»Ja … ja, Herr.« Als Z ihn wieder losließ, hustete Havers und zupfte an seiner Fliege. Dann runzelte er die Stirn. »Herr …? Du blutest. Dein Bein …«

»Macht dir mal um mich keine Sorgen. Nur um sie solltest du dir Sorgen machen. Und zwar jetzt sofort.«

Der Mann nickte, nahm seinen Koffer und ging zu dem Deckenlager hinüber. Als er sich neben Bella auf den Boden kniete, ließ Zsadist das Licht im Raum angehen.

So scharf wie Havers die Luft einsaugte, kam das vermutlich einem Fluch so nahe, wie das bei dem kultivierten Mann möglich war. Kaum hörbar murmelte er etwas in der Alten Sprache. »Einer Frau so etwas anzutun … Gütiger Schleier.«

»Hol die Fäden da raus«, forderte Z über den Arzt gebeugt.

»Erst die Untersuchung. Ich muss feststellen, ob es noch ernstere Verletzungen gibt.«

Havers öffnete seinen Koffer und nahm ein Stethoskop, eine Blutdruckmanschette und eine Taschenlampe heraus. Er kontrollierte Herzschlag und Atmung, leuchtete in Ohren und Nase, überprüfte den Blutdruck. Als er ihren Mund aufmachte, zuckte sie leicht zusammen, doch dann hob er ihren Kopf hoch, und sie begann ernstlich, sich zu wehren.

Gerade als Z sich auf den Arzt stürzen wollte, legte sich Phurys schwerer Arm um seinen Brustkorb und riss ihn zurück. »Er tut ihr nicht weh, und das weißt du auch.«

Z kämpfte gegen den Griff an, hasste das Gefühl von Phurys Händen auf seinem Körper. Doch als sein Zwilling nicht nachgab, wusste er, dass es besser so war. Seine Nerven waren zum Zerreißen gespannt, und den Doktor umzunieten, wäre eine Riesendummheit. Scheiße, vermutlich sollte er momentan noch nicht einmal bewaffnet sein.

Phurys Gedanken bewegten sich offenbar in ähnlichen Bahnen. Er zog Zs Dolche aus dem Brusthalfter und reichte sie an Wrath weiter. Die Pistolen wurden ihm ebenfalls abgenommen.

Havers blickte auf und wirkte sehr erleichtert, dass die Waffen aus dem Verkehr gezogen waren. »Ich … ähm, ich werde ihr ein Schmerzmittel verabreichen. Atmung und Puls sind stabil genug, sie wird es gut verkraften, und das macht den Rest der Untersuchung und alles Folgende für sie leichter zu ertragen. Okay?«

Erst als Z nickte, setzte der Arzt die Spritze. Als die Anspannung in Bellas Körper nachließ, holte der Arzt eine Schere heraus und näherte sich dem Saum des blutverschmierten Nachthemds, das sie trug.

Doch bevor er es noch anheben konnte, spürte Z heiße Wut in sich aufwallen. »Halt!«

Der Arzt machte sich auf einen Schlag gegen den Kopf gefasst, doch alles, was Z tat, war Phury durchdringend anzusehen und danach Wrath. »Keiner von euch soll sie nackt sehen. Macht die Augen zu, oder dreht euch um.«

Einen Augenblick lang starrten ihn beide nur an. Dann bot Wrath ihm den Rücken dar, und Phury senkte die Lider, ohne allerdings seinen Griff um Zsadists Brustkorb zu lockern.

Z wandte seinen Blick dem Arzt zu. »Wenn du ihre Kleider entfernst, bedeckst du sie aber.«

»Was soll ich benutzen?«

»Ein Handtuch aus dem Badezimmer.«

»Ich gehe eins holen«, erbot sich Wrath. Danach nahm er wieder seinen Platz mit Blick zur Tür ein.

Havers breitete das Handtuch über Bella, dann schnitt er das Nachthemd an der Seite auf. Bevor er den Stoff beiseitezog, hob er den Kopf. »Ich werde sie am ganzen Körper untersuchen müssen. Und ich werde ihren Bauch anfassen müssen.«

»Warum?«

»Ich muss die inneren Organe abtasten, um festzustellen, ob welche infolge eines Traumas oder einer Infektion angeschwollen sind.«

»Mach schnell.«

Havers zog das Handtuch zur Seite …

Zs Knie gaben nach, und er sank gegen den harten Körper seines Zwillingsbruders. »O … *Nalla.*« Seine Stimme versagte. *»Jungfrau und Schleier … Nalla.«*

Etwas war offenbar auf Englisch in sieben Zentimeter großen Blockbuchstaben in die Haut des Bauches eingeritzt worden. Da er nicht lesen konnte, wusste er nicht, was dort stand, aber er hatte eine furchtbare Ahnung …

»Was steht da?«, zischte er.

Havers räusperte sich. »Ein Name. David. Da steht ›David‹.«

Hinter ihnen knurrte Wrath. »In ihre Haut eingeritzt? Dieses Monster …«

Z schnitt seinem König das Wort ab. »Ich werde diesen *Lesser* töten. Gott helfe mir, das werde ich.«

Mit leichten und vorsichtigen Griffen inspizierte Havers die Wunden. »Es darf auf keinen Fall Salz in die Nähe dieser Schnitte kommen. Sonst heilen die Narben in dieser Form ab.«

»Was du nicht sagst.« Als hätte er keine Erfahrung damit, wie solche Wunden dauerhaft sichtbar blieben.

Nun deckte Havers sie wieder zu und wandte sich ihren Füßen, dann den Waden zu. Er schob das Nachthemd aus dem Weg, als er sich die Knie ansah. Danach spreizte er eines ihrer Beine seitlich ab.

Z machte einen Satz nach vorn und schleifte Phury hinter sich her. »Was zum Teufel machst du da?«

Erschrocken riss Havers die Hände zurück und hielt sie abwehrend über den Kopf. »Ich muss eine innere Untersuchung durchführen. Falls sie … geschändet wurde.«

Mit einem schnellen Schritt trat Wrath vor Z hin und schlang ihm die Arme um die Taille. Durch die Sonnenbrille brannte sich der Blick des Königs in seine Augen. »Lass es ihn tun, Zsadist. Es ist besser für sie.«

Zsadist konnte nicht zusehen. Er ließ den Kopf an Wraths Schulter sinken und verlor sich in seinem langen schwarzen Haar. Trotzdem er zwischen den Leibern seiner beiden Brüder eingeklemmt war, war er viel zu entsetzt, um bei dem Körperkontakt in Panik zu geraten. Er kniff die Augen zu und atmete tief ein, der Duft von Phury und Wrath drang in seine Nase.

Er hörte ein Rascheln, als suchte der Arzt in seinem Koffer herum. Dann zweimal Schnalzen, als er sich offenbar Gummihandschuhe überzog. Ein Reiben von Metall auf Metall. Flüstergeräusche. Dann … Stille. Nein, nicht ganz. Winzige Laute. Dann knackte es mehrfach.

Z erinnerte sich selbst daran, dass alle *Lesser* impotent waren. Doch er konnte sich ungefähr ausmalen, wie sie dieses Defizit wettmachten.

Er zitterte für Bella, bis seine Zähne klapperten.

8

John Matthew blickte hinüber zur Fahrerseite des Range Rovers. Tohr konzentrierte sich auf den Weg, der in das ländliche Randgebiet von Caldwell führte, und wenn John auch Angst davor hatte, Wrath, dem König, zu begegnen, so machte ihm die unheimliche Stille doch noch mehr Sorgen. Er konnte nicht begreifen, was los war. Bella war gerettet worden. Sie war jetzt in Sicherheit. Also sollten doch alle glücklich sein, oder? Trotzdem hatte Tohr, als er vorbeikam, um John abzuholen, Wellsie in der Küche umarmt und lange nicht mehr losgelassen. Seine Worte – leise und in der Alten Sprache gemurmelt – hatten einen erstickten Klang gehabt.

John wollte die Einzelheiten erfahren, doch in dem dunklen Auto war es schwer für ihn, Fragen durch Zeichen zu stellen oder auf einen Zettel zu schreiben. Und Tohr sah nicht so aus, als wäre er in Plauderlaune.

»Da wären wir«, sagte er jetzt knapp.

Mit einem schnellen Schlenker nach rechts bog er in

einen schmalen Feldweg ein, und John konnte urplötzlich fast nichts mehr durch die Scheibe erkennen. In dem winterlichen Wald um sie herum hing ein merkwürdiger Dunst, wie eine Art Puffer, der bei ihm eine leichte Übelkeit auslöste.

Aus dem Nichts formte sich ein riesiges Tor in der nebligen Landschaft heraus, und das Auto blieb mit quietschenden Reifen stehen. Direkt dahinter lag noch ein Tor, und in dem Raum zwischen beiden blieben sie zunächst eingesperrt. Tohr ließ das Fenster herunter, tippte eine Art Code in ein Tastenfeld, und sie konnten ihre Fahrt fortsetzen in einen …

Du lieber Himmel, was ist das?

Sie fuhren in einen unterirdischen Tunnel. Und auf ihrem gleichmäßig nach unten führenden Weg in die Erde tauchten mehrere weitere Tore auf, jedes noch stärker befestigt, bis hin zum letzten. Das war das größte von allen, ein glänzendes Stahlungetüm, auf dem genau in der Mitte ein Schild mit der Aufschrift HOCHSPANNUNG prangte. Tohr blickte in eine Überwachungskamera, dann ertönte ein Klicken. Die Flügeltüren glitten zur Seite.

Bevor sie weiterfuhren, tippte John Tohr auf den Unterarm, um seine Aufmerksamkeit zu erregen. *Wohnen hier die Brüder?*, fragten seine Hände langsam.

»Nicht ganz. Wir nehmen den Weg durch das Trainingszentrum und gelangen von da aus ins Wohnhaus.« Tohr trat aufs Gas. »Wenn drin Unterricht anfängt, wirst du hier von Montag bis Freitag herkommen. Ein Bus wird dich um vier Uhr vor unserem Haus abholen. Mein Bruder Phury ist vor Ort, deshalb übernimmt er die frühen Unterrichtsstunden.« Auf Johns fragenden Blick hin erklärte Tohr: »Die gesamte Anlage ist durch unterirdische Gänge verbunden. Ich werde dir den Zugang zu dem Tunnelsystem zeigen, das die Gebäude vernetzt, aber das behältst du für dich. Jeder, der uneingeladen irgendwo auftaucht, kriegt ernsthafte Schwierigkeiten. Deine Klassenkameraden sind nicht willkommen, verstehst du mich?«

John nickte bestätigend, und sie bogen in den Parkplatz ein, an den er sich noch aus einer Nacht vor langer Zeit erinnerte. Gott, es kam ihm vor als ob es hundert Jahre her sei, seit er mit Mary und Bella hier gewesen war.

Sie stiegen aus dem Range Rover aus. *Wer wird außer mir hier trainieren?*

»Ein Dutzend junge Männer in deinem Alter. Sie alle haben Kriegerblut in den Adern, weshalb wir sie auch ausgewählt haben. Das Training wird über eure Transition hinaus noch ein ganzes Weilchen andauern; bis wir glauben, dass ihr bereit für den Kampf seid.«

Sie gingen auf eine Metalltür zu, die Tohr weit aufstieß. Dahinter schloss sich ein Korridor an, der kein Ende zu nehmen schien. Im Vorbeigehen zeigte ihm Tohr ein Klassenzimmer, die Turnhalle, einen Kraftraum und die Umkleiden. Vor einer Milchglastür blieb er stehen.

»Hier treibe ich mich rum, wenn ich nicht zu Hause oder draußen auf der Jagd bin.« John trat ein. Der Raum war ziemlich kahl und sehr unscheinbar. Auf einem Metallschreibtisch stapelten sich Computerzubehör, Telefone und Papiere. An der hinteren Wand standen Aktenschränke in Reih und Glied. Es gab nur zwei Sitzplätze, wenn man das Umdrehen eines Papierkorbs nicht in Betracht zog. Einer der Stühle war ein Standardbürodrehstuhl hinten in der Ecke. Der andere stand hinter dem Schreibtisch und war unglaublich hässlich: ein zerfetztes schlammgrünes Ledermonstrum mit abgewetzten

Kanten, einer durchhängenden Sitzfläche und Füßen, die dem Wort *stämmig* eine ganz neue Bedeutung verliehen.

Tohr legte die Hand auf die Lehne dieses Möbels. »Kannst du es fassen, dass Wellsie dieses Ding unbedingt loswerden wollte?«

John nickte. *Ja, das kann ich.*

Tohr lächelte und trat zu einem Schrank, der vom Boden bis zur Decke reichte. Als er die Tür aufzog und eine Zahlenreihe in ein Tastenfeld eintippte, öffnete sich die Rückwand und man sah einen schwach beleuchteten Gang dahinter.

»Hier entlang.«

Obwohl er nicht viel erkennen konnte, ging John hindurch.

Ein Metalltunnel. Breit genug, um drei Leuten nebeneinander Raum zu bieten, und so hoch, dass selbst über Tohrs Kopf noch Platz blieb. Alle drei Meter etwa waren Lampen in die Decke montiert, doch ihr Licht drang nicht weit durch die Dunkelheit.

Das ist das Coolste, was ich je gesehen habe, dachte John.

Das Geräusch von Tohrs schweren Stiefeln hallte von den glatten Stahlwänden wider, genau wie seine tiefe Stimme.

»Hör mal, was das Treffen mit Wrath betrifft: Du brauchst dir wirklich keine Sorgen zu machen. Er ist ein beeindruckender Mann, aber du musst ihn nicht fürchten. Und lass dich von der Sonnenbrille nicht einschüchtern. Er ist fast blind und reagiert überempfindlich auf Licht, deshalb muss er sie tragen. Aber obwohl er dich nicht sehen kann, wird er in dir lesen wie in einem Buch. Er wird ganz genau wissen, was du fühlst.«

Ein wenig später tauchte links eine kurze Treppe auf, die zu einer Tür und einem weiteren Tastenfeld führte.

Tohr blieb stehen und deutete auf den Tunnel, der endlos weiterging, soweit John das beurteilen konnte.

»Wenn du hier geradeaus weitergehst, kommst du nach circa hundertfünfzig Metern zum Pförtnerhäuschen.«

Dann stieg Tohr die Treppe hinauf, tippte ein paar Zahlen ein und öffnete die Tür. Helles Licht strömte herein wie Wasser durch einen Damm.

John blickte auf, ein merkwürdiges Gefühl regte sich in seiner Brust. Ihm war, als würde er träumen.

»Alles in Butter, mein Sohn.« Tohr lächelte, seine harten Gesichtszüge wurden etwas weicher. »Da oben wird dir nichts geschehen. Vertrau mir.«

»Gut, es ist vorbei«, sagte Havers.

Zsadist öffnete die Augen wieder, er sah nichts als Wraths schwarzes Haar. »Wurde sie …«

»Alles in Ordnung. Keine Anzeichen für erzwungenen Verkehr oder irgendwelche Traumata.« Es schnalzte wieder, als der Arzt sich die Handschuhe auszog.

Zsadist sackte zusammen, und die Brüder fingen ihn auf. Als er endlich den Kopf wieder hob, sah er, dass Havers das blutige Nachthemd entfernt und das Handtuch wieder über Bella gebreitet hatte. Er zog sich frische Handschuhe an. Dann beugte sich der Mann über seinen Koffer, nahm eine feine Schere und eine Pinzette heraus, dann blickte er auf.

»Ich mache jetzt die Augen, in Ordnung?« Als Z nickte, hielt der Arzt seine Instrumente hoch. »Sei vorsichtig, Herr. Wenn du mich erschreckst, könnte ich damit ihre Sehkraft beschädigen. Verstehst du mich?«

»Ja, tu ihr nur nicht weh …«

»Sie wird nichts spüren, das verspreche ich dir.«

Dieses Mal sah Z zu, und es dauerte ewig. Zwischendrin hatte er den verschwommenen Eindruck, sich nicht mehr aus eigener Kraft auf den Beinen zu halten. Phury und Wrath stützten ihn, sein Kopf rollte an Wraths massiger Schulter hin und her.

»Das ist der Letzte«, murmelte Havers. »Gut, die Nähte sind entfernt.«

Alle Männer im Raum holten tief Luft, selbst der Arzt, dann wühlte er wieder in seinem Arsenal und holte schließlich eine Tube heraus. Er strich etwas Salbe auf Bellas Augenlider; dann nahm er seinen Koffer in die Hand.

Als der Arzt sich erhob, löste sich Zsadist aus dem Griff seiner Brüder und begann, im Zimmer auf und ab zu laufen. Wrath und Phury dehnten ihre Arme.

»Ihre Verletzungen sind schmerzhaft, aber zu diesem Zeitpunkt nicht lebensbedrohlich«, begann Havers. »Sie werden morgen oder übermorgen abgeheilt sein, vorausgesetzt, sie wird in Ruhe gelassen. Sie ist abgemagert, und sie muss sich nähren. Wenn sie in diesem Raum bleiben soll, müsst ihr die Heizung höherstellen und sie ins Bett legen. Essen und Trinken sollte für den Fall bereitgestellt werden, dass sie zu sich kommt. Und da ist noch etwas. Bei der Untersuchung habe ich festgestellt …« Sein Blick wanderte zwischen Wrath und Phury hin und her, dann blieb er an Zsadist hängen. »Es ist etwas Persönliches.«

Zsadist ging zu ihm herüber. »Was?«

Havers zog ihn in eine Ecke und flüsterte ihm etwas zu.

Z verschlug es die Sprache, als er geendet hatte. »Bist du sicher?«

»Ja.«

»Wann?«

»Ich kann es nicht genau sagen. Aber ziemlich bald.«

Z sah auf Bella herab. Du lieber Himmel …

»Gut, ich nehme mal an, ihr habt Aspirin oder Paracetamol im Haus?«

Z hatte keine Ahnung; er nahm nie Schmerzmittel. Fragend blickte er zu Phury.

»Ja, haben wir.«

»Dann gebt ihr ein paar Tabletten. Und ich lasse euch zur Sicherheit etwas Stärkeres hier, falls das nicht ausreicht.«

Havers holte ein kleines Glasfläschchen mit einem roten Gummiverschluss sowie zwei steril verpackte subkutane Spritzen heraus. Er schrieb etwas auf einen kleinen Block und händigte Z die Medikamente aus.

»Falls sie tagsüber aufwacht und große Schmerzen hat, dann kannst du ihr das hier nach meinen Anweisungen spritzen. Das ist dasselbe Morphin, das ich ihr vorhin verabreicht habe, aber du musst vorsichtig mit der Dosierung sein. Ruf mich an, wenn du Fragen hast oder wenn ich dir die Prozedur Schritt für Schritt erklären soll. Ansonsten, wenn die Sonne schon untergegangen sein sollte, komme ich selbst vorbei und gebe ihr die Spritze.« Havers warf einen Blick auf Zs Bein. »Möchtest du, dass ich deine Wunde untersuche?«

»Kann ich sie baden?«

»Ja, auf jeden Fall.«

»Jetzt?«

»Ja.« Havers zog die Stirn in Falten. »Aber Herr, dein Bein …«

Z ging ins Badezimmer, drehte heftig das Wasser in der riesigen Wanne auf und hielt die Hand unter den Strahl. Er wartete, bis es warm genug war; dann holte er Bella.

Inzwischen war der Arzt gegangen, aber Mary, Rhages Frau, stand in der Zimmertür und wollte Bella sehen.

Phury und Wrath sprachen kurz mit ihr und schüttelten die Köpfe. Sie ging wieder, aber mit gequälter Miene.

Als die Tür wieder ins Schloss gefallen war, kniete sich Z neben das Lager und wollte Bella hochheben.

»Warte mal, Z.« Wraths Stimme klang fest. »Ihre Familie sollte sich um sie kümmern.«

Z hielt inne und dachte daran, dass jemand Bellas Fische gefüttert hatte. Vermutlich war es nicht in Ordnung, was er tat. Sie hier zu behalten, weit weg von jenen, denen es zustand, sich um sie zu kümmern. Doch der Gedanke, sie gehen zu lassen, war ihm unerträglich. Er hatte sie doch gerade erst gefunden …

»Sie geht morgen zu ihnen«, erklärte er. »Heute Nacht und den Tag über bleibt sie hier.«

Wrath schüttelte den Kopf. »Das ist nicht …«

»Meinst du etwa, sie ist in dem Zustand transportfähig?«, fauchte Z. »Lass Bella in Ruhe. Tohr soll ihre Familie anrufen und ihnen mitteilen, dass sie ihnen morgen bei Einbruch der Nacht übergeben wird. Im Moment braucht sie ein Bad und etwas Schlaf.«

Wraths Lippen verzogen sich zu einem Strich. Ein langes Schweigen entstand. »Dann verlegen wir sie in ein anderes Zimmer. Bei dir bleibt sie nicht.«

Zsadist stand auf und baute sich drohend unmittelbar vor dem König auf. »Versucht doch, sie wegzubringen.«

»Gütige Jungfrau der Schrift noch mal, Z«, bellte da Phury. »Zurück …«

Wrath neigte seinen Oberkörper nach vorn, bis sich ihre Gesichter beinahe berührten. »Vorsicht, Z. Du weißt ganz genau, dass es dir mehr als einen Kinnhaken einbringt, mich zu bedrohen.«

Ja, das hatten sie im Sommer schon gehabt. Von Rechts wegen konnte Z nach dem alten Gesetz hingerichtet werden, wenn er das hier noch weiter auf die

Spitze trieb. Das Leben des Königs galt mehr als das aller anderen.

Wobei Z dieser Umstand natürlich in diesem Augenblick scheißegal war.

»Glaubst du, ein Todesurteil interessiert mich? Ich bitte dich.« Er verengte die Augen. »Aber eines sage ich dir. Selbst wenn du beschließt, hier die Majestät raushängen zu lassen, brauchst du trotzdem mindestens einen Tag, um mich mit der Jungfrau der Schrift zusammen zu verurteilen. Also schläft Bella trotzdem heute Nacht hier.«

Z ging zu ihr zurück und hob sie, so sorgfältig er konnte, hoch, ohne das Handtuch verrutschen zu lassen. Ohne Wrath oder seinen Zwillingsbruder eines weiteren Blickes zu würdigen, trug er sie ins Bad und trat die Tür hinter sich zu.

Die Wanne war schon halb voll, also ging er mit ihr auf den Armen in die Knie, um die Temperatur zu prüfen. Perfekt. Langsam legte er sie ins Wasser und ließ die Arme über den Wannenrand hängen, damit sie nicht zu tief hineinsank.

Das Handtuch saugte sich schnell voll und verschmolz mit ihrem Körper. Er konnte ganz deutlich die sanfte Wölbung ihrer Brüste erkennen, den schmalen Brustkorb, den flachen Bauch. Als das Wasser anstieg, löste sich der Saum des Handtuchs und umspielte ihre Oberschenkel.

Zs Herz machte einen Satz in seiner Brust, und er kam sich vor wie ein Wüstling, sie so anzustarren, wo sie doch verletzt und ohnmächtig war. Um sie vor seinem eigenen Blick abzuschirmen und ihr Schamgefühl nicht zu verletzen, ging er zum Spiegelschränkchen und suchte nach einem Schaumbad. Er fand nur Badesalze, und die würde er mit Sicherheit nicht benutzen.

Gerade wollte er sich wieder umdrehen, als ihm auffiel, wie groß der Spiegel über dem Waschbecken war. Sie sollte nicht sehen, wie sie aussah, denn je weniger sie über das erfuhr, was man ihr angetan hatte, umso besser. Also verhängte er den Spiegel mit zwei großen Handtüchern und steckte den dicken Frottee hinter dem Rahmen fest.

Als er zu ihr zurückging, war sie tiefer ins Wasser abgerutscht, aber wenigstens hing das Handtuch noch oben auf ihren Schultern fest und war mehr oder weniger an Ort und Stelle. Er schob den Arm unter eine Achsel und zog sie etwas hoch, dann nahm er einen Waschlappen. Sobald er ihr damit seitlich über den Hals fuhr, fing sie an, wild mit den Armen um sich zu schlagen. Das Wasser spritzte. Tiefe, panische Laute kamen aus ihrem Mund, und sie hörten auch nicht auf, als er den Lappen beiseitelegte.

Sprich mit ihr, du Idiot.

»Bella … Bella, alles ist gut. Dir passiert nichts.«

Sie wurde ruhig und runzelte die Stirn. Dann öffneten sich ihre Augen etwas, und sie begann, heftig zu blinzeln. Als sie sich über die Lider wischen wollte, nahm er ihr sanft die Hände vom Gesicht.

»Nein. Das ist Medizin. Lass das drauf.«

Sie erstarrte. Räusperte sich, bis sie endlich sprechen konnte. »Wo … wo bin ich?«

So müde und heiser ihre Stimme auch klang, für ihn war sie wunderschön.

»Du bist bei …« *Mir.* »Du bist bei der Bruderschaft. In Sicherheit.«

Ihr glasiger, unsteter Blick wanderte herum, weswegen Z das Licht dämpfte. Obwohl sie nicht ganz bei sich und zweifellos praktisch blind von der Salbe war, wollte er nicht, dass sie ihn sah. Das Letzte, was sie brauchen konnte, war, sich darum zu sorgen, was geschehen würde, wenn ihre Wunden nicht glatt verheilten.

Als sie die Arme ins Wasser gleiten ließ und die Füße am Badewannenende aufstützte, stellte er das Wasser ab und hockte sich auf die Fersen. Er war nicht gerade ein Weltmeister darin, Leute zu berühren, deshalb war es nicht weiter überraschend, dass sie seine Hände auf sich nicht ertragen konnte. Zur Hölle, er wusste einfach nicht, was er für sie tun konnte. Sie sah elend aus – über Tränen längst hinaus, in einem Zustand stumpfer Qual.

»Du bist in Sicherheit ...«, murmelte er, wenn er auch bezweifelte, dass sie es glaubte. Er an ihrer Stelle würde es ebenfalls nicht glauben.

»Ist Zsadist hier?«

Er runzelte die Stirn, wusste nicht, was das zu bedeuten hatte. »Ja. Ich bin hier.«

»Wirklich?«

»Ja, ich bin hier. Direkt neben dir.« Unbeholfen streckte er den Arm aus und drückte ihre Hand. Sie drückte zurück.

Und dann schien sie in eine Art Dämmerzustand zu gleiten. Sie murmelte vor sich hin, machte leise Geräusche, die auch Worte hätten sein können, und warf sich herum. Z holte noch ein Handtuch, rollte es zusammen und legte es unter ihren Kopf, damit sie nicht gegen die harte Kante der Wanne stieß.

Er zermarterte sich das Gehirn, was er für sie tun konnte, und da es das Einzige war, was ihm einfiel, summte er etwas. Das schien sie zu beruhigen, daher fing er leise an zu singen, eine Hymne an die Jungfrau der Schrift in der Alten Sprache, ein Lied über blauen Himmel und weiße Eulen und grüne Wiesen.

Nach und nach entspannte sich Bellas Körper, und sie atmete tief ein. Sie schloss die Augen und legte den

Kopf auf dem Handtuchkissen ab, das er für sie gemacht hatte.

Und da sein Gesang der einzige Trost war, den er ihr schenken konnte, sang er.

Phury starrte immer noch auf das karge Lager, auf dem Bella gerade noch gelegen hatte. Das zerrissene Nachthemd, das sie getragen hatte, machte ihn krank. Dann fiel sein Blick auf den Totenkopf neben den Decken. Den weiblichen Totenkopf.

»Ich kann das nicht zulassen«, sagte Wrath, als das Geräusch fließenden Wassers aus dem Badezimmer verstummte.

»Z wird ihr nichts tun«, murmelte Phury. »Sieh dir doch nur an, wie er sie behandelt. Du lieber Himmel, er benimmt sich ja, als hätte er sich an sie gebunden.«

»Und was passiert, wenn seine Stimmung umschlägt? Willst du, dass Bella auf der Liste der Frauen steht, die er getötet hat?«

»Er dreht völlig durch, wenn wir sie ihm wegnehmen.«

»Pech für ihn …«

Da erstarrten beide. Wandten langsam den Kopf Richtung Badezimmertür. Das Geräusch, das hindurchdrang, war leise, rhythmisch. Als würde jemand …

»Was zum Teufel?«, raunte Wrath.

Phury konnte es ebenfalls nicht fassen. »Er singt für sie.«

Selbst durch die Tür gedämpft, war die Reinheit und Schönheit von Zsadists Stimme überwältigend. Sein Tenor war schon immer so gewesen. Bei den seltenen Gelegenheiten, wenn er sang, brachten die Töne aus seinem Mund die Zeit zum Stillstand und stiegen in die Unendlichkeit auf.

»Verflucht noch mal.« Wrath schob sich seine Sonnenbrille auf die Stirn und rieb sich die Augen. »Pass auf ihn auf, Phury. Pass gut auf ihn auf.«

»Tue ich das nicht immer? Hör mal, ich muss selbst heute Nacht zu Havers, aber nur kurz, um meine Prothese neu anpassen zu lassen. Ich lasse Rhage ein Auge auf ihn haben, bis ich zurückkomme.«

»Mach das. Wir werden auf keinen Fall zulassen, dass der Frau unter unserer Aufsicht etwas zustößt, verstanden? Mannomann, dein Zwillingsbruder treibt einen wirklich in den Wahnsinn, weißt du das?« Damit verließ Wrath den Raum.

Wieder betrachtete Phury die Decken auf dem Fußboden und stellte sich Bella dort neben Zsadist liegend vor. Das war alles falsch. Z hatte nicht den Hauch einer Ahnung, was Wärme war. Und diese arme Frau hatte die letzten sechs Wochen im kalten Erdboden verbracht.

Ich sollte mit ihr da drin sein. Sie waschen. Sie trösten. Für sie sorgen.

Mein, dachte er und funkelte die Tür an, hinter der der Gesang ertönte.

Plötzlich stinksauer ging Phury auf das Badezimmer zu. Sein Revierinstinkt machte ihn so wütend, dass in seiner Brust ein Feuer loderte, eine ungezähmte Kraft, die sich gleichsam losriss und durch seinen Körper tobte. Er legte die Hand auf die Türklinke – und hörte die wunderschöne Tenorstimme eine neue Melodie anstimmen. Bebend stand Phury da. Als seine Wut sich in eine Sehnsucht verwandelte, die ihm Angst machte, legte er den Kopf an den Türpfosten. *Jungfrau und Schleier … nein.*

Er presste die Augen zu, versuchte, eine andere Erklärung für sein Verhalten zu finden. Es gab keine. Und immerhin waren er und Zsadist Zwillinge.

Also wäre es nur folgerichtig, wenn sie dieselbe Frau

begehren würden. Dass sie … sich an dieselbe Frau binden würden.

Er fluchte.

Heilige Scheiße, das war eine Katastrophe, ein totales Desaster. Zwei Vampire, die sich dieselbe Frau ausgesucht hatten, waren an sich schon eine gefährliche Kombination. Bei zwei Kriegern lag Mord und Totschlag in der Luft. Vampire waren Tiere, trotz all ihrer Ähnlichkeit mir den Mensche. Sie gingen aufrecht, konnten reden und waren fähig zu logischem Denken, aber im Grunde waren sie Tiere. Deshalb gab es einige Instinkte, die selbst das klügste Gehirn nicht außer Kraft setzen konnte.

Nur gut, dass er noch nicht ganz so weit war. Er fühlte sich von Bella angezogen, und er begehrte sie, doch in ihm regte sich noch nicht die ausgeprägte Besitzgier, welche die Visitenkarte eines gebundenen Vampirs war. Und er hatte an Z ebenfalls noch nicht den entsprechenden Duft gerochen, also gab es vielleicht noch Hoffnung.

Sie beide mussten sich von Bella fernhalten. Vermutlich aufgrund ihres aggressiven Wesens banden sich Krieger schnell und heftig. Blieb also zu hoffen, dass Bella bald in den Schoß ihrer Familie zurückkehrte, wohin sie gehörte.

Langsam nahm Phury seine Finger wieder von der Türklinke und verließ rückwärts den Raum. Wie ein Zombie ging er die Treppe hinunter und hinaus in den Innenhof. Er wollte, dass die Kälte seinen Verstand wieder klärte. Doch sie brachte ihm nur eine Gänsehaut ein.

Gerade wollte er sich einen Joint anzünden, als ihm auffiel, dass der Ford Taurus, mit dem Z Bella hierher gefahren hatte, vor dem Haus parkte. Der Motor lief noch, in all der Aufregung war der Wagen völlig vergessen worden.

Das war nicht unbedingt die Art von Skulptur, die sie auf ihrem Rasen brauchten. Da konnte Gott weiß was für ein Ortungsinstrument drin sein.

Phury stieg in den Wagen, legte den Gang ein und fuhr los.

9

Als John aus dem unterirdischen Tunnel heraustrat, blendete ihn die Helligkeit im ersten Moment. Und dann gewöhnten sich seine Augen daran. *O mein Gott. Wie schön.*

Die riesige Halle war beeindruckend wie ein Regenbogen, so bunt, dass er das Gefühl hatte, seine Netzhaut könnte gar nicht alles aufnehmen. Von den grünen und roten Marmorsäulen über dem vielfarbigen Mosaikboden bis hin zu dem Blattgold überall und der …

Meister Michelangelo, seht euch diese Decke an.

Drei Stockwerke über ihm bedeckten Gemälde von Engeln, Wolken und Kriegern auf edlen Pferden eine Fläche, die ihm so groß vorkam wie ein Fußballfeld. Und es gab noch mehr … Um das gesamte erste Stockwerk herum verlief eine vergoldete Balustrade, deren Einlegearbeiten ähnliche Motive darstellten. Und dann war da noch die prachtvolle Treppe mit ihrem kunstvoll verzierten Geländer.

Die Raumproportionen waren perfekt. Die Farben üppig. Die Kunst vollendet. Und das war kein neureicher Donald-Trump-Scheiß. Selbst John, der keine Ahnung von Stil hatte, wurde das Gefühl nicht los, dass sich hier vor seinen Augen echte Klasse ausbreitete. Wer auch immer dieses Haus gebaut und eingerichtet hatte, wusste, was er tat, und hatte das nötige Kleingeld, um nur vom Feinsten zu wählen: ein wahrer Aristokrat.

»Hübsch, was? Mein Bruder D hat dieses Haus 1914 gebaut.« Tohr stützte die Hände in die Hüften und blickte sich um, dann räusperte er sich hörbar. »Ja, er hatte einen fantastischen Geschmack. Für ihn gab es nur das Beste vom Besten.«

Eindringlich musterte John Tohrs Miene. Noch nie hatte er den Mann in diesem Ton sprechen hören. Solche Traurigkeit …

Da lächelte Tohr und schob John an den Schultern vor sich her. »Sieh mich nicht so an. Ich fühle mich wie beim Arzt, wenn du das tust.«

Sie stiegen über die mit flauschigem dunkelrotem Teppich ausgelegte Treppe in den ersten Stock hinauf. Von oben betrachtete John das Mosaikmuster auf dem Fußboden der Eingangshalle. Die Steinchen vereinigten sich zu der grandiosen Darstellung eines Obstbaumes in voller Blüte.

»Äpfel spielen eine wichtige Rolle bei unseren Ritualen«, erklärte Tohr. »Das heißt natürlich, soweit wir sie vollziehen. In letzter Zeit war in der Hinsicht nicht viel los, aber Wrath wird die erste Wintersonnenwendzeremonie seit etwa hundert Jahren veranstalten.«

Daran arbeitet Wellsie mit, oder?, bedeutete John.

»Genau. Sie kümmert sich um die Logistik. Unsere Rasse hungert danach, die Rituale wiederzubeleben, und es wird auch höchste Zeit.«

Da John sich nicht von dem prächtigen Anblick um sich herum losreißen konnte, drängte Tohr: »Sohn? Wrath wartet auf uns.«

John nickte und folgte ihm über den Flur zu einer Flügeltüre, die mit einer Art Siegel markiert war. Genau, als Tohr die Hand hob, um zu klopfen, drehte sich der Messingknauf, und die Tür gab den Blick ins Innere frei. Nur, dass niemand auf der anderen Seite der Tür stand. Wie also war sie aufgegangen?

John warf einen Blick in den Raum. Er war in Kornblumenblau gehalten und erinnerte ihn an Bilder aus einem Geschichtsbuch. Französisch, oder? Mit all den Schnörkeln und eleganten Möbeln ...

Plötzlich bekam John Schluckbeschwerden.

»Mein Herr«, sagte Tohr und verbeugte sich, bevor er weiterschritt.

John blieb einfach nur im Türrahmen stehen. Hinter einem fantastischen französischen Schreibtisch, der viel zu schön und viel zu klein für ihn war, saß ein Riese von einem Mann, der noch breitere Schultern als Tohrment hatte. Langes schwarzes Haar fiel im vom spitz zulaufenden Haaransatz gerade auf die Schultern und dieses Gesicht ... die harten Züge schienen hauptsächlich eines auszudrücken: Leg dich bloß nicht mit mir an!

Herr im Himmel, allein die Panoramasonnenbrille ließ ihn geradezu unbarmherzig wirken.

»John?«, hörte er Tohr fragen.

Er trat vor und versteckte sich dennoch ein wenig hinter seinem Begleiter. Ja, gut, das war ein bisschen schwach von ihm, aber er hatte sich auch noch nie im Leben kleiner oder unbedeutender gefühlt. Neben all der Kraft, die der Kerl vor ihnen ausstrahlte, war er schon beinahe überzeugt, dass er gar nicht existierte.

Der König rutschte auf seinem Stuhl vor und lehnte sich über den Schreibtisch.

»Komm her, Sohn.« Die Stimme war laut und betont, das R ein wenig in die Länge gezogen.

»Geh schon.« Tohr stupste ihn leicht, als er sich nicht rührte. »Ist schon in Ordnung.«

Über seine eigenen Füße stolpernd, schaffte John es, wenig elegant quer durch den Raum. Vor dem Schreibtisch blieb er stehen, als wäre er ein rollender Stein, der erst allmählich zum Stillstand kommt.

Der König erhob sich und wurde dabei immer größer. Wrath musste mindestens zwei Meter messen, und die schwarzen Klamotten, die er trug, vor allem das Leder, ließen ihn noch imposanter wirken.

»Komm hierher zu mir.«

Mit einem Blick über die Schulter vergewisserte sich John, dass Tohr noch im Zimmer war.

»Ist schon gut, Junge«, sagte der König. »Ich werde dir bestimmt nichts tun.«

John ging um den Schreibtisch herum, sein Herz pochte wie das einer Maus, die einer Katze gegenübersteht. Als er den Kopf zur Seite legte und aufblickte, streckte der König den Arm aus. Die Innenseite war vom Handgelenk bis zum Ellbogen mit schwarzen Tätowierungen bedeckt. Und die Zeichen waren genau wie die, von denen John geträumt hatte, die er auf sein Armband geschrieben hatte …

»Ich bin Wrath«, sagte der Mann. Kurze Pause. »Möchtest du mir die Hand schütteln, mein Junge?«

Ach ja. John streckte die Hand aus, in der Erwartung, sie werde halb zerquetscht werden. Stattdessen spürte er nur eine gleichmäßige Wärme, als sie sich berührten.

»Der Name auf deinem Armband«, begann Wrath.

»Da steht Tehrror. Möchtest du so genannt werden, oder lieber John?«

Kurz geriet John in Panik und blinzelte zu Tohr hinüber, weil er nicht wusste, was er wollte, und nicht wusste, wie er dem König das vermitteln sollte.

»Ganz locker, mein Junge.« Wrath lachte leise. »Du kannst dich auch später entscheiden.«

Plötzlich riss der König den Kopf zur Seite, als lauschte er auf etwas draußen im Flur. Ebenso abrupt verwandelte ein Lächeln auf seinen Lippen seine Miene in einen Ausdruck restloser Ehrfurcht.

»Lielan«, flüsterte Wrath.

»Tut mir leid, dass ich zu spät bin.« Die weibliche Stimme war tief und wunderschön. »Mary und ich machen uns solche Sorgen um Bella. Wir würden ihr so gern irgendwie helfen.«

»Euch wird schon noch was einfallen. Das hier ist übrigens John.«

Da drehte John sich zur Tür um und sah eine Frau …

Unvermittelt schob sich ein weißes Licht vor seinen Blick, verwischte jeden Sinneseindruck, wie ein Megawatt-Halogenstrahler. Er blinzelte, blinzelte, blinzelte … Und dann aus dem grenzenlosen Nichts heraus konnte er die Frau wieder erkennen. Sie war dunkelhaarig, mit Augen, die ihn an jemanden erinnerten, den er geliebt hatte … Nein, sie erinnerten ihn nicht daran … das waren die Augen seiner … Was? Seiner *was?*

John schwankte. Hörte aus großer Ferne Stimmen zu ihm dringen. In seinem Inneren, in seiner Brust, tief unten in den Kammern seines schlagenden Herzens spürte er, wie etwas zersplitterte, als wäre er in zwei Teile zerbrochen. Er verlor sie … er verlor die dunkelhaarige Frau … er war …

Sein Mund öffnete sich weit, bewegte sich wie zum Sprechen, doch dann überfielen ihn die Krämpfe, zuckten durch seinen schmächtigen Körper, holten ihn von den Füßen, stürzten ihn zu Boden.

Zsadist wusste, dass es Zeit war, Bella aus der Wanne zu holen, denn sie war schon fast eine Stunde im Wasser, und ihre Haut runzelte sich schon. Aber dann betrachtete er das Handtuch, das er ständig wieder über ihrem Körper zurechtzupfte.

Mist ... sie da herauszubekommen, ohne das Ding zu verlieren, würde kompliziert werden. Mit einer Grimasse streckte er den Arm aus und zog das Handtuch weg.

Im selben Augenblick wandte er schnell den Kopf ab, ließ das nasse Stück auf den Boden fallen und schnappte sich ein trockenes, das er direkt neben die Wanne legte. Mit zusammengebissenen Zähnen beugte er sich vor und schob seine Arme ins Wasser auf ihren Körper zu. Seine Augen waren genau auf Höhe ihrer Brüste.

O Schleier ... Sie waren perfekt. Cremig weiß mit kleinen rosigen Spitzen. Und das Wasser spielte mit ihren Brustwarzen, neckte sie mit kräuselnden Küssen, die sie zum Glitzern brachten.

Krampfhaft kniff er die Augen zu, zog seine Arme aus der Wanne und hockte sich wieder auf die Fersen. Er wappnete sich für einen zweiten Versuch, konzentrierte sich auf die Wand vor sich und beugte sich vor ... nur um einen raschen Schmerzensstich in der Hüftgegend zu verspüren. Verwirrt sah er an sich herab.

In seiner Hose war eine mächtige Schwellung. Er war so hart, dass sich der Stoff wie ein Zelt gebauscht hatte. Ganz offensichtlich war das Gerät gegen die Wanne gedrückt worden, als er sich vorgebeugt hatte, weswegen er den Stich gespürt hatte.

Fluchend schob er *Es* mit dem Handballen aus dem Weg. Er hasste es, wie schwer sich die harte Stange in seiner Trainingshose anfühlte, überhaupt die Tatsache, dass er sich damit befassen musste. Doch egal, wie sehr er sich bemühte, er bekam das Ding nicht vernünftig verpackt, zumindest nicht, ohne seine Hand in die Hose zu stecken und daran herumzufummeln. Was er auf gar keinen Fall tun würde. Irgendwann gab er es auf und ließ die Erektion schräg in der Hose stehen, verdreht und schmerzhaft.

Geschah dem verfluchten Ding recht.

Zsadist holte tief Luft, ließ die Arme ins Wasser gleiten und schlang sie um Bellas Körper. Er hob sie hoch, erneut erschrocken darüber, wie leicht sie war; dann lehnte er sie an die Marmorwand, indem er sie mit der einen Hüfte und einer Hand an ihrem Schlüsselbein stützte. Er griff nach dem trockenen Handtuch, doch bevor er es um sie legte, fiel sein Blick auf die Buchstaben auf ihrem Bauch.

Ein merkwürdiger Ruck fuhr ihm durch die Brust, ein schwerer Druck … Nein, eher ein Gefühl des Absinkens, als fiele er nach unten, obwohl er auf gleicher Höhe blieb. Das verblüffte ihn. Es war so lange her, seit irgendetwas durch seine Wut oder die Abgestumpftheit gedrungen war. Er hatte das Gefühl, er sei … traurig?

Egal. Sie hatte eine Gänsehaut, und zwar am ganzen Körper. Also war dies kaum der richtige Zeitpunkt, um umständlich in sich hineinzuhorchen.

Er wickelte sie in das Handtuch und trug sie zum Bett. Die Decke schob er beiseite und legte sie flach hin, dann zog er das Handtuch weg. Als er sie zudeckte, blieb sein Blick abermals auf ihrem Bauch hängen.

Die seltsame Empfindung kehrte zurück, als schaukelte sein Herz auf einer Gondel.

Er ging zum Thermostat, doch da die Zahlen und Buchstaben auf der Skala ihm nichts sagten, wusste er nicht, auf was er das Gerät einstellen sollte. Also bewegte er den kleinen Zeiger von ganz links nach rechts der Mitte, doch was genau er damit bewirkt hatte, wusste er nicht.

Er warf einen Blick auf die Kommode. Dort lagen die beiden Spritzen und das Glasfläschchen mit Morphium, wo Havers sie hingelegt hatte. Er ging hinüber, nahm eine Nadel, das Medikament und die Anweisungen in die Hand, dann hielt er inne, bevor er den Raum verließ. Bella lag still im Bett, so klein inmitten all der Kissen.

Er sah sie in diesem Rohr im Erdboden vor sich. Verängstigt. Frierend. Mit Schmerzen. Dann stellte er sich den *Lesser* vor, wie er tat, was er getan hatte, wie er sie festhielt, während sie sich wehrte und schrie.

Dieses Mal wusste Z ganz genau, was er empfand.

Eiskalte Wut und der Wunsch nach Rache. So stark, dass sie bis in die Unendlichkeit reichten.

10

John erwachte auf dem Fußboden, neben sich Tohr. Wrath stand vor ihm und blickte auf ihn herab.

Wo war die dunkelhaarige Frau? Ruckartig versuchte er, sich aufzusetzen, doch schwere Hände hielten ihn am Boden fest.

»Entspann dich erst noch ein Weilchen, mein Junge«, hörte er Tohrs Stimme.

John reckte den Hals, und da stand sie neben der Tür. Sie wirkte besorgt. Sobald er sie sah, zündete jedes einzelne Neuron in seinem Gehirn, und das weiße Licht kehrte zurück. Er fing an zu zittern, sein Körper knallte gegen den Fußboden.

»Scheiße, er fängt wieder an«, murmelte Tohr, während er versuchte, den Anfall zurückzudrängen.

Als John spürte, wie er wieder nach unten gesaugt wurde, reckte er der Dunkelhaarigen eine Hand entgegen, wollte zu ihr, kämpfte darum, zu ihr zu gelangen.

»Was brauchst du, Sohn?« Tohrs Stimme über ihm verblasste immer wieder, wie ein gestörter Radiosender. »Wir holen für dich, was du brauchst …«

Die Frau …

»Geh zu ihm, *Lielan«,* sagte Wrath. »Nimm seine Hand.«

Die dunkelhaarige Frau trat vor, und in der Sekunde, als ihre Handflächen sich berührten, wurde alles schwarz.

Als er wieder zu sich kam, hörte er Tohr sprechen. »… wollten sowieso zu Havers. Hallo, Sohn. Da bist du ja wieder.«

John setzte sich auf, in seinem Kopf drehte sich alles. Er legte die Hände auf sein Gesicht, als könnte ihm das helfen, bei Bewusstsein zu bleiben. Dann blickte er zur Tür. Wo war sie? Er musste … Er wusste nicht, was er tun musste. Aber es gab etwas. Etwas, das mit ihr zu tun hatte.

Hektisch machte er Handzeichen.

»Sie ist weg, mein Sohn«, antwortete Wrath. »Wir müssen euch beide voneinander fernhalten, bis wir eine Ahnung haben, was hier los ist.«

Jetzt sah John Tohr an und machte langsamere Zeichen. Tohr übersetzte: »Er sagt, er muss sich um sie kümmern.«

Leise lachte Wrath. »Ich glaube, das hab ich so weit im Griff, mein Junge. Das ist meine Partnerin, meine *Shellan,* deine Königin.«

Aus irgendeinem Grund beruhigte diese Information John, und allmählich begann er sich wieder normal zu fühlen. Eine Viertelstunde später konnte er aufstehen.

Wrath blickte Tohr durchdringend an. »Ich möchte mit dir heute Nacht eine Strategiesitzung abhalten, deshalb brauche ich dich hier. Aber Phury fährt in die Klinik zu Havers. Er könnte den Jungen doch einfach mitnehmen?«

Zögerlich sah Tohr John an. »Wäre das in Ordnung für dich, mein Sohn? Mein Bruder ist ein guter Kerl. In jeder Hinsicht.«

John nickte. Er hatte schon genug Probleme verursacht, indem er sich auf dem Boden rumwälzte, als hätte er die Tollwut. Nach diesem Auftritt wollte er sich jetzt definitiv benutzerfreundlich geben.

Gott, was war das nur für eine Sache mit der Frau gewesen? Jetzt da sie weg war, konnte er sich gar nicht mehr erinnern, was das Problem gewesen war. Er konnte sich nicht einmal an ihr Gesicht erinnern. Es war, als hätte er eine Miniamnesie.

»Ich bringe dich zu meinem Bruder.«

John legte die Hand auf Tohrs Arm. Als er fertig war mit seinen Zeichen, blickte er Wrath an.

Tohr lächelte. »John sagt, es war eine Ehre, dich kennen zu lernen.«

»Ich hab mich auch sehr gefreut, mein Junge.« Der König ging zurück an seinen Schreibtisch und setzte sich. »Und Tohr? Wenn du zurückkommst, bring Vishous mit.«

»Mach ich.«

O trat so heftig gegen die Seite des Ford Taurus, dass sein Stiefel eine Delle hinterließ.

Die Scheißkiste stand mitten in der Prärie am Straßenrand. Auf irgendeinem völlig unauffälligen Teilstück der Route 14, vierzig Kilometer vom Stadtzentrum entfernt.

Es hatte ihn mehr als eine Stunde an Us Computer gekostet, das Auto zu finden, da das Ortungssignal des Lo-Jack aus weiß Gott welchen Gründen blockiert gewesen war. Als der verdammte Responder dann endlich auf dem Bildschirm erschienen war, hatte sich der Taurus schnell fortbewegt. Hätte O Verstärkung gehabt, hätte er jemanden vor den Rechner setzen können, während er in seinem Pick-up den Wagen verfolgt hätte. Doch U war in der Stadt auf der Jagd, und ihn oder einen anderen davon abzuziehen, hätte eine Menge Aufmerksamkeit erregt.

Und O hatte auch so schon genug Ärger am Hals … Ärger, der sich schon wieder meldete, als sein Handy zum achthundertsten Mal klingelte. Das Ding hatte vor zwanzig Minuten damit angefangen, und seitdem gingen nonstop Anrufe ein. Er nahm das Nokia aus der Jacke. Auf dem Display war die Nummer unterdrückt. Vermutlich U, oder noch schlimmer: Mr X.

Es musste sich bereits herumgesprochen haben, dass das Überzeugungszentrum in Schutt und Asche gelegt worden war.

Als das Handy Ruhe gab, wählte er Us Nummer. Sobald jemand abhob, sagte O: »Suchen Sie nach mir?«

»Herrgott, was ist da draußen los? Mr X behauptet, alles sei den Bach runtergegangen.«

»Ich weiß nicht, was da passiert ist.«

»Aber Sie waren doch da, oder? Sie sagten, Sie wollten dorthin fahren.«

»Haben Sie das Mr X erzählt?«

»Ja. Und hören Sie mal, seien Sie bloß vorsichtig. Der *Haupt-Lesser* ist mächtig angepisst und sucht Sie.«

O lehnte sich an die kalte Karosse des Taurus. *Verdammter Scheiß.* Er hatte keine Zeit für so was. Seine Frau war irgendwo weit weg von ihm, entweder noch am Leben oder tot und begraben, und egal, in welchem Zustand sie war, er musste sie zurückbekommen. Und dann musste er sich diesen vernarbten Bruder vorknöpfen, der sie ihm weggenommen hatte, und den hässlichen Drecksack fertigmachen. Gnadenlos.

»O? Sind Sie noch dran?«

Mist, Mist, Mist ... vielleicht hätte er es so aussehen lassen sollen, als sei er bei der Explosion gestorben. Er hätte den Pick-up an Ort und Stelle stehen lassen können und durch den Wald abhauen sollen. Klar, und dann was? Er hätte kein Geld, keinen fahrbaren Untersatz und keine Verstärkung gegen die Bruderschaft, wenn er den Mistkerl mit der Narbe jagte. Er wäre ein Deserteur, was bedeutete, wenn jemand das spitzkriegte, würde er von der gesamten Gesellschaft wie ein Hund zur Strecke gebracht werden.

»O?«

»Ich weiß ehrlich nicht, was passiert ist. Als ich ankam, war da nur noch Staub.«

»Mr X glaubt, Sie hätten das Ding angezündet.«

»Natürlich tut er das. Das wäre ja auch das Bequemste für ihn, selbst wenn ich überhaupt kein Motiv hatte. Ich rufe Sie später noch mal an.«

Er klappte das Handy zu und schob es in die Jackentasche. Dann holte er es wieder heraus und schaltete es aus.

Er rieb sich das Gesicht, konnte aber überhaupt nichts spüren, und das lag nicht an der Kälte.

Mann, er steckte knietief in der Scheiße. Mr X würde einen Sündenbock für den Haufen Asche brauchen, und das würde O sein. Wenn man ihn nicht sofort tötete, dann würde die für ihn vorgesehene Strafe hart sein. Bei seiner letzten Züchtigung durch Omega wäre er beinahe gestorben. *Verdammt* ... Was für Optionen hatte er?

Als ihm die Lösung einfiel, lief ein Zittern durch seinen Körper. Doch der Taktiker in ihm jubelte.

Der erste Schritt war, Zugang zu den Gesetzesrollen der Gesellschaft zu bekommen, bevor Mr X ihn fand. Das bedeutete, er brauchte eine Internetverbindung. Was wiederum hieß, er musste zurück zu Us Wohnung.

John verließ Wraths Arbeitszimmer und bog links in den Flur ab. Er hielt sich immer dicht hinter Tohr. Alle zehn Meter etwa befand sich eine Tür gegenüber der Balustrade, als wäre das Haus ein Hotel. Wie viele Leute wohnten denn hier?

Dann blieb Tohr stehen und klopfte an eine der Türen. Als keine Antwort kam, klopfte er noch einmal und sagte: »Phury, Mann, hast du mal eine Sekunde für mich?«

»Sucht ihr mich?«, ertönte da eine tiefe Stimme hinter ihnen.

Ein Mann mit einem dicken, auffälligen Schopf Haare kam den Flur hinunter. Der Pelz auf seinem Kopf schimmerte in allen Farben des Regenbogens und fiel in Wellen über seinen Rücken. Er lächelte John an, dann wandte er sich an Tohr.

»Hey, mein Bruder.« Die beiden wechselten in die Alte Sprache, während Tohr die Tür öffnete.

John schaute in das Zimmer. Da stand ein riesiges, antikes Himmelbett mit Türmen von Kissen vor dem geschnitzten Kopfteil. Es gab lauter edle Deko, und es roch da drin wie in einem *Starbucks*.

Dann sprach der Mann mit den schönen Haaren wieder Englisch und sah ihn freundlich an. »John, ich bin Phury. Sieht so aus, als würden wir beiden heute Nacht zusammen zum Doc fahren.«

Tohr legte die Hand auf Johns Schulter. »Wir sehen uns später, okay? Du hast ja meine Handynummer, wenn du was brauchst, schickst du mir einfach eine SMS.«

John nickte und sah Tohr nach. Diese breiten Schultern entschwinden zu sehen, ließ ihn sich sehr einsam fühlen.

Zumindest bis Phury ruhig sagte: »Keine Sorge. Er ist nie weit weg, und ich werde gut auf dich aufpassen.«

Schüchtern blickte John in die warmen gelben Augen Phurys. Wow … sie hatten die knallgelbe Farbe eines Goldzeisigs. Langsam entspannte er sich. Phury … Das war der Typ, der auch einige der Unterrichtsstunden geben würde.

Gut, dachte John.

»Komm doch rein. Ich musste gerade etwas erledigen.«

Beim Eintreten wurde der rauchige Kaffeegeruch noch schwerer.

»Warst du schon mal bei Havers?«

John schüttelte den Kopf und entdeckte einen Lehnstuhl am Fenster. Er setzte sich darauf.

»Aha. Aber mach dir keine Gedanken. Wir sorgen dafür, dass du richtig behandelt wirst. Sie werden also deine Blutlinie aufs Korn nehmen?«

John nickte. Tohr hatte gesagt, man würde ihm Blut abnehmen und ihn ärztlich untersuchen. Was vermutlich beides eine gute Idee war in Anbetracht der Ohnmacht und der kleinen Show, die er gerade in Wraths Büro abgezogen hatte.

Er holte seinen Block heraus und schrieb: *Warum musst du zum Arzt?*

Phury kam zu ihm und sah sich die Frage an. Mit einer schwungvollen Bewegung seines großen Körpers legte er einen der massiven Stiefel auf die Stuhlkante. John zog den Kopf zurück, als der Mann seine Lederhose etwas hochzog.

O mein Gott … der Unterschenkel bestand aus einer

Konstruktion von Stangen und Schrauben. John streckte die Hand aus, um das glänzende Metall zu berühren, dann blickte er auf. Ihm war gar nicht bewusst, dass er sich an die eigene Kehle fasste, bis Phury lächelte.

»O ja, ich weiß, wie das ist, wenn einem ein Teil fehlt.«

Wieder betrachtete John das künstliche Gliedmaß und legte den Kopf schief.

»Wie das passiert ist?« Als John nickte, zögerte Phury, dann sagte er: »Ich habe mir das Bein abgeschossen.«

In diesem Augenblick flog die Tür auf und eine harte männliche Stimme dröhnte durch den Raum. »Ich muss wissen …«

Die Worte erstarben, und John wandte sich um. Dann zog er den Kopf ein.

Der Mann im Türrahmen hatte auffallende Narben. Sein Gesicht war von einem Schnitt entstellt, der mitten hindurch verlief. Doch das war nicht der Grund, warum John sich so klein machen wollte, dass er nicht mehr zu sehen war. Die schwarzen Augen in diesem zerstörten Antlitz waren wie die Schatten eines verlassenen Hauses, voller Dinge, die einem Besucher verflucht wehtun würden.

Und zu allem Überfluss hatte der Kerl frisches Blut an seinem Hosenbein und dem linken Stiefel.

Die bösen Augen verengten sich und schlugen in Johns Gesicht auf wie ein kalter Windstoß. »Was glotzt du so?«

Phury stellte das Bein wieder ab. »Z …«

»Ich hab dich was gefragt, *Kleiner.*«

Hektisch fummelte John mit seinem Block herum. Er schrieb schnell und hielt dem anderen Mann die Seite unter die Nase, doch irgendwie machte das die Situation nur noch schlimmer.

Die deformierte Oberlippe verzog sich nach oben und entblößte gewaltige Fänge. »Aha. Wie du meinst, Kleiner.«

»Halt dich zurück, Z«, schaltete Phury sich dein. »Er kann nicht sprechen, er ist stumm.« Phury kippte den Block so, dass er das Geschriebene lesen konnte. »Er entschuldigt sich.«

Mühsam widerstand John dem Drang, sich hinter dem Stuhl zu verstecken, als er einer visuellen Leibesvisitation unterzogen wurde. Doch dann ließ die Aggression, die von dem Mann abstrahlte, plötzlich nach.

»Du kannst überhaupt nicht sprechen?«

John schüttelte den Kopf.

»Und ich kann nicht lesen. Dann sind wir ja das ideale Paar, du und ich.«

Emsig fuhrwerkte John mit seinem Kuli herum. Als er Phury den Block zeigte, runzelte der Mann mit dem schwarzen Blick die Stirn. »Was hat der Kleine geschrieben?«

»Er sagt, das macht nichts. Er ist ein guter Zuhörer. Du kannst das Reden übernehmen.«

Die seelenlosen Augen wandten sich ab. »Ich hab nichts zu sagen. Und jetzt will ich wissen, auf was man den Thermostat einstellen muss.«

»Ähm, auf einundzwanzig Grad.« Phury ging durchs Zimmer. »Der Zeiger muss ungefähr hier stehen. Siehst du?«

»Dann habe ich nicht weit genug aufgedreht.«

»Und du musst aufpassen, dass dieser Schalter hier unten ganz rechts steht. Sonst geht die Heizung nicht an, egal, wo der Zeiger steht.«

»Aha. Gut. Und kannst du mir sagen, was hier steht?«

Phury betrachtete den quadratischen Zettel. »Das ist die Dosierungsanleitung für die Spritze.«

»Was du nicht sagst. Was muss ich machen?«

»Geht es ihr nicht gut?«

»Im Moment schon, aber ich möchte, dass du sie für mich aufziehst und mir sagst, was ich tun muss. Ich will eine Dosis parat haben, falls Havers nicht schnell genug hier sein kann.«

Phury nahm das Fläschchen und wickelte die Nadel aus. »In Ordnung.«

»Mach keinen Fehler.« Als Phury die Spritze aufgezogen hatte, steckte er die Schutzhaube wieder auf, und die beiden unterhielten sich eine Weile in der Alten Sprache. Dann fragte der Furcht einflößende Mann: »Wie lange wirst du weg sein?«

»Vielleicht eine Stunde.«

»Dann tu mir zuerst einen Gefallen. Werde das Auto los, mit dem ich sie hierher gebracht habe.«

»Schon erledigt.«

Der Mann mit der Narbe nickte und ging, die Tür schloss sich mit einem Klicken hinter ihm.

Phury stützte die Hände in die Hüften und starrte auf den Boden. Dann ging er zu einer Mahagonikiste, die auf einer Kommode stand, und holte etwas heraus, das wie ein Joint aussah. Er hielt den selbstgedrehten Torpedo zwischen Daumen und Zeigefinger, zündete ihn an und inhalierte tief, wobei er den Rauch lange einbehielt und die Augen schloss. Als er wieder ausatmete, duftete der Rauch nach gerösteten Kaffeebohnen und heißer Schokolade in einem. Köstlich.

John spürte, wie sich seine Muskeln lockerten, und fragte sich, was das wohl für ein Zeug war. Mit Sicherheit kein Marihuana. Aber eine normale Zigarette war es auch nicht.

Wer war das?, schrieb John und zeigte seinen Block.

»Zsadist. Mein Zwillingsbruder.« Phury lachte leise,

als Johns Mundwinkel nach unten sanken. »Ja, ich weiß, wir sehen uns nicht besonders ähnlich. Zumindest nicht mehr. Er ist ein bisschen empfindlich, also rück ihm am besten nicht auf die Pelle.«

Ach ehrlich?, dachte John.

Dann zog Phury sich ein Schulterholster über, steckte sich auf der einen Seite eine Pistole hinein und auf der anderen einen Dolch. Er ging zu einem Schrank und kehrte mit einer schwarzen doppelreihigen Lederjacke zurück.

Den Joint oder was auch immer das war, drückte er in einem silbernen Aschenbecher neben dem Bett aus. »Also gut, gehen wir.«

11

Leise stahl Zsadist sich zurück in sein Zimmer. Nachdem er die Heizung eingestellt und das Medikament wieder auf der Kommode deponiert hatte, ging er zum Bett hinüber und lehnte sich dort an die Wand, hielt sich aber im Schatten. Er verlor jedes Zeitgefühl, wie er so neben Bella stand und das sanfte Heben und Senken der Decke beobachtete. Er konnte fühlen, wie die Minuten verflossen und zu Stunden wurden, und doch konnte er sich nicht bewegen, selbst als seine Gliedmaßen taub wurden.

Im Kerzenschein konnte er zusehen, wie ihre Haut vor seinen Augen abheilte. Es war wie ein Wunder. Die Blutergüsse auf ihrem Gesicht verblassten, die Schwellung um ihre Augen wich, die Schnitte verschwanden. Dank ihres tiefen Schlafs heilte ihr Körper die Schäden, und ihre Schönheit kam wieder zum Vorschein. Er war so dankbar dafür.

In den gehobenen Kreisen, in denen sie sich bewegte,

wäre eine Frau mit solchen Narben eine Ausgestoßene. Aristokraten waren so.

Er sah das unversehrte Gesicht seines Zwillingsbruders vor sich und wusste, Phury sollte eigentlich derjenige sein, der sich um sie kümmerte. Phury war der ideale Retter, und er war unübersehbar von ihr begeistert. Außerdem würde sie bestimmt gerne neben einem solchen Mann aufwachen. Jede Frau würde das.

Also warum zur Hölle hob er sie nicht einfach aus seinem Bett und legte sie in Phurys? Jetzt sofort.

Doch er konnte sich nicht rühren. Und während seine Augen auf ihr ruhten und sie auf den Kissen lag, die er nie benutzt hatte, unter der Decke, die er niemals für sich selbst zurückgeschlagen hatte, erinnerte er sich an seine Vergangenheit …

Monate waren vergangen, seit der Sklave zum ersten Mal in Gefangenschaft erwacht war. Und während dieser Zeit hatte es nichts gegeben, was man nicht an ihm, in ihm oder auf ihm getan hatte, und es gab einen voraussagbaren Rhythmus bei diesem Missbrauch.

Die Herrin war fasziniert von seinem Geschlecht und spürte den Drang, es den anderen von ihr favorisierten Männern vorzuführen. Sie brachte diese Fremden in die Zelle, holte die Salbe hervor und führte ihn vor wie einen preisgekrönten Hengst. Er wusste, sie tat das, um die anderen zu verunsichern; denn er konnte das Entzücken in ihren Augen sehen, wenn die Männer ehrfurchtsvoll die Köpfe schüttelten.

Begannen dann die unausweichlichen Schändungen, bemühte sich der Sklave nach bestem Vermögen, sich aus seiner fleischlichen Hülle zu befreien. Es war umso vieles leichter zu ertragen, wenn sein Geist in die Luft emporsteigen konnte, höher und höher, bis er unter der Decke schwebte, eine Wolke seiner selbst. Wenn er Glück hatte, konnte er sich vollständig verwandeln und sich einfach nur dahintreiben lassen, das Geschehen von oben betrachten, Zeuge der Erniedrigung und des Schmerzes eines Fremden werden. Doch das gelang ihm nicht immer. Manchmal konnte er sich nicht befreien, dann war er dazu gezwungen, es zu ertragen.

Die Herrin musste immer die Salbe an ihm benutzen, und letztlich hatte er etwas Seltsames bemerkt: Selbst wenn er in seinem Körper gefangen war und alles, was ihm angetan wurde, greifbar war; selbst wenn die Geräusche und Gerüche sich in sein Gehirn eingruben, gab es eine merkwürdige Verschiebung unterhalb seiner Taille. Was immer er dort unten spürte, kam nur als Echo bei ihm an, als etwas, das von seinem restlichen Körper losgelöst war. Es war eigenartig, aber er war dankbar dafür. Jede Art von Betäubung war gut.

Wann immer man ihn allein ließ, strengte er sich an, die Herrschaft über seine nach der Transition gewachsenen Muskeln und Knochen zu erringen. Darin war er erfolgreich, und er hatte die Wachen schon einige Male angegriffen, ohne wegen dieser Akte der Aggression auch nur die geringste Reue zu verspüren. Er hatte wahrlich nicht länger das Gefühl, die Vampire zu kennen, die über ihn wachten und solche Abscheu bei ihrer Pflicht empfanden: Ihre Mienen waren für ihn wie Traumgesichte, nichts als verschwommene Überbleibsel eines elenden Lebens, das er mehr hätte genießen sollen.

Jedes Mal, wenn er die Hand erhoben hatte, war er stundenlang geschlagen worden – wenn auch nur auf die Handflächen und Fußsohlen, da die Herrin Wert auf die Unversehrtheit seines angenehmen Äußeren legte. Als Folge seiner Attacken wurde er nun von einem abstoßenden Trupp von Kriegern bewacht, die allesamt Kettenhemden trugen, wenn sie seine Zelle betraten. Darüber hinaus wurden auf der Liegefläche Fesseln angebracht, die von außen zu öffnen waren, sodass, nachdem er benutzt worden war, die Wachen nicht mehr ihr Leben aufs Spiel setzen mussten, um ihn loszubinden. Und wenn die Her-

rin ihm einen Besuch abstatten wollte, wurde seine Fügsamkeit durch Drogen bewirkt, die man ihm entweder ins Essen mischte oder durch Pfeile beibrachte, die durch einen Schlitz in der Tür geschossen wurden.

Die Tage vergingen nur langsam. Er konzentrierte sich darauf, die Schwachstellen der Wächter herauszufinden und sich, so weit er es vermochte, von der Lasterhaftigkeit abzuschotten … während er im Grunde genommen starb. Und so quälend starb, dass er nie wieder wirklich leben würde.

Der Sklave aß gerade in seiner Zelle, bemühte sich, bei Kräften zu bleiben für die nächste Blöße, die seine Wachen ihm boten, als er sah, wie das Schiebefenster an der Tür sich öffnete und ein Röhrchen hindurchgeschoben wurde. Er sprang auf, doch es gab für ihn keine Deckung, und schon spürte er den ersten Stich im Hals. Er zog den Pfeil so rasch wie möglich heraus, doch da traf ihn schon der nächste, und noch einer, bis sein Körper ganz schwer wurde.

In Ketten wachte er auf der Liege auf.

Die Herrin saß unmittelbar neben ihm, den Kopf gesenkt, das schöne Haar als Vorhang vor ihrem Gesicht. Als wüsste sie, dass er das Bewusstsein wiedererlangt hatte, wandten sich ihre Augen ihm zu.

»Ich werde einen Partner bekommen.«

O gütige Jungfrau im Schleier … Die Worte, nach denen er sich gesehnt hatte. Nun würde er freikommen, denn sie bräuchte keinen Blutsklaven mehr, wenn sie einen Hellren hatte. Er konnte zu seinen Aufgaben in der Küche zurückkehren …

Der Sklave zwang sich dazu, sie mit Respekt anzusprechen, wenn sie auch für ihn keinen Wert hatte. »Herrin, werdet Ihr mich gehen lassen?«

Als Antwort erhielt er nur Schweigen.

»Bitte, lasst mich gehen«, bat er stoßweise. Nach allem, was er durchgemacht hatte, war es ein geringes Opfer, seinen Stolz *zugunsten der Möglichkeit der Freiheit über Bord zu werfen. »Ich flehe Euch an, Herrin. Entlasst mich aus diesem Kerker.«*

Als sie ihn ansah, schwammen Tränen in ihren Augen. »Ich kann es nicht … ich muss dich behalten. Ich muss dich behalten.«

Er begann sich gegen die Fesseln zu wehren, und je heftiger er sich wand, desto mehr breitete sich der Ausdruck von Liebe auf ihrem Gesicht aus.

»Du bist so prachtvoll«, sagte sie und legte ihm die Hand zwischen die Beine. In ihrer Miene lag Wehmut … beinahe Verehrung. »Nie sah ich einen Mann wie dich. Ach, stündest du doch nicht so weit unter mir – ich würde dich meinem Hof als meinen Gemahl präsentieren.«

Er sah ihren Arm langsam auf und ab streichen und wusste, dass sie sich an dem Stück Fleisch zu schaffen machte, welches sie so fesselte. Dankenswerterweise spürte er es nicht.

»Lasst mich gehen …«

»Du wirst nie hart ohne die Salbe«, murmelte sie traurig. »Und nie findest du einen Abschluss. Warum nur?«

Jetzt rieb sie ihn härter, bis er ein Brennen dort unten fühlte, wo sie ihn berührte. Enttäuschung tropfte in ihre Augen und verdunkelte sie.

»Warum? Warum willst du mich nicht?« Als er schwieg, riss sie an seiner Männlichkeit. »Ich bin schön.«

»Nur für andere«, sprach er, bevor er noch die Worte zurückhalten konnte.

Ihr stockte der Atem, als hätte er sie mit seinen eigenen Händen gewürgt. Dann glitt ihr Blick über seinen Bauch und die Brust bis zu seinem Gesicht. Noch immer glänzten ihre Augen vor Tränen, doch nun lag auch Zorn darin.

Die Herrin erhob sich von seinem Lager und starrte auf ihn herab. Dann schlug sie ihn so fest, dass sie selbst Schmerz in der Handfläche fühlen musste. Als er Blut ausspuckte, konnte er nicht genau sagen, ob nicht auch ein Zahn dabei war.

Durchbohrt von ihrem Blick war er überzeugt davon, dass sie ihn töten lassen würde, und eine große Ruhe überkam ihn. Zumindest wäre sein Leid dann vorüber. Der Tod … der Tod wäre herrlich.

Da lächelte sie ihn plötzlich an, überlegen, als griffe sie in sein Inneres und holte die Gedanken heraus, als stähle sie sie, wie sie ihm seinen Körper gestohlen hatte.

»Nein, ich werde dich nicht in den Schleier schicken.«

Sie beugte sich zu ihm herab und küsste eine seiner Brustwarzen, dann saugte sie daran. Ihre Hand strich über seine Rippen, dann über den Bauch.

Ihre Zunge flackerte über sein Fleisch. »Du wirst hager. Du musst dich nähren, nicht wahr?«

Gierig arbeitete sie sich an seinem Körper herab, küsste und saugte. Und dann ging es ganz schnell. Die Salbe. Ihr Besteigen seines Körpers. Diese abscheuliche Verschmelzung ihrer beiden Leiber.

Als er die Augen schloss und den Kopf abwandte, schlug sie ihn einmal … zweimal … noch viele Male. Doch er weigerte sich, sie anzublicken, und sie war nicht stark genug, sein Gesicht herumzuzwingen, selbst als sie eines seiner Ohren ergriff.

Da er ihr seine Augen verweigerte, wurde ihr Schluchzen so laut wie das Klatschen ihres Fleischs an seine Hüften. Als es vorbei war, verließ sie ihn in einem Wirbel aus Seide, und nicht lange danach wurden seine Fesseln gelöst.

Der Sklave stützte sich auf einen Unterarm auf und wischte sich über den Mund. Er betrachtete sein Blut auf seiner Hand und war überrascht, dass es noch immer rot war. Er fühlte sich so schmutzig, dass er halb damit rechnete, ein rostiges Braun vor Augen zu haben.

Noch immer benommen von den Pfeilen rollte er sich von der Liege herab und kauerte sich in die Ecke, in der er sich immer aufhielt. Er hockte sich mit dem Rücken in den Winkel zwischen den Wänden und zog die Beine ganz eng an die Brust, sodass seine Fersen fest an seinen Geschlechtsteilen lagen.

Irgendwann später hörte er vor seiner Zelle ein Handgemenge, dann schoben die Wachen eine kleine Frau zu ihm hinein. Sie sank erst zu Boden, warf sich aber sofort gegen die Tür, als sie ins Schloss gezogen wurde.

»Warum?«, schrie sie. »Warum werde ich bestraft?«

Der Sklave stand auf, er wusste nicht, was er tun sollte. Außer der Herrin hatte er keine Frau mehr gesehen, seit er in Gefangenschaft erwacht war. Diese war eine Dienstmagd. Er erinnerte sich von früher an sie …

Der Bluthunger regte sich in ihm, als ihr Duft ihm in die Nase drang. Nach allem, was ihm die Herrin angetan hatte, könnte er niemals von ihr trinken. Aber diese winzige Frau war anders. Urplötzlich fühlte er sich wie ein Verdurstender, seine körperlichen Bedürfnisse brachen sich in einem Chor von Verlangen und Begierde Bahn. Er machte einige taumelnde Schritte auf sie zu, regiert vom reinen Instinkt.

Unterdessen trommelte die Frau an die Tür, bemerkte aber dann, dass sie nicht allein war. Als sie sich umdrehte und sah, mit wem sie eingesperrt war, schrie sie.

Der Sklave war beinahe übermannt von seinem Bluthunger, doch er zwang sich dazu, von ihr wegzukriechen, zurück in seine Ecke. Dort kauerte er sich hin, schlang die Arme um seinen zitternden, nackten Körper, um ihn zusammenzuhalten. Er wandte den Kopf zur Wand, versuchte zu atmen … und fand sich den Tränen nah darüber, wie weit er erniedrigt worden war.

Nach einer Weile hörte die Frau auf zu schreien, und noch viel später sagte sie: »Du bist es tatsächlich, nicht wahr? Der Junge aus der Küche. Der immer das Ale gebracht hat.«

Er nickte, ohne sie anzusehen.

»Ich hatte Gerüchte gehört, dass man dich hierher gebracht hat. Aber ich … ich habe den anderen geglaubt, die sagten, du

seiest während deiner Transition gestorben.« Sie schwieg. »Du bist so groß. Wie ein Krieger. Warum ist das so?«

Er wusste es nicht. Er wusste nicht einmal, wie er aussah, denn es gab keinen Spiegel in der Zelle.

Vorsichtig näherte sich die Frau ihm. Als er zu ihr aufblickte, nahm sie seine tätowierten Fesseln in Augenschein.

»Was tut man hier mit dir?«, flüsterte sie. »Man sagt, Schreckliches werde dem Mann angetan, der sich an diesem Ort aufhält.«

Als er keine Antwort gab, setzte sie sich neben ihn und legte sanft ihre Hand auf seinen Arm. Bei der Berührung zuckte er zusammen, doch dann bemerkte er, dass es ihn tröstete.

»Ich bin hier, um dich zu nähren, nicht wahr? Deshalb wurde ich hierher gebracht.« Sie wartete kurz, dann machte sie seine Hand von seinem Bein frei und legte ihm ihr Handgelenk hinein. »Du musst trinken.«

Da weinte er, weinte ob ihres Großmuts, ob ihrer Freundlichkeit, ob ihrer sanften Hand, die ihm über die Schulter strich … die einzige Berührung, die ihm willkommen war seit … Ewigkeiten.

Schließlich presste sie ihm ihr Handgelenk an den Mund. Obwohl er seine Fänge entblößte und er nach ihr hungerte, tat er nichts, als ihre zarte Haut zu küssen. Wie konnte er von ihr nehmen, was ihm doch selbst fortwährend genommen wurde? Sie bot es dar, doch sie wurde dazu gezwungen, eine Gefangene der Herrin, genau wie er selbst.

Die Wachen kamen später herein. Beim Anblick der Dienstmagd, die ihn in ihren Armen wiegte, schienen sie bestürzt, doch sie behandelten sie nicht grob. Als sie ging, sah sie den Sklaven mit besorgter Miene an.

Augenblicke später schossen Pfeile durch die Tür herein, so viele, dass es sich anfühlte, als werde er mit Kies beworfen. Noch während er in die Ohnmacht abglitt, dachte er, dass die Heftigkeit dieses Angriffs kein gutes Omen war.

Als er erwachte, stand die Herrin über ihm, schäumend vor Wut. Etwas lag in ihrer Hand, doch er konnte es nicht erkennen.

»Glaubst wohl, du bist zu gut für meine Geschenke?«

Die Tür wurde aufgestoßen, und der reglose Körper der jungen Vampirin wurde hereingebracht. Als die Wachen sie fallen ließen, sank sie auf dem Boden zusammen wie ein Haufen Lumpen. Tot.

Zornig schrie der Sklave auf, das Brüllen hallte von den steinernen Zellenwänden wider, steigerte sich zu einem ohrenbetäubenden Donnergrollen. Er wehrte sich gegen die stählernen Fesseln, bis sie ihm tief ins Fleisch schnitten, bis einer der Pfosten knirschend nachgab … und noch immer brüllte er.

Die Wächter wichen zurück. Selbst die Herrin schien zu schwanken in Anbetracht des Zorns, den sie entfesselt hatte. Doch wie stets dauerte es nicht lange, bis sie wieder die Gewalt über ihn hatte.

»Lasst uns allein«, schrie sie die Wachen an.

Sie wartete, bis der Sklave sich verausgabt hatte. Dann beugte sie sich über ihn. Und erbleichte.

»Deine Augen«, wisperte sie. »Deine Augen …«

Einen Augenblick lang schien sie sich vor ihm zu fürchten, doch dann hüllte sie sich in eine hoheitsvolle Aura. »Du wirst von den Frauen trinken, die ich dir zuführe.« Sie warf einen Blick auf den leblosen Körper der Dienstmagd. »Und du solltest ihnen nicht gestatten, dir Trost zu spenden, oder ich werde das hier wieder tun. Du gehörst mir und niemandem sonst.«

*»Ich werde nicht trinken«, brüllte er sie an. »*Niemals*!«*

Sie trat zurück. »Sei nicht töricht, Sklave.«

Er fletschte die Fänge und zischte. »Sieh mich an, Herrin. Sieh mir zu, wie ich dahinwelke*!« Das letzte Wort schleuderte er ihr entgegen, seine dröhnende Stimme erfüllte den Raum. Als sie vor Wut erstarrte, flog die Tür auf, und die Wachen kamen mit gezogenen Schwertern herein.*

»Lasst uns allein«, fauchte sie, das Gesicht rot, der Körper bebend.

Dann hob sie die Hand. Darin hielt sie eine Peitsche. Ihr Arm sauste herab, und die Waffe traf den Sklaven quer über die Brust. Sein Fleisch platzte auf und blutete, doch er lachte ihr ins Gesicht.

»Noch einmal«, brüllte er. »Tu das noch mal, ich spüre es nicht, du bist so schwach*!«*

Ein Damm war in ihm gebrochen, und er konnte die Worte nicht aufhalten … Er schmähte sie immer weiter, während sie ihn auspeitschte, bis die ganze Liege überschwemmt war vom Inhalt seiner Adern. Endlich konnte sie den Arm nicht mehr heben, sie keuchte, sie war besudelt von seinem Blut, sie schwitzte. Er war hellwach, eisig, ruhig trotz der Schmerzen. Obgleich er derjenige war, den man geschlagen hatte, war sie es, die aufgab.

Ihr Kopf sank wie in Ergebenheit nach unten, mühsam sog sie Luft zwischen den weißen Lippen hindurch.

»Wachen!«, krächzte sie. »Wachen!«

Die Tür ging auf. Der Uniformierte stockte, als er sah, was sie getan hatte, er erbleichte und geriet ins Taumeln.

»Halt seinen Kopf.« Die Stimme der Herrin war durchdringend. Sie ließ die Peitsche sinken. »Halt seinen Kopf, sage ich. Sofort.«

Die Wache stolperte zu ihnen, rutschte auf dem glitschigen Boden aus. Dann spürte der Sklave eine fleischige Hand auf seine Stirn klatschen.

Die Herrin beugte sich über den Körper des Sklaven, immer noch nach Atem ringend. »Dir ist nicht … gestattet … zu sterben.«

Ihre Hand fand seine Männlichkeit und von dort aus die beiden darunterliegenden Zwillingsgewichte. Sie quetschte und drehte, bis sein gesamter Körper von Krämpfen geschüttelt wurde. Als er endlich aufschrie, biss sie sich ins Handgelenk, hielt es über seinen offenen Mund und blutete in ihn hinein.

Z wich vom Bett zurück. Er wollte in Bellas Gegenwart nicht an die Herrin denken … als könnte all das Böse aus seinem Kopf entweichen und sie in Gefahr bringen, während sie schlief und heilte.

Er ging zu seinem Lager und bemerkte plötzlich, wie müde er war. Eigentlich sogar erschöpft.

Sein Bein pochte wie wild, als er sich auf dem Boden ausstreckte.

Verflucht, er hatte ganz vergessen, dass er angeschossen worden war. Nun zog er die Stiefel und die Hose aus und ließ eine Kerze neben seinem Kopf aufflackern. Er drehte das Bein seitlich und inspizierte die Wunde in seiner Wade. Es gab ein Eintritts- und ein Austrittsloch, was bedeutete, es war ein glatter Durchschuss. Er würde es überleben.

Dann blies er die Kerze aus, drapierte sich die Hose über die Hüften und legte sich hin. Er öffnete sich dem Schmerz in seinem Körper, wurde zu einem Gefäß für die Qual, kostete jede Nuance des Stechens und Brennens aus …

Er hörte ein seltsames Geräusch, wie einen leisen Schrei. Der Laut wiederholte sich, und dann begann Bella im Bett zu zappeln, die Laken raschelten, als schlüge sie um sich.

Er schoss vom Boden hoch und war genau in dem Moment bei ihr, als ihr Kopf sich ihm zuwandte und die Augen sich öffneten.

Sie blinzelte, sah ihn an … und schrie.

12

»Möchtest du was essen?«, fragte Phury John, als sie ins Haus gingen. Der Junge wirkte ausgelaugt, aber das war ja auch kein Wunder. Gepiekst und gestochen zu werden, war harte Arbeit. Phury fühlte sich selbst ein bisschen erschlagen.

Noch als John den Kopf schüttelte und die Tür hinter ihnen ins Schloss fiel, kam Tohr wie ein nervöser Vater die Treppe hinuntergetrabt. Und das obwohl Phury schon von unterwegs aus angerufen und seinen Bericht abgeliefert hatte.

Der Besuch bei Havers war größtenteils gut gelaufen. Trotz des Ohnmachtsanfalls war John gesund, und die Ergebnisse des Bluttests würden bald vorliegen. Mit etwas Glück erhielten sie Aufschluss über seine Vorfahren, und das würde John helfen, seine Verwandten zu finden. Also bestand kein Anlass zur Sorge.

Trotzdem legte Tohr sich den Arm um die Schultern des Jungen, und John sackte in sich zusammen. Eine wortlose Blickkommunikation fand zwischen ihnen statt, und der Bruder sagte: »Ich glaube, ich bring dich mal nach Hause.«

John nickte und machte ein paar Handbewegungen. Tohr blickte auf. »Er meint, er hätte vergessen, dich nach deinem Bein zu fragen.«

Phury hob das Knie und klopfte sich auf den Unterschenkel. »Besser, Danke. Und du pass auf dich auf, John.«

Er sah den beiden nach, wie sie durch die Tür verschwanden.

Was für ein guter Junge, dachte er. Und Gott sei Dank hatten sie ihn vor seiner Transition gefunden …

Der Schrei einer Frau erfüllte die Halle, als wäre der Ton lebendig und hätte einen Kopfsprung vom Balkon gemacht.

Phurys Wirbelsäule wurde zu Eis. *Bella.*

In rasender Geschwindigkeit stürmte er die Treppe hinauf und den Flur mit den Statuen hinunter. Als er Zsadists Tür aufstieß, fiel Licht in den Raum, und die Szene vor ihm brannte sich in seine Erinnerung ein: Bella auf dem Bett, sich ängstlich an das Kopfteil kauernd, die Decke bis zum Hals gezogen. Z vor ihr kniend, die Hände erhoben, von der Taille abwärts nackt.

Bei diesem Anblick verlor Phury die Beherrschung und stürzte sich auf Zsadist, packte ihn an der Kehle und schleuderte ihn gegen die Wand.

»Was ist bloß los mit dir?«, schrie er. *»Du verfluchtes Tier!«*

Z wehrte sich nicht, auch nicht, als er noch einmal in den Putz gerammt wurde. Alles, was er sagte, war: »Bring sie weg. Bring sie woanders hin.«

In diesem Moment trampelten Rhage und Wrath ins Zimmer. Beide sprachen aufgeregt auf ihn ein, doch

Phury konnte nichts hören, weil in seinem Kopf ein lautes Brüllen donnerte. Noch nie zuvor hatte er Z gehasst. Er hatte immer Nachsicht mit ihm geübt, wegen allem, was er hatte ertragen müssen. Aber auf Bella loszugehen …

»Du krankes Arschloch«, zischte Phury. Erneut schlug er den Körper seines Zwillingsbruders gegen die Wand. »Du krankes Arschloch … verdammt, du widerst mich an.«

Z starrte ihn nur an, die schwarzen Augen kalt wie Asphalt, trübe und ausdruckslos.

Da schlangen sich Rhages massige Arme um sie, drückten beide in einer Knochen zermalmenden Umarmung zusammen. Im Flüsterton sagte der Bruder: »So was kann Bella gerade überhaupt nicht gebrauchen, Jungs.«

Phury ließ die Hände sinken und entwand sich Hollywoods Armen. Wütend zog er seine Jacke herunter und zischte: »Schafft ihn hier raus, bis wir sie weggebracht haben.«

Er zitterte so heftig, dass er beinahe hyperventilierte. Und die Wut wollte einfach nicht nachlassen, selbst als Z freiwillig ging, dicht gefolgt von Rhage.

Phury räusperte sich und warf Wrath einen Blick zu. »Mein Herr, stellst du mich frei, um mich um sie zu kümmern?«

»Ja.« Wraths Stimme war ein gemeines Knurren. Er ging zur Tür. »Und wir sorgen dafür, dass Z nicht so bald zurückkommt.«

Phury sah Bella an. Zitternd blinzelte sie und wischte sich über die Augen. Als er näher kam, schrak sie zurück.

»Bella, ich bin's, Phury.«

Ihr Körper entspannte sich etwas. »Phury?«

»Ja, ich bin es.«

»Ich kann nichts sehen.« Ihre Stimme bebte. »Ich kann nicht …«

»Ich weiß, aber das ist nur die Salbe. Ich wische sie dir ab.«

Er ging ins Badezimmer und kam mit einem feuchten Waschlappen zurück. Ihre Umgebung in Augenschein zu nehmen, war sicher wichtiger für sie als der Wirkstoff.

Sie zuckte, als er ihr Kinn in seine Hand nahm.

»Ganz ruhig, Bella …« Sie wehrte sich dagegen, dass er ihr das Tuch auf die Augen drückte, dann kratzte sie ihn. »Nein, nein … nimm die Hände weg. Ich wische es ab.«

»Phury?«, fragte sie heiser. »Bist das wirklich du?«

»Ja, ich bin es.« Er setzte sich auf die Bettkante. »Du bist im Haus der Bruderschaft. Vor ungefähr sieben Stunden wurdest du hierher gebracht. Deine Familie wurde benachrichtigt, und sobald du willst, kannst du sie anrufen.«

Als sie ihre Hand auf seinen Arm legte, erstarrte er. Mit zaghaften Bewegungen tastete sie sich über seine Schulter bis zu seinem Hals hinauf, dann berührte sie sein Gesicht und schließlich das Haar. Sie lächelte leicht, als sie die dichten Wellen spürte, und dann hielt sie sich eine Strähne unter die Nase. Sie atmete tief ein und legte die andere Hand auf sein Bein.

»Du bist es wirklich. Ich erinnere mich an den Duft deines Shampoos.«

Die Nähe und die Berührung brannten sich durch Phurys Kleider und durch die Haut direkt in sein Blut. Er kam sich wie ein Schwein vor, eine sexuelle Regung zu empfinden, aber er konnte seinen Körper nicht daran hindern. Besonders, als ihre Hand über die Haare nach unten bis zu seiner Brust wanderte.

Seine Lippen teilten sich, ihm stockte der Atem. Er wollte sie an sich ziehen und sie festhalten. Keinen Sex, obwohl sein Körper tatsächlich genau das von ihr wollte. Nein, im Augenblick wollte er einfach nur ihre Wärme spüren und sich davon überzeugen, dass sie noch am Leben war.

»Lass mich deine Augen versorgen.« *Himmel,* seine Stimme war zwei Oktaven gefallen.

Als sie nickte, wischte er ihr vorsichtig über die Lider. »Wie ist das?«

Sie blinzelte. Lächelte. Legte ihre Hand auf sein Gesicht.

»Jetzt kann ich dich besser sehen.« Doch dann runzelte sie die Stirn. »Wie bin ich da rausgekommen? Ich kann mich an nichts erinnern, außer … Ich habe den anderen Vampir befreit, und dann kam David zurück. Und dann gab es eine Autofahrt. Oder habe ich das geträumt? Ich habe geträumt, dass Zsadist mich gerettet hat. Stimmt das?«

Phury war nicht in der Stimmung, über seinen Zwilling zu sprechen, noch nicht einmal als Randbemerkung. Er stand auf und legte den Waschlappen auf den Nachttisch. »Komm, wir bringen dich in dein Zimmer.«

»Wo bin ich hier?« Sie sah sich um, dann öffnete sich ihr Mund. »Das ist Zsadists Zimmer.«

Woher zum Henker wusste sie das? »Komm, wir gehen.«

»Wo ist er? Wo ist Zsadist?« Ein Drängen lag in ihrer Stimme. »Ich muss ihn sehen. Ich muss …«

»Ich bringe dich in dein Zimmer.«

»Nein! Ich will hierbleiben …«

Jetzt war sie so aufgewühlt, dass es in seinen Augen keinen Sinn mehr hatte, ihr zu widersprechen. Er zog die Decke zurück, um ihr aufzuhelfen …

Scheiße, sie war nackt. Hektisch deckte er sie wieder zu.

»Ähm … entschuldige …« Er fuhr sich mit der Hand durchs Haar. *Gütige Jungfrau der Schrift* … Die eleganten Kurven ihres Körpers würde er im Leben nicht mehr vergessen. »Lass mich … äh, ich hole dir was zum Anziehen.«

Er ging zu Zs Schrank und war verblüfft, wie leer er war. Es gab nicht einmal einen Bademantel, um sie zu bedecken, und er würde ihr ganz bestimmt nicht eines von Zsadists Kampfshirts überziehen. Also zog er seine eigene Lederjacke aus und trat zurück ans Bett.

»Ich werde mich umdrehen, während du das hier anziehst. Danach suchen wir dir einen Bademantel …«

»Bring mich nicht von ihm weg.« Ihre Stimme war ein heiseres Flehen. »Bitte. Das muss er gewesen sein, der über dem Bett stand. Ich wusste es nicht, ich konnte nichts sehen. Aber das muss er gewesen sein.«

Und wie er das gewesen war. Und der Dreckskerl war nackt wie die Sünde gewesen und wollte sie gerade bespringen. Nach allem, was sie durchgemacht hatte, war das eine ziemlich gruselige Vorstellung. Mann … Vor Jahren hatte Phury Z in einer dunklen Gasse erwischt, als er Sex mit einer Hure hatte. Es war kein schöner Anblick gewesen. Es machte ihn krank, sich auszumalen, wie er das Gleiche mit Bella tat.

»Zieh die Jacke an.« Phury drehte sich um. »Hier bleibst du nicht.« Als er endlich Bewegung vom Bett her und das Knarren von Leder hörte, holte er tief Luft. »Bist du bedeckt?«

»Ja. Aber ich will hier nicht weg.«

Er blickte über die Schulter. In der Jacke, die er immer trug, wirkte sie winzig und zerbrechlich. Ihr langes, mahagonifarbenes Haar fiel ihr über die Schultern, die Spitzen lockten sich, als wären sie nass geworden und getrocknet, ohne gebürstet zu werden. Er stellte sie sich in einer Wanne vor, wie das klare Wasser über ihre blasse Haut rann.

Und dann sah er Zsadist über sie gebeugt und sie mit seinen seelenlosen schwarzen Augen beobachten. Er wollte sie vögeln, wahrscheinlich nur, weil sie Angst hatte. Genau, ihre Furcht würde ihn anmachen. Es war allgemein bekannt, dass Entsetzen bei einer Frau ihn schneller scharf machte als alles Schöne oder Warme oder Wertvolle.

Bring sie hier weg, dachte Phury. *Sofort.*

Seine Stimme wurde unsicher. »Kannst du gehen?«

»Ich fühle mich ein bisschen benommen.«

»Dann trage ich dich.« Er ging auf sie zu, ein Teil seines Verstandes konnte nicht fassen, dass er seine Arme um ihren Körper legen würde. Doch dann geschah es … Er schlang eine Hand um ihre Hüfte und bückte sich dann, um ihre Beine hochzuheben. Sie war so leicht, dass seine Muskeln sich kaum anstrengen mussten.

Als er auf die Tür zuging, schmiegte sie sich an ihn, legte den Kopf an seine Schulter, ergriff den Stoff seines Hemds.

O … gütige Jungfrau. Das fühlte sich so richtig an.

Phury trug sie über den Flur auf die andere Seite des Hauses, in das Zimmer neben seinem.

John bewegte sich wie auf Autopilot, als er und Tohr das Trainingszentrum verließen und durch die Garage zum Range Rover liefen. Ihre Schritte hallten von der niedrigen Betondecke wider, tönten durch den leeren Raum.

Als sie einstiegen, sagte Tohr: »Wenn du dir die Ergebnisse abholst, begleite ich dich selbst, egal, was passiert.«

Um ehrlich zu sein, wäre John am liebsten allein gegangen.

»Was ist los, Sohn? Bist du sauer, dass ich dich heute Nacht nicht dorthin gebracht habe?«

John legte die Hand auf Tohrs Arm und schüttelte heftig den Kopf.

»Gut, ich wollte nur noch mal nachfragen.«

John wandte den Blick ab. Er wünschte, er wäre niemals zu diesem Arzt gegangen. Oder zumindest, dass er dort die Klappe gehalten hätte. *Mist.* Er hätte kein Wort über den Vorfall vor fast einem Jahr sagen sollen. Das Blöde war, nach all den Fragen über seine Gesundheit war er schon so aufs Antworten programmiert gewesen, dass er einfach weiter Auskunft gegeben hatte. Als der Arzt sich dann nach seinen sexuellen Erfahrungen erkundigte, hatte er die Sache im Januar angedeutet. Frage. Antwort. Wie all die anderen … irgendwie.

Einen Augenblick lang war es eine Erleichterung gewesen. Er hatte sich danach nicht untersuchen lassen, und in seinem Hinterkopf spukte immer die Sorge herum, dass er etwas versäumt hatte. Zumindest – hatte er sich gedacht – war es jetzt heraus, und er konnte einen Schlussstrich unter den Überfall ziehen. Doch stattdessen hatte der Arzt auf ihn eingeredet, eine Therapie zu machen und über seine Erfahrung zu sprechen.

Um das Ganze noch mal durchzumachen? Er hatte Monate damit verbracht, die Sache tief in sich zu vergraben. Den verrottenden Leichnam würde er bestimmt nicht wieder ausbuddeln. Es hatte ihn genug Mühe gekostet, ihn unter die Erde zu bringen.

»Sohn? Was ist los?«

Auf gar keinen Fall würde er zu so einem Therapeuten gehen. Ein Trauma? *Scheiß drauf.*

John holte den Block heraus und schrieb: *Bloß müde.*

»Sicher?«

Er nickte und sah Tohr in die Augen, damit der Mann glaubte, er lüge nicht. Gleichzeitig schrumpfte er innerlich zusammen. Was würde Tohr nur von ihm denken, wenn er davon wüsste? Echte Männer ließen so etwas nicht geschehen, egal, war für eine Waffe man ihnen an die Kehle hielt.

John schrieb: *Nächstes Mal würde ich gern allein zu Havers gehen, okay?*

Tohr zog die Stirn kraus. »Also ... das ist nicht so klug, mein Sohn. Du brauchst einen Leibwächter.«

Dann muss jemand anders mitkommen. Nicht du.

Er konnte Tohr nicht ansehen, als er ihm den Zettel hinhielt. Es gab ein langes Schweigen.

Endlich sagte Tohr mit sehr tiefer Stimme: »Gut. Das ist ... ähm, das ist in Ordnung. Vielleicht kann Butch dich hinbringen.«

John schloss die Augen und stieß die Luft aus seinen Lungen aus. Wer auch immer dieser Butch war, von ihm aus ging das klar.

Dann ließ Tohr den Motor an. »Was immer du willst, John.«

John. Nicht *Sohn.*

Auf dem Weg nach Hause konnte er immer nur denken: *Lieber Gott, bitte lass Tohr niemals davon erfahren.*

13

Als Bella auflegte, schoss ihr flüchtig durch den Kopf, dass das, was sich in ihrem Inneren abspielte, ihr jeden Moment die Brust zerreißen würde. Es war einfach ausgeschlossen, dass ihre spröden Knochen und ihre zarte Haut diese Art von Gefühl lange aushalten konnten.

Verzweifelt blickte sie sich im Raum um, nahm die undeutlichen, verschwommenen Konturen von Ölgemälden und antiken Möbeln, Lampen mit geschnitzten Füßen und orientalischen Vasen wahr und … Phury, der sie von einer Chaiselongue aus anstarrte.

Sie ermahnte sich, dass sie genau wie ihre Mutter eine Dame war. Also könnte sie zumindest so tun, als hätte sie sich unter Kontrolle. Sie räusperte sich. »Danke, dass du bei mir gewartet hast, während ich meine Familie angerufen habe.«

»Ist doch selbstverständlich.«

»Meine Mutter war … sehr erleichtert, meine Stimme zu hören.«

»Das kann ich mir vorstellen.«

Zumindest hatte ihre Mutter ein paar Worte der Erleichterung geäußert. Ihre Stimme hatte so glatt und ruhig geklungen wie immer. Lieber Himmel … die Frau war immer so still wie ein tiefer Brunnen, völlig ungerührt von irdischen Ereignissen, gleich wie unerbittlich oder grauenvoll. Und alles wegen ihrer Ergebenheit gegenüber der Jungfrau der Schrift. In der Welt ihrer *Mahmen* gab es für alles einen Grund … und doch schien nichts besonders wichtig.

»Meine Mutter … ist sehr erleichtert. Sie …« Bella stockte.

Das hatte sie doch schon gesagt, oder? »*Mahmen* war … sie war wirklich … sehr erleichtert.«

Doch es hätte geholfen, wenn wenigstens ihre Stimme erstickt geklungen hätte. Oder sie eine andere Regung gezeigt hätte als das selige Einverständnis einer spirituell Erleuchteten in alle Geschehnisse des Universums. Um Himmels willen, die Frau hatte ihre Tochter begraben und war dann Zeugin ihrer Wiederauferstehung geworden. Man könnte doch meinen, dass so etwas eine irgendwie geartete emotionale Reaktion hervorrief. Doch es war, als hätten sie erst gestern miteinander gesprochen, und die vergangenen sechs Wochen hätten nie stattgefunden.

Wieder blickte Bella auf das Telefon vor sich. Schlang die Arme um ihren Körper.

Ohne jede Vorwarnung klappte sie zusammen. Die Schluchzer brachen aus ihre hervor wie Niesen: schnell, heftig, schockierend in ihrer Wucht.

Die Matratze senkte sich ab, starke Arme legten sich um sie. Sie wehrte sich dagegen, dachte, ein Krieger wollte bestimmt mit solch sentimentaler Schwäche nichts zu tun haben.

»Verzeih …«

»Es ist gut, Bella. Komm her.«

Ach, egal … Sie ließ sich gegen Phury fallen, schlang die Arme um seine schlanke Taille. Sein langes, wunderschönes Haar kitzelte ihr in der Nase, und es roch so gut und fühlte sich auf ihrer Wange wunderbar an. Sie vergrub ihr Gesicht darin und atmete tief ein.

Als sie sich endlich etwas beruhigte, fühlte sie sich leichter, aber nicht auf eine gute Art. Die Wut hatte sie von innen ausgefüllt, hatte ihr einen Umriss, ein Gewicht gegeben. Nun, da ihre Haut nur mehr ein Sieb war, wurde sie zu Luft … wurde zu nichts.

Sie wollte nicht verschwinden.

Heftig atmete sie ein und löste sich aus Phurys Umarmung. Sie blinzelte hektisch, versuchte einen klaren Blick zu bekommen, doch die verschwommene Sicht von der Salbe wollte nicht vergehen. Himmel, was hatte der *Lesser* ihr angetan? Ihr war so, als wäre es schlimm gewesen …

Sie fasste sich an die Augenlider. »Was hat er mit mir gemacht?«

Phury schüttelte nur den Kopf.

»War es so furchtbar?«

»Es ist vorbei. Du bist in Sicherheit. Alles andere ist unwichtig.«

Für mich fühlt es sich aber nicht an, als wäre es vorbei, dachte sie.

Doch dann lächelte Phury, der gelbe Blick unfassbar zärtlich, Balsam für ihre Seele. »Wäre es leichter für dich, wenn du zu Hause wärst? Denn wenn du das möchtest, finden wir einen Weg, um dich dorthin zu bringen, auch wenn die Sonne bald aufgeht.«

Bella stellte sich ihre Mutter vor. Sie konnte jetzt nicht mit ihr im selben Haus sein. Noch nicht. Und noch entscheidender: Da war Rehvenge. Wenn ihr Bruder ihre Verletzungen sähe, würde er durchdrehen, und das Letzte, was sie jetzt gebrauchen konnte, war R auf dem Kriegspfad gegen die *Lesser.* Sie wollte, dass die Gewalt aufhörte. Von ihr aus konnte David auf der Stelle zur Hölle fahren; sie wollte nur nicht, dass jemand, den sie liebte, sein Leben riskierte, um ihn dorthin zu befördern.

»Nein, ich will nicht nach Hause. Nicht bis ich vollständig genesen bin. Und ich bin so wahnsinnig müde …« Ihre Stimme verklang, als ihr Blick auf die Kissen fiel.

Phury stand auf. »Ich bin nebenan, wenn du mich brauchst.«

»Willst du deine Jacke zurück?«

»Ach ja, lass mich mal nachsehen, ob es hier einen Morgenmantel gibt.« Er verschwand in einem Schrank und kehrte mit schwarzem Satin über dem Arm zurück. »Fritz stattet diese Räume für Männer aus, daher wird er dir vermutlich zu groß sein.«

Sie nahm den Morgenmantel, und er drehte sich wieder um. Die Luft fühlte sich auf ihrer Haut kalt an, als sie sich aus dem Leder schälte, also wickelte sie sich rasch in den seidigen Stoff.

»Fertig«, sagte sie, dankbar für seine Rücksicht.

Er wandte sich ihr wieder zu, und sie drückte ihm das Leder in die Hand.

»Immer bedanke ich mich bei dir, stimmt's?«, murmelte sie.

Lange Zeit sah er sie nur an. Dann, wie in Zeitlupe, hob er die Jacke an sein Gesicht und atmete tief ein.

»Du bist …« Seine Stimme erstarb. Er ließ die Jacke sinken, und ein merkwürdiger Ausdruck zeigte sich auf seinem Gesicht.

Besser gesagt, das war kein Ausdruck. Es war eine Maske. Er hatte sich versteckt.

»Phury?«

»Ich bin froh, dass du bei uns bist. Versuch etwas zu schlafen. Und iss etwas, wenn du kannst.«

Ohne ein Geräusch schloss sich die Tür hinter ihm.

Die Heimfahrt verlief schweigend, und John starrte die ganze Zeit aus dem Fenster. Zweimal klingelte Tohrs Handy. Beide Gespräche fanden in der Alten Sprache statt, und immer wieder fiel der Name Zsadist.

Als sie in die Auffahrt einbogen, stand dort ein fremdes Auto. Ein roter VW Jetta. Doch Tohr wirkte nicht überrascht, als er den Range Rover daran vorbei in die Garage lenkte.

Er stellte den Motor ab und machte die Tür auf. »Übrigens, der Unterricht fängt übermorgen an.«

John blickte von seinem Sicherheitsgurt auf. *So bald?*, bedeutete er.

»Heute Nacht hat sich der letzte Anwärter angemeldet. Wir können loslegen.«

Schweigend liefen die beiden durch die Garage. Tohr ging voraus, die breiten Schultern bewegten sich rhythmisch zu seinen langen Schritten. Der Kopf des Mannes war gesenkt, als suche er nach Rissen im Betonboden.

John blieb stehen und pfiff.

Tohr wurde langsamer und hielt dann an. »Ja?«, fragte er leise.

Da holte John den Block heraus und kritzelte etwas.

Beim Lesen zog Tohr die Augenbrauen zusammen. »Kein Grund, sich zu entschuldigen. Hauptsache, du fühlst dich wohl.«

John streckte die Hand aus und drückte Tohrs Bizeps. Der schüttelte den Kopf.

»Ist schon in Ordnung. Und jetzt komm, ich will mir hier draußen nicht den Tod holen.« Als John sich nicht rührte, wandte er noch einmal den Kopf. »Ach, Scheiße … ich bin nur … ich bin für dich da. Das ist alles.«

Das habe ich nicht eine Sekunde bezweifelt. Niemals.

»Gut. Das solltest du auch nicht. Um ganz ehrlich zu sein, fühle ich mich wie dein …« Tohr rieb sich mit dem Daumen über die Stirn. »Ach was, ich will dich nicht bedrängen. Gehen wir rein.«

Bevor John ihn noch bitten konnte, den Satz zu beenden, zog Tohr die Tür auf und ging ins Haus. Wellsies Stimme drang heraus … und die einer weiteren Frau. John runzelte die Stirn, als er um die Ecke in die Küche bog. Und blieb dann wie angewurzelt stehen, als sich eine blonde Frau über die Schulter blickte.

Wow.

Kinnlanges Haar und Augen in der Farbe von frischem Laub. Ihre Hüftjeans war so knapp geschnitten … du liebe Güte, er konnte ihren Nabel sehen und noch zwei Zentimeter Haut darunter. Und der schwarze Rolli war … Also er konnte haargenau erkennen, was für einen perfekten Körper sie hatte, um es mal ganz vorsichtig auszudrücken.

Wellsie grinste. »Ihr kommt gerade richtig. John, das ist meine Cousine Sarelle. Sarelle, das ist John.«

»Hallo John.« Die Frau lächelte.

Fänge. O Mann, seht euch diese Fänge an … Etwas lief ihm wie ein heißer Windhauch über die Haut, es kribbelte von Kopf bis Fuß. Aus Verwirrung öffnete er den Mund. Dann dachte er, *na klar.* Als ob aus diesem nutzlosen Futterloch je was herauskäme.

Knallrot angelaufen hob er die Hand zu einem Winken.

»Sarelle hilft mir bei den Vorbereitungen für das Winterfest«, erklärte Wellsie. »Und sie bleibt noch auf einen

Happen, bevor die Sonne aufgeht. Warum deckt ihr beiden nicht schnell den Tisch?«

Als Sarelle wieder lächelte, wurde das Kribbeln in seinem Körper so stark, dass er sich fühlte, als würde er vom Boden abheben.

»John? Der Tisch?«, gab Wellsie noch mal das Stichwort.

Er nickte. Und versuchte krampfhaft sich zu erinnern, wo noch mal das Besteck war.

Os Scheinwerfer strichen über die Vorderseite von Mr Xs Hütte. Der 08/15 Minivan des *Haupt-Lesser* stand dicht neben der Tür. O stellte seinen Pick-up direkt hinter dem Wagen ab.

Beim Aussteigen schoss ihm die eiskalte Luft in die Lungen, und ihm war bewusst, dass er in Topform war. Trotzdem, was er vorhatte, ruhten seine Emotionen wie weiche Daunen in seiner Brust, alles in bester Ordnung, nichts verrutscht. Sein Körper war ebenso unerschütterlich, bewegte sich mit kontrollierter Kraft, eine zum Abschuss bereite Waffe.

Die Gesetzesrollen zu durchforsten, hatte ein Weilchen gedauert, aber er hatte gefunden, was er suchte. Er wusste, was zu geschehen hatte.

Ohne zu klopfen, öffnete er die Tür der Hütte.

Mr X blickte vom Küchentisch auf. Sein Gesicht war unbewegt, ließ keinerlei Misstrauen erkennen, keinen Spott, keine Aggression irgendwelcher Art. Auch keine Überraschung.

Das hieß also, sie waren beide in Topform.

Ohne ein Wort erhob sich der *Haupt-Lesser,* die eine Hand griff nach hinten. O wusste, was dort war, und er lächelte, als er sein eigenes Messer zog.

»Also, Mr O …«

»Ich bin bereit für eine Beförderung.«

»Wie bitte?«

Blitzschnell wandte O die Klinge gegen sich selbst und setzte sie auf seinem Brustbein an. Mit beiden Händen stieß er zu und bohrte sich die Klinge in die eigene Brust.

Das Letzte, was er sah, bevor das große weiße Inferno ihn röstete, war der Schock auf Mr Xs Gesicht. Schock, der sich rasch in Entsetzen verwandelte, als dem Mann klar wurde, wohin O ging. Und was O tun würde, wenn er dort ankam.

14

Bella lag im Bett und lauschte den gedämpften Geräuschen um sie herum: männliche Stimmen im Flur, tief, rhythmisch … der Wind, der das große Haus umwehte, launisch und pfeifend … das Quietschen der Holzdielen, flink und hoch.

Sie zwang sich, die Augen zu schließen.

Eine Minute später war sie auf den Beinen und tigerte im Zimmer auf und ab. Der kostbare Teppich fühlte sich unter ihren nackten Füßen weich an. Doch nichts von ihrer edlen Umgebung erschien ihr sinnvoll, sie fühlte sich, als müsste sie umständlich übersetzen, was sie da sah. Die Normalität, die Sicherheit, die sie hier umgab, war wie eine andere Sprache, eine, die sie zu verstehen verlernt hatte. Oder war das alles ein Traum?

Die Standuhr in der Ecke schlug fünf Uhr morgens. Wie lange war sie jetzt genau frei? Wie lange war es her, seit die Brüder gekommen waren und sie aus der Unterwelt zurück an die Luft gebracht hatten? Acht Stunden?

Vielleicht, aber es fühlte sich an wie Minuten. Oder auch wie Jahre?

Das verschwommene Wesen der Zeit entsprach ihrer unscharfen Sicht, isolierte sie, ängstigte sie.

Sie zog den seidenen Morgenrock enger um sich. Das war alles falsch. Sie müsste eigentlich jubeln vor Freude. Nach Gott weiß wie vielen Wochen in diesem Rohr in der Erde mit dem *Lesser* über sich müsste sie vor Erleichterung weinen. Das Problem war nur, dass alles um sie herum sich falsch und bedeutungslos anfühlte, als säße sie in einem lebensgroßen Puppenhaus voller Attrappen aus Pappmaschee.

Sie blieb vor einem Fenster stehen, und ihr wurde klar, dass es nur etwas gab, nur einen einzigen Mann, der sich real anfühlte. Und sie wünschte, sie wäre bei ihm.

Zsadist musste derjenige gewesen sein, der an ihr Bett getreten war, als sie aufgewacht war. Sie hatte geträumt, sie sei zurück im Loch, zurück bei dem *Lesser.* Als sie die Augen aufgeschlagen hatte, hatte sie nur eine riesenhafte schwarze Gestalt über sich gebeugt erkennen können, und einen Augenblick lang war sie nicht in der Lage gewesen, die Wirklichkeit von ihrem Albtraum zu unterscheiden.

Das fiel ihr immer noch schwer.

Himmel, sie wollte jetzt zu Zsadist gehen, wollte zurück in sein Zimmer. Doch mitten in all dem Chaos nach ihrem Schrei hatte er sie nicht daran gehindert, ihn zu verlassen, oder? Vielleicht war es ihm lieber, wenn sie woanders blieb.

Bella befahl ihren Füßen weiterzugehen, und sie suchte sich eine kleine feste Route durch das Zimmer: um das Fußende des gigantischen Bettes herum, zur Chaiselongue, ein kurzer Schlenker zum Fenster und dann im großen Bogen an der hohen Kommode, der

Tür zum Flur und dem altmodischen Sekretär vorbei. Der Rückweg führte sie zum Kamin und den Bücherregalen.

Noch eine Runde. Noch eine Runde. Noch eine Runde.

Schließlich ging sie ins Badezimmer. Sie blieb nicht vor dem Spiegel stehen; wollte nicht wissen, wie ihr Gesicht aussah. Heißes Wasser war es, wonach sie verlangte. Sie wollte hundertmal duschen, tausendmal baden. Sie wollte ihre oberste Hautschicht ablegen und sich das Haar abrasieren, das der *Lesser* so sehr geliebt hatte, und die Nägel schneiden, die Ohren auswaschen und die Fußsohlen abschrubben.

Sie stellte die Dusche an. Als das Wasser warm war, ließ sie den Morgenmantel fallen und trat unter den Strahl. Sobald das Nass auf ihren Rücken traf, bedeckte sie sich instinktiv, ein Arm über der Brust, eine Hand vor der Scham ... bis ihr bewusst wurde, dass sie sich nicht verstecken musste. Sie war allein. Niemand sah ihr zu.

Sie richtete sich wieder gerade auf und zwang ihre Hände an die Seite. Es kam ihr vor, als hätte sie seit Ewigkeiten nicht mehr ungestört duschen dürfen. Der *Lesser* war immer da gewesen, hatte sie angestarrt, oder noch schlimmer, ihr geholfen.

Gott sei Dank hatte er nie versucht, Sex mit ihr zu haben. Vor einer Vergewaltigung hatte sie sich anfangs am allermeisten gefürchtet. Sie hatte schreckliche Angst gehabt, er würde ihr Gewalt antun, aber dann hatte sie entdeckt, dass er impotent war. Gleich wie intensiv er sie angestarrt hatte, sein Körper hatte nicht auf sie reagiert.

Ein Schauer überlief sie, und Bella griff nach der Seife, schäumte sich die Hände ein, fuhr sich damit über die

Arme. Dann wusch sie sich den Hals, die Schultern und fuhr von dort aus abwärts …

Bella runzelte die Stirn und beugte sich nach vorn. Da war etwas auf ihrem Bauch … verblasste Kratzer. Kratzer, die … *Gütige Jungfrau!*. Das war doch ein D? Und daneben … ein A. Dann ein V und ein I und noch ein D.

Bella ließ die Seife fallen und bedeckte ihren Bauch mit den Händen, sank rückwärts gegen die Fliesen. Sein Name war auf ihrem Körper. In ihrer Haut. Wie eine grausige Parodie auf das höchste Vereinigungsritual ihrer Rasse. Sie war wahrlich *seine* Frau …

Sie taumelte aus der Dusche, rutschte auf dem Marmorfußboden aus, tastete nach einem Handtuch und wickelte sich darin ein. Nahm noch eins und wickelte sich weiter ein. Sie hätte drei, vier … fünf genommen, hätte sie mehr gefunden.

Ihre Knie waren weich, und ihr war übel, als sie zu dem beschlagenen Spiegel ging. Sie holte tief Luft und rieb mit dem Ellbogen über das Kondenswasser. Und sah sich an.

John wischte sich den Mund und schaffte es dabei irgendwie, seine Serviette fallen zu lassen. Still fluchend bückte er sich, um sie aufzuheben … genau wie Sarelle, die das verdammte Ding zuerst zu fassen bekam. Er formte das Wort *Danke* mit den Lippen, als sie ihm die Serviette reichte.

»Bitte«, sagte sie.

Mann, er liebte ihre Stimme. Und dass sie nach Lavendellotion roch. Und ihre langen, schlanken Finger.

Aber das Abendessen war furchtbar gewesen. Wellsie und Tohr hatten das Reden für ihn übernommen und Sarelle eine etwas beschönigte Version seiner Lebensgeschichte erzählt. Das Bisschen, was er auf seinen Block schrieb, hatte wie ein kümmerlicher Lückenfüller gewirkt.

Als sein Kopf wieder über dem Tisch auftauchte, lächelte Wellsie ihn an. Doch dann räusperte sie sich, als ob sie sich bemühen müsste, cool zu bleiben.

»Wie schon gesagt, ein paar Vampirinnen aus der Aristokratie haben früher im Alten Land immer die Wintersonnwendfeier organisiert. Bellas Mutter war übrigens eine davon. Ich möchte mich gern mit ihnen besprechen. Sichergehen, dass wir nichts vergessen.«

John ließ die Konversation an sich vorbeiplätschern, ohne besonders aufzupassen, bis Sarelle sagte: »Ich sollte mich wohl lieber auf den Weg machen. In fünfunddreißig Minuten ist Sonnenaufgang. Meine Eltern kriegen einen Anfall.«

Sie schob den Stuhl vom Tisch und erhob sich. Und John stand ebenfalls auf, weil alle aufstanden. Bei der Verabschiedung fühlte er sich ins Abseits gedrängt. Zumindest bis Sarelle ihn direkt ansah.

»Bringst du mich noch raus?«, fragte sie.

Sein Blick schoss zur Haustür. Sie rausbringen? Zu ihrem Auto?

Urplötzlich flutete eine Art roher männlicher Instinkt durch seine Brust, so kraftvoll, dass er ins Schwanken geriet. Seine Handflächen kitzelten auf einmal, und er betrachtete sie mit einem Gefühl, als läge etwas darin, als hielte er etwas in seinen Händen … um sie zu beschützen.

Sarelle räusperte sich. »Okay … ähm …«

John wurde bewusst, dass sie auf ihn wartete, und er riss sich aus seiner kleinen Trance. Er machte einen Schritt nach vorn und deutete auf die Eingangstür.

Beim Hinausgehen sagte sie: »Und, freust du dich schon auf das Training?«

John nickte. Seine Augen suchten ganz von selbst die Umgebung ab, durchsuchten die Schatten. Er spürte, wie er sich verspannte, und seine rechte Handfläche begann wieder zu summen. Er wusste einfach, dass er sie um jeden Preis beschützen musste.

Die Schlüssel klirrten in ihrer Hand, als sie den Bund aus der Tasche zog.

»Ich glaube, ein Freund von mir wird auch in deiner Klasse sein. Er sollte sich heute Nacht anmelden.« Sie schloss das Auto auf. »Wie auch immer, du weißt doch, warum ich heute wirklich hier war, oder?«

Er schüttelte den Kopf.

»Ich glaube, Wellsie und Tohr möchten, dass du dich an mir nährst. Wenn deine Transition kommt.«

Vor lauter Schreck musste John husten. Er war sich sicher, dass seine Augen ihm aus dem Schädel hüpfen und die Auffahrt hinunterrollen würden.

»Tut mir leid.« Sie lächelte. »Dann haben sie es dir wohl nicht erzählt.«

Wohl kaum, an das Gespräch würde er sich mit Sicherheit erinnern.

»Für mich ist das okay«, sagte sie. »Und für dich?

O. Mein. Gott.

»John?« Wieder räusperte sie sich. »Ich mach dir einen Vorschlag. Hast du was zu schreiben?«

Benommen schüttelte er den Kopf. Den Block hatte er im Haus gelassen. *Idiot.*

»Gib mir deine Hand.« Als er gehorchte, holte sie von irgendwoher einen Kuli und beugte sich über seine Handfläche. Weich glitt die Spitze über seine Haut. »Das ist meine E-Mail-Adresse und meine Instant-Messenger-Nummer. In einer Stunde oder so bin ich online. Mail mir doch, okay? Dann können wir in Ruhe reden.«

Er betrachtete, was sie geschrieben hatte. Starrte es

unverwandt an. Sie zuckte die Achseln. »Ich meine, du musst natürlich nicht. Nur … du weißt schon. Ich dachte, wir könnten uns so ein bisschen kennen lernen.« Sie machte eine Pause, als wartete sie auf eine Antwort. »Ähm … ist ja auch egal. Fühl dich nicht unter Druck gesetzt. Ich meine …«

Er griff nach ihrer Hand, nahm ihr den Stift ab und strich ihre Handfläche glatt.

Ich möchte gern mit dir reden, schrieb er.

Dann sah er ihr direkt in die Augen und tat etwas total Verblüffendes, Tollkühnes.

Er lächelte sie an.

15

Im Morgengrauen fuhren automatisch die Rollläden vor den Fenstern herunter. Bella zog sich den schwarzen Morgenrock an und stürmte aus dem Zimmer, in das man sie einquartiert hatte. Keine Zeugen. *Sehr gut.* Leise zog sie die Tür zu und tapste geräuschlos auf nackten Füßen über den orientalischen Läufer. Als sie zu der Freitreppe kam, blieb sie kurz stehen und versuchte, sich zu erinnern. Der Flur mit den Statuen, fiel ihr ein. Sie dachte an das erste Mal, als sie diesen Weg genommen hatte. Vor so vielen, vielen Wochen.

Zuerst ging sie nur schnell, doch dann rannte sie und hielt dabei den Morgenmantel mit beiden Händen zu. Sie kam an Statuen und Türen vorbei, bis sie am Ende des Korridors ankam und vor der letzten Tür stehen blieb. Sie versuchte gar nicht erst, sich zu sammeln, denn da gab es nichts zu sammeln. Sie hatte ihre Mitte verloren, den Boden unter den Füßen, sie lief Gefahr, sich aufzulösen. Laut klopfte sie.

Durch die Tür kam ein Knurren. »Haut ab. Ich schlafe schon.«

Ohne zu zögern, drückte sie die Klinke herunter und öffnete die Tür. Licht fiel aus dem Flur ins Zimmer und schnitt einen Keil aus dem dunklen Schwarz heraus. Als die Helligkeit auf Zsadist traf, richtete er sich auf einem kargen Lager aus Decken auf dem Fußboden in der hinteren Ecke auf. Er war nackt. Unter der Haut waren seine Muskelstränge zu erkennen, die Nippelringe blitzten silbern. Und sein Gesicht war die Bilderbuchversion eines ernsthaft mies gelaunten Vampirs.

»Ich hab gesagt, verzieht – Bella?« Er bedeckte sich mit den Händen. »Um Himmels willen. Was machst du denn hier?«

Gute Frage, dachte sie. Ihr Mut sank. »Kann – kann ich hier bei dir bleiben?«

Er runzelte die Stirn. »Wie meinst du … nein, das kannst du nicht.«

Er schnappte sich etwas vom Fußboden und hielt es sich vor die Hüften, als er aufstand. Ohne sich für ihr unverhohlenes Starren zu entschuldigen, saugte sie seinen Anblick in sich auf: die tätowierten Sklavenfesseln um den Hals und die Handgelenke, den Pflock in seinem linken Ohrläppchen, die Obsidianaugen, das kurz geschorene Haar. Sein Körper war so ausgezehrt, wie sie ihn in Erinnerung hatte, nur Muskeln und scharf konturierte Venen und spitze Knochen. Und er strahlte rohe Kraft aus wie ein Parfüm.

In ihren Augen war er wunderschön.

»Bella, geh wieder, okay? Das ist nicht der richtige Ort für dich.«

Sie ignorierte den Befehl in seinen Augen und seiner Stimme. Denn wenn auch ihre Courage sie zu verlassen drohte, gab ihr doch die Verzweiflung Kraft.

Jetzt bebte auch ihre Stimme nicht mehr. »Als ich halb bewusstlos im Auto lag, da hast du am Steuer gesessen.« Er antwortete nicht, aber das war auch nicht nötig. »Ja, das warst du. Du hast mit mir gesprochen. Du warst derjenige, der mich geholt hat. Das stimmt doch?«

Er errötete tatsächlich. »Die Bruderschaft hat dich befreit.«

»Aber du hast mich dort herausgeholt und weggebracht. Und du hast mich zuerst hierher gebracht. In dein Zimmer.« Sie betrachtete das luxuriöse Bett. Die Decke war zurückgeschlagen, das Kissen noch von ihrem Kopf geformt. »Lass mich bei dir bleiben.«

»Hör mal, du musst in Sicherheit gebracht werden!«

»Ich bin bei dir sicher. Du hast mich gerettet. Du wirst nicht zulassen, dass dieser *Lesser* mich noch einmal in die Finger kriegt.«

»Niemand kann dir hier etwas tun. Dieses Haus ist so sicher wie das verdammte Pentagon.«

»Bitte!«

»Nein«, zischte er. »Und jetzt hau endlich ab.«

Sie fing an zu zittern. »Ich kann jetzt nicht alleine sein. Bitte lass mich hier bei dir bleiben. Ich brauche …« Sie brauchte vor allem ihn, aber darauf würde er vermutlich nicht gerade positiv reagieren. »Ich brauche jemanden in meiner Nähe.«

»Dann wäre Phury wohl passender.«

»Nein, ist er nicht.« Sie wollte bei dem Mann sein, der vor ihr stand. Trotz all seiner Brutalität vertraute sie ihm instinktiv.

Zsadist fuhr sich mit der Hand über den Kopf. Mehrmals. Dann dehnte sich sein Brustkorb.

»Bitte«, hauchte sie. »Schick mich nicht weg.«

Als er fluchte, atmete sie erleichtert auf. Ein deutlicheres *Ja* würde sie vermutlich nicht bekommen. »Ich muss mir eine Hose anziehen.«

Bella trat ein und schloss die Tür. Sie senkte den Blick nur einen kurzen Moment. Als sie wieder aufsah, hatte er sich umgedreht und zog gerade eine schwarze Trainingshose über die Oberschenkel.

Sein Rücken mit all den Narben wölbte sich, als er sich bückte. Der Anblick dieses grausamen Musters weckte in ihr das Bedürfnis, genau zu erfahren, was er durchgemacht hatte. Alles. Jeden einzelnen Peitschenhieb. Sie hatte Gerüchte über ihn gehört; aber sie wollte seine Wahrheit.

Er hatte überlebt, was man ihm angetan hatte. Wenn das so war, konnte sie es vielleicht auch.

Er drehte sich um. »Hast du schon was gegessen?«

»Ja, Phury hat mir Essen gebracht.«

Ein flüchtiger Ausdruck huschte über Zsadists Gesicht. Aber er war so schnell wieder verschwunden, dass sie ihn nicht deuten konnte.

»Hast du Schmerzen?«, wollte er wissen.

»Nichts Schlimmes.«

Zsadist ging zum Bett und zog die Decke zurück. Dann trat er zur Seite und starrte zu Boden.

»Leg dich hin«, sagte er.

Sie kam näher. Am liebsten hätte sie die Arme um ihn geschlungen, und er erstarrte, als hätte er ihre Gedanken gelesen. Sie wusste ja, dass er nicht angefasst werden wollte, hatte es auf die harte Tour gelernt. Doch trotzdem wollte sie ihm nahe sein.

Bitte sieh mich an, dachte sie.

Gerade wollte sie ihn darum bitten, als ihr etwas an seinem Hals auffiel.

»Meine Kette. Du trägst meine Kette.«

Sie wollte sie berühren, doch er zuckte zurück. Mit einer raschen Bewegung nahm er das zarte Goldkettchen ab und ließ es in ihre Hand fallen.

»Hier. Nimm sie zurück.«

Bella betrachtete das Goldband mit den kleinen eingearbeiteten Diamanten. Von Tiffany. Sie hatte sie jahrelang getragen ... sozusagen ihre Grundausstattung. Die Kette war so sehr ein Teil von ihr gewesen, dass sie sich ohne sie immer nackt gefühlt hatte. Jetzt wirkte das zarte Schmuckstück völlig fremd.

Es war warm, dachte sie und befühlte die Diamanten. Warm von seiner Haut.

»Ich möchte, dass du sie behältst«, platzte sie heraus.

»Nein.«

»Aber ...«

»Genug geredet. Leg dich hin, oder geh wieder.«

Sie steckte die Kette in die Tasche ihres Morgenrocks und warf ihm einen Blick zu. Er blickte starr zu Boden, und beim Einatmen fingen die Ringe in seinen Brustwarzen das Licht ein.

Sieh mich an, dachte sie.

Doch das tat er nicht, also kletterte sie ins Bett. Als er sich herunterbeugte, rutschte sie, um Platz für ihn zu machen, doch er zog nur die Decke über sie und ging dann wieder zu seinem Lager auf dem Fußboden.

Bella starrte ein paar Minuten lang an die Decke. Dann schnappte sie sich ein Kissen, stieg aus dem Bett und ging zu ihm.

»Was machst du da?« Seine Stimme war unsicher. Beunruhigt.

Sie ließ das Kissen neben ihm auf den Boden fallen und legte sich auf den Boden neben seinen großen Körper. Sein Duft war jetzt so viel stärker, Immergrün und Moschus. Sie suchte seine Wärme, rutschte näher heran, bis ihre Stirn auf die Rückseite seines Arms traf.

Er war so hart, wie eine Steinmauer, die von der Sonne aufgewärmt ist, und ihr Körper entspannte sich. Neben ihm spürte sie das Gewicht ihrer eigenen Knochen, den harten Boden unter sich, die Luftströmungen im Raum, als die Heizung ansprang. Durch seine Nähe konnte sie wieder eine Verbindung zu der Welt um sich herum herstellen.

Mehr. Näher.

Mit den Füßen stieß sie sich vorwärts, bis sie ganz dicht an seiner Seite lag, von der Brust bis zu den Knöcheln.

Ruckartig schob er sich immer weiter von ihr weg, bis er an die Wand stieß.

»Entschuldige«, flüsterte sie und kroch wieder an ihn heran. »Ich brauche das von dir. Mein Körper braucht …« *Dich.* »Etwas Warmes.«

Da sprang er unvermittelt auf.

O nein. Er würde sie rausschmeißen.

»Komm schon«, sagte er schroff. »Wir gehen ins Bett. Ich kann den Gedanken nicht ertragen, dass du auf dem Boden liegst.«

Wer auch immer behauptet hatte, man bekäme immer nur eine Chance, kannte Omega noch nicht.

O rollte sich auf den Bauch und stützte sich auf schwachen Armen ab. So ging das Würgen leichter. Die Schwerkraft half.

Während er sich übergab, erinnerte er sich an den ersten kleinen Deal, den er mit dem Vater aller *Lesser* abgeschlossen hatte. In der Nacht seiner Einführung in die Gesellschaft der *Lesser* hatte er seine Seele eingetauscht, zusammen mit seinem Blut und seinem Herzen, um ein unsterblicher und ausgewiesener Killer zu werden.

Und jetzt hatte er ein anderes Tauschgeschäft gemacht. Mr X gab es nicht mehr. O war jetzt der *Haupt-Lesser.*

Unglücklicherweise war er jetzt auch Omegas Hure.

Er versuchte, den Kopf zu heben. Sofort begann sich der Raum erneut zu drehen, doch er war viel zu erschöpft, um schon wieder Übelkeit zu verspüren. Oder vielleicht hatte er auch in dieser Hinsicht einfach keine Reserven mehr.

Die Hütte. Er war in Mr Xs Hütte. Und dem Licht nach zu urteilen, wurde es bereits hell. Er blinzelte und sah an sich hinab. Er war nackt. Überall Blutergüsse. Und der Geschmack in seinem Mund war widerlich.

Dusche. Er musste sich waschen.

Mithilfe eines Stuhls und der Tischkante zog O sich vom Fußboden hoch. Als er auf seinen Beinen stand, musste er aus unerfindlichen Gründen an eine Lavalampe denken. Wahrscheinlich, weil sich sein Inneres ebenso flüssig anfühlte.

Sein linkes Knie gab nach, und er sank auf den Stuhl. Er schlang die Arme um sich und beschloss, dass die Dusche noch etwas warten konnte.

Mann ... die Welt war wieder neu entstanden, oder nicht? Und er hatte im Laufe dieser Beförderung so viele Dinge gelernt. Vor der Veränderung seines Status hatte er nicht gewusst, dass der *Haupt-Lesser* viel mehr war als lediglich der Anführer aller Vampirjäger. In Wirklichkeit war Omega auf der anderen Seite gefangen und brauchte einen Kanal, um diesseitig aktiv zu werden. Die Nummer eins der *Lesser* war das Leuchtfeuer, das Omega benutzte, um während seiner Überquerung den Weg zu finden. Alles, was der *Haupt-Lesser* tun musste, war, den Kanal zu öffnen und als Lichtsignal zu fungieren.

Und es hatte einige entschiedene Vorteile, der oberste

Lesser zu sein. Vorteile, im Vergleich zu denen Mr Xs Lähmungstrick wie Kinderkram wirkte.

Mr X … der gute alte Sensei. O musste lachen. Egal, wie scheiße er sich heute Morgen fühlte, Mr X ging es schlechter. Garantiert.

Alles war so glattgelaufen nach der Nummer mit dem Messer in seiner Brust. Als O vor Omegas Füßen gelandet war, hatte er ihm sein Anliegen bezüglich eines Führungswechsels vorgetragen. Er hatte darauf hingewiesen, dass die Reihen der Gesellschaft sich lichteten, besonders unter den Elitekämpfern. Die Bruderschaft erstarkte. Der Blinde König hatte den Thron bestiegen. Mr X verteidigte ihre Position nicht effektiv.

Und das alles entsprach der Wahrheit. Doch nichts davon hatte den Deal besiegelt.

Nein, der Abschluss war durch Omegas Faible für O zustande gekommen.

Es hatte in der Geschichte der Gesellschaft einige Fälle gegeben, in denen Omega ein persönliches Interesse, wenn man es so nennen wollte, für einen speziellen *Lesser* entwickelt hatte. Das war keine Gunst, wie man sie sich vielleicht vorstellte. Omegas Zuneigung war immer heftig und kurzlebig, und die Trennungen waren den Gerüchten nach schauerlich. Doch O war willens, zu betteln und zu lügen, um zu bekommen, was er brauchte, und Omega hatte genommen, was er ihm anbot.

Was für eine grauenvolle Art und Weise, ein paar Stunden totzuschlagen. Aber es war die Sache wert.

Träge fragte er sich, was wohl in diesem Augenblick mit Mr X passierte. Als O entlassen worden war, wollte Omega gerade den anderen Jäger nach Hause holen, und das musste inzwischen passiert sein. Die Waffen des ehemaligen *Haupt-Lesser* lagen auf dem Tisch, sein

Handy und sein BlackBerry daneben. Und neben der Eingangstür entdeckte er einen versengten Fleck.

O blickte auf die Digitaluhr gegenüber. Auch wenn er sich immer noch fühlte, als ob ihn ein Laster überfahren hätte, wurde es Zeit für ein bisschen Motivation. Er nahm Mr Xs Handy, wählte und hielt es sich ans Ohr.

»Ja, Sensei?«, hörte er U.

»Es gab einen Wechsel in der Führung. Ich möchte Sie als meinen Stellvertreter benennen.«

Schweigen. Dann: »Scheiße. Was ist mit Mr X passiert?«

»Der frisst gerade seine Entlassungspapiere. Also, sind Sie dabei?«

»Äh, klar. Ich bin Ihr Mann.«

»Von jetzt an sind Sie für den Morgenappell zuständig. Persönliche Anwesenheit ist nicht notwendig. E-Mail reicht völlig. Und ich belasse die Einheiten so, wie sie sind. Elite in Zweiergruppen. Betas zu viert. Machen Sie die Sache mit Mr X publik. Und dann bewegen Sie Ihren Arsch hier in die Hütte.«

O legte auf. Die Gesellschaft war ihm scheißegal. Der idiotische Krieg mit den Vampiren interessierte ihn nicht die Bohne. Er hatte zwei Ziele: seine Frau tot oder lebendig zurückzubekommen. Und den Bruder mit der Narbe zu töten, der sie geholt hatte.

Als er aufstand, fiel sein Blick zufällig auf seinen Unterleib und das schlaffe Stück Männlichkeit. Ein grässlicher Gedanke beschlich ihn.

Im Gegensatz zu *Lessern* waren Vampire nicht impotent.

Er sah seine wunderschöne, reine Frau vor sich … sah sie nackt, das Haar über die blassen Schultern fallend, die eleganten Kurven ihres schlanken Körpers im Lichtschimmer. Vollkommen, vollkommen, vollkommen. Unbeschreiblich weiblich.

Etwas, das man ehren und besitzen musste. Eine Madonna, die man niemals ficken durfte. Bloß, dass jeder mit einem Schwanz das wollen würde. Vampire, Menschen, *Lesser.* Jeder.

Zorn wallte in ihm auf, und plötzlich wünschte er sich, sie wäre tot. Denn wenn dieser hässliche Dreckskerl versucht hatte, Sex mit ihr zu haben … Mann, er würde diesen Bruder mit einem Löffel kastrieren, bevor er ihn tötete.

Und gnade ihr Gott, wenn sie es genossen hatte.

16

Als Phury aufwachte, war es viertel nach drei am Nachmittag. Er hatte beschissen geschlafen, weil er immer noch derart wütend über die Vorfälle der vergangenen Nacht war, dass seine Adrenalinproduktion Überstunden schob, was erholsamem Schlaf nicht gerade förderlich war.

Er zündete sich eine rote Zigarette an, inhalierte tief und behielt den Rauch lange in den Lungen. Krampfhaft versuchte er, sich nicht auszumalen, wie er in Zsadists Zimmer ging und ihn mit einem kräftigen Kinnhaken weckte. Die Vorstellung war einfach zu verlockend.

Verflucht noch mal, er konnte einfach nicht fassen, dass Z versucht hatte, Bella auf diese Art zu nehmen, und er hasste seinen Bruder für diese Perversion. Hasste auch sich selbst dafür, dass er so lächerlich überrascht gewesen war. So lange Zeit war er davon überzeugt gewesen, dass etwas in Z die Zeit der Sklaverei überlebt hatte … dass ein winziger Funken seiner guten Seele in ihm erhalten geblieben war. Doch nach der letzten Nacht? Konnte es keinen Zweifel mehr über das grausame Wesen seines Zwillingsbruders geben. Endgültig nicht mehr.

Und das wirklich Ätzende daran war, zu wissen, dass er Bella im Stich gelassen hatte. Er hätte sie niemals in Zs Zimmer lassen dürfen. Er konnte nicht ertragen, dass er ihre Sicherheit seinem Bedürfnis, an Z zu glauben, geopfert hatte.

Bella …

Er dachte wieder daran, wie er sie hatte halten dürfen. In diesem flüchtigen Moment hatte er sich mächtig gefühlt, imstande, sie vor einer ganzen Armee von *Lessern* zu beschützen. Für diesen kurzen Zeitraum hatte sie ihn in einen echten Mann verwandelt, einen Mann, der gebraucht wurde und einen Platz in der Welt hatte.

Was für eine Offenbarung, mehr zu sein als nur ein ferngesteuerter Schwachkopf, der einem zerstörerischen, lebensmüden Wahnsinnigen hinterherjagte.

Er hatte unbedingt die Nacht bei ihr verbringen wollen, und er war nur gegangen, weil es das Richtige gewesen war. Sie war erschöpft, aber darüber hinaus – und trotz seines Zölibatsschwurs – war er nicht vertrauenswürdig gewesen. Er hatte ihr mit seinem Körper beistehen wollen. Hatte sie verehren wollen und sie mit seiner Haut und seinen Knochen vollständig machen wollen.

Aber so durfte er nicht denken.

Wieder zog er kräftig an der Zigarette, sein Atem zischte. Der rote Rauch in ihm löste die Anspannung aus seinen Schultern. Er wurde ruhiger und nahm seine Vorräte in Augenschein. Viel war da nicht mehr, und so ungern er zum Reverend ging, er brauchte Nachschub.

Erst recht in Anbetracht seiner derzeitigen Einstellung zu Z. Der rote Rauch war im Prinzip nur ein mildes Muskelrelaxans, machte nicht high nicht wie Marihuana oder das richtig gefährliche Zeug. Aber es diente ihm als Ausgleich wie anderen Leuten ihre Martinis. Müsste er nicht zum Reverend gehen, um sich den Stoff zu besorgen, würde er sagen, dass es ein völlig harmloser Zeitvertreib war.

Völlig harmlos und die einzige Erleichterung, die ihm im Leben geboten wurde.

Als er die Selbstgedrehte aufgeraucht hatte, drückte er den Stummel in dem Aschenbecher neben seinem Bett aus und stand auf. Er befestigte seine Prothese und ging ins Badezimmer, um zu duschen und sich zu rasieren. Dann zog er sich eine Stoffhose und eins seiner Seidenhemden an. Am Schluss steckte er zuerst den echten Fuß, dann den künstlichen in teure Lederschuhe.

Prüfend betrachtete er sich im Spiegel. Strich sich das Haar glatt. Atmete tief durch.

Er ging ein Zimmer weiter und klopfte leise. Als er keine Antwort bekam, versuchte er es noch einmal, dann machte er die Tür auf. Das Bett war zerwühlt, aber leer, und im Badezimmer war sie auch nicht.

Als er zurück in den Flur trat, klingelten all seine inneren Alarmglocken. Unvermittelt begann er zu joggen, dann zu sprinten. Er raste am Treppenabsatz vorbei und donnerte den Flur mit den Statuen herunter. Vor Zs Zimmer hielt er sich nicht lange mit Klopfen auf, sondern riss einfach die Tür auf.

Wie angewurzelt blieb Phury stehen.

Sein erster Gedanke war, dass Zsadist gleich aus dem Bett fallen würde. Der Bruder lag auf der Decke und so weit wie irgend möglich an die Bettkante gerückt. *Himmel* … Diese Haltung sah wahnsinnig unbequem aus. Die Arme hatte Z sich um die bloße Brust geschlungen, als müsste er sich so zusammenhalten, und seine Beine waren seitlich verdreht und verbogen, die Knie hingen in der Luft.

Doch sein Kopf war in die andere Richtung gewandt. Zu Bella. Und die verzerrten Lippen waren ganz leicht geöffnet statt wie sonst zu einem höhnischen Grinsen verzogen. Die Augenbrauen, die normalerweise aggressiv zusammengezogen war, sahen glatt und entspannt aus.

Seine ganze Miene drückte eine schläfrige Ehrfurcht aus.

Bellas Gesicht war dem Mann neben sich zugewandt, der Ausdruck darauf so friedlich wie die Dämmerung. Und ihr Körper war so dicht an Zs gekuschelt, wie all die Decken und Kissen, in die sie eingewickelt war, es gerade eben zuließen. Meine Güte, es war ganz offensichtlich, dass sie sich um ihn gewickelt hätte, wenn das ginge. Und genauso offensichtlich war, dass Z versucht hatte, von ihr wegzukommen, bis es nicht mehr ging.

Phury fluchte leise. Was auch immer letzte Nacht vorgefallen war, es hatte nichts damit zu tun gehabt, dass Z Übles im Sinn gehabt hatte. Völlig ausgeschlossen. Nicht nach dem Anblick, den die beiden jetzt boten.

Er schloss die Augen und zog leise die Tür hinter sich zu.

In einem Anfall von Irrsinn dachte er kurz darüber nach, zurückzugehen und mit Zsadist um das Recht zu kämpfen, neben ihr liegen zu dürfen. Er konnte sich beinahe im Nahkampf mit seinem Zwilling sehen, wie sie einen altmodischen Zwiestreit darüber austrugen, wer sie haben durfte.

Doch dies hier war nicht das Alte Land. Und Frauen hatten das Recht, sich Ihren Partner selbst auszuwählen. Neben wem sie schliefen. An wen sie sich banden.

Und sie hatte gewusst, wo Phury war. Er hatte ihr gesagt, dass er nebenan schlief. Hätte sie nur gewollt, sie hätte sich an ihn wenden können.

Als er aus dem Schlaf erwachte, hatte Z eine sehr merkwürdige Empfindung: Ihm war warm. Nicht zu heiß, einfach nur … warm. Hatte er vergessen, die Heizung wieder abzustellen, nachdem Bella gegangen war? So musste es wohl sein. Allerdings fiel ihm noch etwas anderes auf. Er lag nicht auf seinem Deckenlager. Und er hatte eine Hose an. Er bewegte die Beine, versuchte sich zu orientieren, normalerweise schlief er doch immer nackt. Dann spürte er etwas und stellte fest, dass *Es* hart war. Hart und schwer. *Was zum …*

Seine Augen klappten auf. *Bella.* Er lag auf dem Bett mit Bella.

Hektisch zuckte er zurück …

Und fiel mit demHintern voran von der Matratze.

Sofort krabbelte sie ihm hinterher. »Zsadist?«

Als sie sich über die Bettkante beugte, klappte der Morgenmantel vorne auf, und sein Blick heftete sich auf die Brust, die entblößt wurde. Sie war genauso vollkommen, wie sie in der Wanne ausgesehen hatte, die blasse Haut so glatt, und ihre kleine Brustwarze so rosig … , Hölle, er wusste, dass die andere genauso aussah, aber aus irgendeinem Grund musste er sie trotzdem ansehen.

»Zsadist?« Sie lehnte sich noch weiter aus dem Bett, das Haar fiel ihr über die Schulter und ergoss sich auf den Boden, eine wunderschöne Mahagoni-Kaskade.

Zwischen seinen Oberschenkeln zuckte *Es.* Pochte mit seinem Herzschlag.

Er zog die Knie an und presste die Schenkel fest zusammen, damit sie es nicht sehen konnte.

»Dein Morgenmantel«, sagte er barsch. »Mach ihn zu. Bitte.«

Sie blickte an sich hinab und zog dann errötend den Kragen zusammen. *Na super …* Jetzt waren ihre Wangen so rosig wie ihre Brustwarze.

»Kommst du zurück ins Bett?«, fragte sie.

Der sehr tief vergrabene, anständige Teil von ihm wies darauf hin, dass das keine gute Idee war.

»Bitte«, flüsterte sie und klemmte sich das Haar hinters Ohr.

Er musterte die Wölbung ihres Körpers und das schwarze Satin, das ihre Haut vor seinem Blick schützte, und die großen saphirblauen Augen und den schlanken Hals.

Nein …es war *wirklich* keine gute Idee, sich ihr jetzt zu nähern.

»Rutsch rüber«, sagte er.

Als er zurück zum Bett robbte, warf er einen verstohlenen Blick auf das Zelt zwischen seinen Beinen. Gütiger, das Ding da drin war riesig; als hätte er noch eine extra Waffe in der Hose. Wie sollte man so was verstecken?

Er beäugte das Bett. Geschmeidig sprang er unter die Decke.

Was eine schmerzhaft dumme Idee war. Sobald er darunterlag, schmiegte sie sich an seine harten Kanten, bis sie wie eine zweite Decke auf ihm lag. Eine weiche, warme, atmende …

Z geriet in Panik. Er spürte so viel von ihr auf sich, dass er nicht wusste, was er tun sollte. Er wollte sie wegschieben. Er wollte sie noch näher an sich ziehen. Er wollte … *O Mann.* Er wollte sie besteigen. Er wollte sie nehmen. Er wollte sie vögeln.

Der Drang war so stark, dass er es vor seinem geistigen Auge sah: Wie er sie auf den Bauch drehte, ihre Hüften vom Bett zog, sich hinter ihr aufrichtete. Er stellte sich vor, wie er *Es* in sie hineinbohrte und mit seinen Hüften zustieß ...

Das war ja so ekelhaft. Dieses schmutzige Ding in sie hineinzwingen zu wollen.

»Du zitterst ja«, sagte sie. »Ist dir kalt?«

Sie rückte noch näher heran, und er spürte ihre Brüste an seinem Arm, weich und warm. Seine Erektion zuckte wie wild, drückte gegen die Hose.

Mist. Er hatte so ein Gefühl, dass seine Fantasie bedeutete, dass er gefährlich erregt war.

Ach wirklich? Seine verdammte Stange pochte, und die Eier darunter schmerzten, und er hatte Visionen davon, wie er sie rammelte wie ein Bulle. Nur, dass *Es* normalerweise nur hart wurde, wenn eine Frau Angst hatte. Und sie hatte keine Angst. Worauf also reagierte er?

»Zsadist?«, fragte sie leise.

»Was?«

Die vier Worte, die sie als Nächstes sagte, verwandelten seine Brust in einen Eisblock und ließen sein Blut gefrieren. Aber wenigstens war der ganze restliche Mist mit einem Schlag verschwunden.

Als Phurys Tür ohne Vorwarnung aufschwang, erstarrten seine Hände mitten in dem T-Shirt, das er gerade überzog.

Zsadist stand im Türrahmen, nackt bis zur Hüfte, die schwarzen Augen brennend.

Phury fluchte leise. »Ich bin froh, dass du gekommen bist. Wegen letzter Nacht ... ich schulde dir eine Entschuldigung.«

»Ich will sie nicht hören. Komm mit.«

»Z, es war falsch von mir ...«

»Komm mit.«

Eilig zog Phury das T-Shirt ganz an und sah auf die Uhr. »Ich muss in einer halben Stunde unterrichten.«

»Das wird nicht lange dauern.«

»Also gut … von mir aus.«

Er konnte seine Entschuldigung ebenso gut unterwegs aussprechen.

»Hör mal Zsadist, es tut mir wirklich leid.« Das Schweigen seines Zwillingsbruders kam nicht überraschend. »Ich habe voreilige Schlüsse gezogen. Über dich und Bella.« Z ging nur noch schneller. »Ich hätte wissen müssen, dass du ihr niemals wehtun würdest. Ich möchte dir einen Rhythos entbieten.«

Endlich blieb Zsadist stehen und blitzte ihn über die Schulter an. »Wofür, zum Teufel?«

»Ich habe dich beleidigt. Letzte Nacht.«

»Nein, hast du nicht.«

Phury konnte nur den Kopf schütteln. »Zsadist …«

»Ich *bin* krank. Ich *bin* widerlich. Mir *kann* man nicht trauen. Nur weil du so schlau warst, das rauszukriegen, musst du mir noch nicht den Bauch pinseln mit deinem Entschuldigungsblödsinn.«

Phury klappte die Kinnlade herunter. »Himmel Herrgott … Z. Du bist nicht …«

»Verflucht noch mal, setzt du jetzt mal deinen Arsch in Bewegung?«

Z marschierte zu seinem Zimmer und öffnete die Tür.

Bella saß auf dem Bett und hielt sich den Morgenmantel am Hals fest zu. Sie wirkte völlig verwirrt. Und zu schön, um es mit Worten zu beschreiben.

Phury schaute von ihr zu Z und wieder zurück. Dann konzentrierte er sich auf seinen Zwillingsbruder. »Was soll das?«

Zs schwarze Augen klebten am Boden. »Geh zu ihr.«

»Wie bitte?«

»Sie muss sich nähren.«

Ein erstickter Laut kam von Bella, als versuchte sie, einen Aufschrei herunterzuschlucken. »Nein, warte Zsadist, ich will … dich.«

»Mich kannst du nicht haben.«

»Aber ich will …«

»Pech. Ich bin raus.«

Phury wurde ins Zimmer geschoben, dann knallte die Tür hinter ihm zu. In der anschließenden Stille war er nicht sicher, ob er ein Triumphgeheul anstimmen sollte oder … einfach nur so heulen.

Er holte tief Luft und sah zum Bett. Bella hatte die Beine an die Brust gezogen.

Grundgütiger, er hatte noch nie eine Frau von sich trinken lassen. Da er zölibatär lebte, hatte er das Risiko nicht eingehen wollen. Bei seinen sexuellen Bedürfnissen und seinem Kriegerblut hatte er immer befürchtet, dass ihn das Verlangen überkäme und er auch versuchen würde, in die Frau einzudringen, die er an seine Vene ließ. Und im Fall von Bella wäre es noch schwieriger, unbeteiligt zu bleiben.

Aber sie musste trinken. Außerdem, was galt ein Schwur schon, wenn er so leicht einzuhalten war? Das würde sein Prüfstein werden, die Chance, seine Disziplin unter den härtesten Bedingungen zu beweisen.

Er räusperte sich. »Ich möchte mich dir anbieten.«

Als Bella den Blick hob, wurde ihm plötzlich zu eng in seiner Haut. Genau das passierte, wenn ein Mann zurückgewiesen wurde. Er verschrumpelte.

Er wandte den Blick ab und dachte an Zsadist, der unmittelbar vor der Tür stand, wie er spüren konnte. »Er ist vielleicht nicht dazu in der Lage. Du weißt von seinem … Hintergrund, oder nicht?«

»Ist es grausam von mir, ihn darum zu bitten?« In ihrer Stimme lag Qual, noch vertieft von ihrem inneren Konflikt. »Ist es das?«

Vermutlich, dachte er.

»Es wäre besser, du würdest einen anderen nehmen.« *Grundgütiger, warum kannst du nicht mich nehmen?* »Ich glaube nicht, dass es angemessen wäre, Wrath oder Rhage zu bitte, da sie gebunden sind. Vielleicht könnte ich V ...«

»Nein ... ich brauche Zsadist.« Ihre Hand zitterte, als sie sie an den Mund hob. »Es tut mir so leid.«

Ihm tat es auch leid. »Warte hier.«

Wie erwartet stand Z direkt hinter der Tür. Er hatte den Kopf in die Hände gestützt, die Schultern waren nach vorn gefallen.

»Ist es schon so schnell vorbei?« Er ließ die Arme sinken.

»Nein. Es ist nicht passiert.«

Zs Miene war fragend. »Warum nicht? Du musst es tun, Bruder. Du hast Havers doch gehört ...«

»Sie will dich.«

»... und deshalb wirst du jetzt da reingehen und eine Vene öffnen ...«

»Sie nimmt nur dich.«

»Sie braucht es, also tu es einfach ...«

Jetzt erhob Phury die Stimme. »Ich werde sie nicht nähren!«

Zs Mund klappte zu und seine schwarzen Augen verengten sich. »Du wirst das für mich tun.«

»Nein, werde ich nicht.« *Weil sie mich nicht lässt.*

Z machte einen Satz nach vorn und umklammerte Phurys Schultern. »Dann wirst du es für sie tun. Weil es das Beste für sie ist, und weil du es willst. Tu es für *sie.*«

Jesus Christus. Er würde dafür töten. Er wollte unbedingt zurück in Zs Zimmer gehen. Sich die Kleider vom Leib reißen. Auf die Matratze fallen. Und Bella auf seine Brust legen und sie die Zähne in seinen Hals versenken und sich rittlings auf ihn setzen lassen, sodass sie ihn zwischen ihren Lippen und zwischen ihren Schenkel in sich aufnehmen konnte.

Zs Nasenflügel bebten. »Ich kann doch riechen, wie sehr du es willst. Also geh. Sei bei ihr, nähre sie.«

Phurys Stimme versagte beinahe. »Sie will mich nicht, Z. Sie will …«

»Sie weiß nicht, was sie will. Sie kommt aus der Hölle.«

»Du bist der Einzige für sie. Der Einzige.« Als Zsadists Blick zu der geschlossenen Tür wanderte, drängte Phury weiter, obwohl es ihn umbrachte. »Hör mir zu, mein Bruder. Sie will dich. Und du kannst das für sie tun.«

»Nichts kann ich.«

»Z, tu es.«

Sein Bruder schüttelte den rasierten Schädel. »Jetzt komm schon. Das Zeug in meinen Adern ist zersetzt. Das weißt du doch.«

»Nein, ist es nicht.«

Mit einem Fauchen hielt Z ihm die Handgelenke mit den tätowierten Sklavenfesseln unter die Nase. »Willst du etwa, dass sie hier durchbeißt? Kannst du den Gedanken ertragen, dass ihr Mund damit in Berührung kommt? Ich kann es nämlich verdammt noch mal nicht.«

»Zsadist?« Bellas Stimme wehte zu ihnen herüber. Von beiden unbemerkt war sie aufgestanden und hatte die Tür geöffnet.

Zsadist kniff die Augen zusammen, und Phury flüsterte ihm zu: »Du bist der Einzige, den sie will.«

Zs Antwort war kaum zu hören. »Ich bin verseucht. Mein Blut wird sie töten.«

»Nein, wird es nicht.«

»Bitte … Zsadist«, sagte Bella.

Der Klang dieser demütigen, sehnsüchtigen Bitte verwandelte Phurys Brustkorb in einen Kühlschrank, und starr und wie betäubt sah er zu, wie Z sich langsam zu ihr umdrehte.

Bella machte einen Schritt zurück, ohne ihn aus den Augen zu lassen.

Aus Minuten wurden Tage … Jahrzehnte … Jahrhunderte. Und dann ging Z zu ihr. Die Tür wurde geschlossen.

Phury war blind, als er sich umdrehte und wegging.

Hatte er nicht etwas unglaublich Wichtiges zu erledigen?

Der Unterricht. Genau, er würde jetzt … seinen Unterricht abhalten.

17

Um zehn nach vier stieg John mit seiner Sporttasche in einen Bus.

»Guten Morgen, Herr«, begrüßte ihn der *Doggen* hinter dem Steuer fröhlich. »Willkommen.«

John nickte und betrachtete die anderen zwölf Passagiere, die paarweise nebeneinandersaßen und ihn anstarrten.

Oha. Nicht gerade ein herzlicher Empfang, Jungs, dachte er.

Er setzte sich auf den freien Sitz hinter dem Fahrer.

Als der Bus anfuhr, wurde eine Trennwand heruntergelassen, sodass die Auszubildenden im hinteren Teil eingesperrt waren und keiner vorne hinaussehen konnte. John rutschte herum, sodass er seitlich saß. Es schien ihm angeraten, ein Auge auf die Vorgänge hinter sich zu haben.

Die Fenster waren allesamt verdunkelt, doch die Innenbeleuchtung war hell genug, sodass er seine neuen Klassenkameraden in Augenschein nehmen konnte. Sie waren alle wie er, klein und schmächtig, wobei sie aber unterschiedliche Haarfarben hatten. Manche waren blond, andere dunkelhaarig. Einer war rothaarig. Wie John trugen sie alle weiße Kampfsportklamotten. Und zu ihren Füßen stand jeweils dieselbe schwarze Sporttasche, groß genug für Kleidung zum Wechseln und ausreichend Essen. Außerdem hatte jeder einen Rucksack, in dem sich vermutlich auch dieselben Dinge befanden wie in seinem: ein Block und ein paar Stifte, ein Handy, ein Taschenrechner. Tohr hatte eine Liste mit der erforderlichen Ausrüstung herumgeschickt.

John hielt seinen Rucksack dicht vor seinen Bauch gepresst und spürte, wie er angestarrt wurde. Es half etwas, im Kopf all die Nummern aufzusagen, die er anrufen konnte. Zuhause. Wellsies Handy. Tohrs Handy. Die Nummer der Bruderschaft. Sarelle …

Beim Gedanken an sie lächelte er unwillkürlich. Sie hatten letzte Nacht Stunden online verbracht. Chatten war der perfekte Weg, mit ihr zu kommunizieren, hatte er festgestellt. Wenn sie beide ihre Worte eintippten, fühlte er sich ihr ebenbürtig. Und wenn er sie beim Abendessen schon gemocht hatte, war er jetzt wirklich begeistert von ihr.

»Wie heißt du?«

John blickte auf. Ein paar Sitze weiter saß ein Typ mit langen blonden Haaren und einem Diamantohrring.

Wenigstens sprechen sie Englisch, dachte John.

Als er den Reißverschluss an seinem Rucksack aufzog und einen Block herausholte, sagte der Kerl: »Hallo? Bist du taub oder was?«

John schrieb seinen Namen auf und drehte den Block um.

»John? Was zum Henker ist das denn für ein Name? Und warum schreibst du?«

O Mann … diese Schulsache würde ätzend werden.

»Was ist denn mit dir los? Kannst du nicht sprechen?«

John sah dem Jungen direkt in die Augen. Das Gesetz der Wahrscheinlichkeit verlangte, dass es innerhalb jeder Gruppe eine Alphamännchen-Nervensäge gab, und das war eindeutig dieser Blonde hier mit dem Klunker im Ohr.

Als Antwort auf die Frage schüttelte John den Kopf.

»Du kannst nicht sprechen? Überhaupt nicht?« Der Kerl erhob die Stimme, als wollte er dafür sorgen, dass ihn alle hören konnten. »Warum lässt du dich dann zum Soldaten ausbilden, wenn du nicht sprechen kannst?«

Man kämpft ja nicht mit Worten, oder?, schrieb John.

»Klar, und deine ganzen Muskelpakete machen einem *echt* Angst.«

Deine aber auch, hätte John am liebsten geschrieben.

»Warum hast du denn einen Menschennamen?« Die Frage kam von dem Rotschopf auf dem Sitz hinter John.

John notierte: *Wurde von ihnen aufgezogen.* Dann drehte er den Block um.

»Ach so. Also ich bin Blaylock. John … wow, seltsam.«

Aus einem Impuls heraus zog John seinen Ärmel hoch und zeigte das Armband, das er gemacht hatte, mit den Zeichen, von denen er geträumt hatte.

Blaylock beugte sich über den Sitz. Dann riss er die blassblauen Augen auf. »Sein echter Name ist Tehrror.«

Raunen. Noch mehr Raunen.

John zog seinen Arm wieder zurück und lehnte sich ans Fenster. Er wünschte sich, er hätte ihnen das Armband nicht gezeigt. Was dachten sie jetzt nur?

Doch dann wurde Blaylock plötzlich höflich und

stellte die anderen vor. Sie alle hatten seltsame Namen. Der Blonde hieß Lash. Wie passend war das denn wohl?

»Tehrror ...«, murmelte Blaylock. »Das ist ein sehr alter Name. Ein echter Kriegername.«

John runzelte die Stirn. Und obwohl es besser wäre, von den hochauflösenden Bildschirmen der Jungs zu verschwinden, schrieb er: *Deiner denn nicht? Und die anderen?*

Blaylock schüttelte den Kopf. »Wir haben etwas Kriegerblut in uns, weswegen wir für das Training ausgewählt wurden, aber keiner von uns hat einen solchen Namen. Von welcher Linie stammst du ab? *Gütige Jungfrau* ... entstammst du etwa der Bruderschaft?«

John war etwas ratlos. Ihm war noch nie der Gedanke gekommen, dass er vielleicht mit den Brüdern verwandt sein könnte.

»Der ist sich wohl zu gut zum Antworten«, meinte Lash sinnig.

Das ignorierte John einfach. Er wusste, er stolperte in sämtliche Fettnäpfchen, löste rechts und links Landminen aus, mit seinem Namen und der Sache mit den Menschen, die ihn aufgezogen hatten, und seiner Stummheit. Er hatte so eine Ahnung, dass dieser Schultag eine harte Prüfung für sein Durchhaltevermögen werden würde, also sollte er wohl besser seine Kräfte aufsparen.

Die Fahrt dauerte etwa fünfzehn Minuten, wovon in den letzten fünf ziemlich oft angehalten und wieder angefahren wurde, was bedeutete, dass sie die ganzen Tore auf dem Weg zum Trainingszentrum passierten.

Als der Bus endlich anhielt und die Trennwand hochgezogen wurde, schulterte John seine Sporttasche und seinen Rucksack und stieg als Erster aus. Der unterirdische Parkplatz sah noch genauso aus wie beim letzten Mal: Immer noch keine Autos, nur noch ein weiterer Bus wie der, mit dem sie gekommen waren. Er hielt sich am Rand und beobachtete das Treiben der anderen, eine Schar weiß gekleideter Jungs. Ihr Schwatzen erinnerte ihn an flatternde Taubenflügel.

Da schwang die Tür zum Trainingszentrum auf, und die ganze Horde erstarrte zur Salzsäule.

Doch diese Wirkung hatte Phury eben. Mit seinem fantastischen Haar und dem großen, ganz in Schwarz gekleideten Körper konnte er jedem die Sprache verschlagen.

»Hey, John«, sagte er und hob die Hand. »Wie läuft's?«

Die anderen Jungen drehten sich um und starrten ihn an.

Er lächelte Phury an. Und gab sich dann alle Mühe, wieder im Hintergrund zu verschwinden.

Bella beobachtete Zsadist, der unruhig im Zimmer auf und ab tigerte. Er erinnerte sie daran, wie sie sich vergangene Nacht gefühlt hatte, als sie ihn gesucht hatte: Eingesperrt. Elend. In die Ecke gedrängt.

Warum nur erzwang sie das hier?

Gerade wollte sie den Mund öffnen, um die Sache abzublasen, da blieb Zsadist vor der Badezimmertür stehen.

»Gib mir eine Minute«, sagte er. Dann schloss er sich ein.

Ratlos setzte sie sich aufs Bett, in der Erwartung, er käme gleich wieder heraus. Doch als sie die Dusche anspringen und das Wasser rauschen hörte, versank sie in tiefes Grübeln.

Sie versuchte sich vorzustellen, wie sie ins Haus ihrer Familie zurückkehrte und durch die alt vertrauten Räume lief und auf den Stühlen saß und Türen öffnete und im Bett ihrer Kindheit schlief. Es fühlte sich völlig falsch an, als wäre sie ein Geist an jenem Ort, den sie doch so gut kannte.

Und wie sollte sie mit ihrer Mutter und ihrem Bruder umgehen? Und mit der *Glymera?*

In der Welt der Aristokratie hatte sie schon vor ihrer Entführung Schande über sich gebracht. Nun würde sie endgültig ausgestoßen werden. Mit einem *Lesser* in Berührung gekommen zu sein … in einem Erdloch eingesperrt … Die Aristokratie kam mit dieser Art von hässlichen Dingen nicht gut klar, und sie würden sie selbst dafür verantwortlich machen. Genau das war vermutlich auch der Grund, warum ihre Mutter so reserviert reagiert hatte.

Gnädige Jungfrau, dachte Bella. Wie würde ihr Leben von nun an bloß weitergehen?

Die Furcht schnürte ihr den Hals zu. Das Einzige, was sie noch aufrecht hielt, war die Hoffnung, hier in diesem Raum bleiben und tagelang mit Zsadist direkt neben sich schlafen zu können. Er war die Kälte, durch die sie wieder in sich selbst kondensieren konnte. Und die Hitze, die ihr Zittern zum Stillstand brachte.

Er war der Mörder, der sie beschützte.

Mehr Zeit … zuerst brauchte sie mehr Zeit mit ihm. Dann konnte sie vielleicht der Außenwelt gegenübertreten.

Sie zog die Brauen zusammen. Er war nun schon eine ganze Weile in der Dusche.

Ihr Blick fiel auf das Lager in der Ecke. Wie konnte er dort nur Nacht für Nacht schlafen? Der Boden war so hart, und er hatte nicht einmal ein Kissen. Keine Decke gegen die Kälte.

Dann betrachtete sie den Totenkopf neben den gefalteten Decken. Der schwarze Lederstreifen zwischen den Zähnen erklärte ihn zu jemandem, den er einst geliebt hatte. Offensichtlich hatte er eine Partnerin gehabt, obwohl das nicht zu den Gerüchten gehörte, die ihr zu Ohren gekommen waren. War seine *Shellan* unter natürlichen Umständen in den Schleier eingegangen, oder hatte man sie ihm genommen? War das der Grund für all seinen Zorn?

Bella blickte zum Badezimmer hinüber. Was machte er denn da drin?

Sie ging hin und klopfte. Keine Reaktion, also öffnete sie langsam die Tür. Ein kalter Schwall drang ihr entgegen, und sie machte einen Satz rückwärts.

Dann riss sie sich zusammen und steckte den Kopf in die eiskalte Luft. »Zsadist?«

Durch die Glaswand der Dusche konnte sie ihn unter einem eiskalten Wasserstrahl sitzen sehen. Er schaukelte vor und zurück, stöhnte, rieb sich die Handgelenke mit einem Waschlappen ab.

»Zsadist!« Sie rannte zu ihm und schob die Tür zur Seite. Hektisch fummelte sie an den Armaturen herum und stellte das Wasser ab. »Was machst du denn da?«

Mit wilden, wahnsinnigen Augen sah er zu ihr auf, hörte aber nicht auf zu schaukeln und zu reiben, schaukeln und reiben, immer weiter. Die Haut um seine schwarz tätowierten Sklavenfesseln war leuchtend rot und wund.

»Zsadist?« Sie bemühte sich, ihre Stimme sanft und ausgeglichen klingen zu lassen. »Was machst du da?«

»Ich ... ich werde einfach nicht sauber. Ich möchte dich nicht auch schmutzig machen.« Er hob die Handgelenke, und Blut sickerte ihm über die Arme. »Siehst du das? All der Schmutz. Er ist überall auf mir. In mir.«

Seine Stimme beunruhigte sie noch viel mehr als das, was er sich selbst zugefügt hatte. In seinen Worten lag die unheimliche, haltlose Logik des Irrsinns.

Also nahm sie einfach ein Handtuch, stieg in die Duschkabine und hockte sich hin. Sie hielt seine Hände fest und entwand ihm den Waschlappen.

Als sie ihm vorsichtig die wunde Haut abtrocknete, sagte sie: »Du bist sauber.«

»O nein, das bin ich nicht. Wirklich nicht.« Seine Stimme wurde lauter, eine schreckliche Dynamik setzte ein. »Ich bin dreckig. Ich bin so schmutzig. Schmutzig, schmutzig ...« Jetzt brabbelte er nur noch vor sich hin, die Worte verschwammen ineinander, die Lautstärke stieg immer weiter, bis blanke Hysterie von den Fliesen abprallte und den Raum anfüllte. »Kannst du den Schmutz nicht sehen? Ich sehe ihn überall. Er hüllt mich ein. Er versiegelt mich. Ich kann ihn auf der Haut spüren ...«

»Sch-sch. Lass mich nur ...«

Ohne ihn aus den Augen zu lassen, tastete sie blind nach einem weiteren Handtuch und zerrte es in die Dusche. Mühsam legte sie es ihm um die breiten Schultern und wickelte ihn darin ein, doch als sie versuchte, ihn in die Arme zu ziehen, schrak er zurück.

»Fass mich nicht an«, krächzte er. »Du machst dich schmutzig.«

Sie sank vor ihm auf die Knie, ihr Morgenmantel hing im Wasser, saugte die Flüssigkeit in sich auf. Sie bemerkte die Kälte noch nicht einmal.

Du lieber Himmel ... Er sah aus wie ein Schiffbrüchiger: Die Augen weit aufgerissen und wahnsinnig, die durchweichte Sporthose an den Beinmuskeln klebend, die Brust von Gänsehaut überzogen. Seine Lippen waren blau, und die Zähne klapperten.

»Es tut mir so leid«, flüsterte sie. Und sie wollte ihm versichern, dass er nicht schmutzig war, doch sie wusste, dann würde er nur wieder von Neuem anfangen.

Das Wasser, das vom Duschkopf auf die Fliesen tropfte, trommelte einen scheppernd lauten Rhythmus zwischen ihnen. Der Takt trug ihre Gedanken zurück zu jener Nacht, in der sie ihm in diesen Raum gefolgt war ... die Nacht, als er ihren erregten Körper berührt hatte. Zehn Minuten später hatte sie ihn über die Toilette gekauert gefunden, wo er sich übergab, weil er seine Hände auf sie gelegt hatte.

Ich bin dreckig. Ich bin so schmutzig. Schmutzig, schmutzig ...

Die Erkenntnis traf sie in den sich verschiebenden Bildern eines Albtraums, sie schnitt ihr mit frostiger Klarheit ins Bewusstsein, zeigte ihr etwas Hässliches. Es war eindeutig, dass er als Blutsklave geschlagen worden war, und sie vermutete, dass er deshalb nicht angefasst werden wollte. Doch Schläge, wie schmerzhaft und beängstigend sie auch sein mochten, gaben einem nicht das Gefühl der Unreinheit.

Sexueller Missbrauch aber sehr wohl.

Plötzlich richteten sich seine schwarzen Augen auf ihr Gesicht. Als hätte er die Schlussfolgerung gespürt, die sich ihr aufgedrängt hatte.

Von Mitgefühl getrieben, beugte sie sich über ihn, doch die Wut, die auf seiner Miene lag, bremste sie.

»Verflucht noch mal, Frau«, zischte er. »Wirst du dich jetzt bedecken?«

Sie warf einen Blick nach unten. Der Morgenmantel war bis zur Taille aufgegangen und zeigte die Wölbung ihrer Brüste. Grob zerrte sie den Kragen wieder zu.

In der angespannten Stille wagte sie nicht, seinem Blick zu begegnen, deshalb konzentrierte sie sich auf seine Schulter … dann folgte sie dem Umriss der Muskeln über das Schlüsselbein bis hin zum Halsansatz. Sie sah seinen kräftigen Hals … die Vene, die direkt unter der Haut pumpte.

Hunger durchzuckte sie, und ihre Fänge verlängerten sich. *Na super.* Blutlust war genau das, was ihr jetzt noch fehlte.

»Warum willst du mich?«, murmelte er. Er spürte ihr Verlangen ganz deutlich. »Du hast viel Besseres verdient.«

»Du bist …«

»Ich *weiß,* was ich bin.«

»Du bist nicht schmutzig.«

»Verdammt noch mal, Bella …«

»Und ich will nur dich. Es tut mir wirklich leid, und wir müssen auch nicht …«

»Weißt du was? Kein Gequatsche mehr. Ich habe das Reden wirklich satt.« Er streckte den Arm aus und legte ihn mit dem Handgelenk nach oben auf sein Knie. Jeglicher Anflug von Gefühl verschwand aus den schwarzen Augen, selbst die Wut. »Es ist dein Begräbnis, Frau. Tu es, wenn du willst.«

Die Zeit blieb stehen, als sie betrachtete, was er ihr widerwillig anbot. Gott steh ihnen beiden bei, aber sie würde ihn nehmen. Blitzschnell beugte sie sich über seine Vene und schlug mit einem sauberen Biss ihre Fänge hinein. Obwohl es wehgetan haben musste, zuckte er nicht einmal.

Sobald sein Blut auf ihre Zunge traf, stöhnte sie verzückt. Sie hatte sich schon von Aristokraten genährt, aber nie von einem Vampir der Kriegerklasse, geschweige denn von einem Mitglied der Bruderschaft. Sein Geschmack war wie ein köstliches Bouquet in ihrem Mund, eine monumentale Explosion, und dann schluckte sie. Der Sturzbach seiner Kraft riss sie mit, entfachte ein Feuer in ihrem Inneren, eine Erschütterung, die mit erlösender Wucht in ihr Herz pumpte.

Sie zitterte so heftig, dass sie beinahe die Verbindung zu seinem Handgelenk verlor und sich an seinem Arm festhalten musste, um nicht umzukippen. In tiefen, gierigen Zügen trank sie, nicht nur ausgehungert nach Kraft, sondern nach ihm, nach diesem Mann.

Für sie war er … der Einzige.

18

Zsadist gab sich alle Mühe, stillzuhalten, während Bella sich nährte. Er wollte sie nicht unterbrechen, aber er stand kurz davor, durchzudrehen, und mit jedem Zug an seiner Vene wurde es noch schlimmer. Die Herrin war die Einzige, die sich je an ihm genährt hatte, und die Erinnerung an diese Übergriffe war in seinem Geist so scharf wie die Fänge, die jetzt in sein Handgelenk versenkt waren. In ihm regte sich Furcht, heftig und lebhaft, kein Schatten der Vergangenheit mehr, sondern eine sehr gegenwärtige Panik.

Verdammter Mist … Ihm war schon ganz schwindlig. Er konnte jeden Moment umkippen wie der letzte Schlappschwanz.

In einem verzweifelten Versuch, sich wieder zu erden, konzentrierte er sich auf Bellas dunkles Haar. Ganz nah bei seiner freien Hand hing eine Strähne, sie glänzte im Deckenlicht, so schön, so dick, so anders als das Blond der Herrin.

Bellas Haare sahen so weich aus … Hätte er den Mut dazu besessen, würde er seine Hand – nein, sein ganzes Gesicht – darin vergraben. Könnte er das aushalten?, fragte er sich. Einer Frau so nahe zu sein? Oder würde er ersticken, wenn er noch mehr Angst bekam?

Bei Bella, dachte er, könnte er es vielleicht schaffen.

Ja, das würde ihm wirklich gefallen, sein Gesicht in ihren Haaren zu vergraben. Eventuell könnte er sich durchwühlen bis zu ihrem Hals, und dann würde er … ihr einen Kuss auf den Hals geben. Nur ganz sachte. Genau, und dann könnte er sogar weiter hinaufwandern und mit seinen Lippen ihre Wange berühren. Vielleicht würde sie ihn ja lassen. Ihrem Mund würde er sich nicht nähern. So nah wollte sie sicher nicht an seine Narbe kommen, und seine Oberlippe war ohnehin total zerstört. Außerdem wusste er nicht, wie man küsste. Die Herrin und ihre Günstlinge waren immerhin so klug gewesen, Abstand zu seinen Fängen zu halten. Und später hatte er nie mit einer Frau so intim werden wollen.

Bella hielt inne und legte den Kopf zur Seite, ihre saphirblauen Augen suchten seine, um sich zu vergewissern, dass es ihm gut ging.

Ihre Besorgnis verletzte seinen Stolz. Zur Hölle, war er schon so schwach, dass er nicht einmal mehr eine Frau nähren konnte? Und wie grausam, dass sie das ganz offenbar *wusste*. Schlimmer noch, auf ihrem Gesicht hatte gerade vorhin ein Ausdruck gelegen, ein dämmerndes Entsetzen, das bedeutete, sie hatte herausgefunden, zu was er als Sklave – aus als Blutreservoir – noch benutzt worden war.

Er konnte ihr Mitgefühl nicht ertragen, ertrug diese besorgten Blicke nicht, hatte kein Interesse daran, gestreichelt und in Watte gepackt zu werden. Er machte den Mund auf, um sie so richtig rund zu machen, doch irgendwie ging seine Wut auf dem Weg zwischen Magen und Kehle verloren.

»Ist schon gut«, sagte er rau. »Alles im Lot hier oben. Alles im Lot.«

Die Erleichterung in ihren Augen war die nächste Ohrfeige.

Als sie weitertrank, dachte er, *ich hasse das.*

Also … einen Teil davon hasste er. Okay, den Mist in seinem Kopf hasste er. Doch die andauernden sanften Züge an seinem Handgelenk mochte er irgendwie.

Zumindest bis er darüber nachdachte, was sie da schluckte. Schmutziges Blut … zersetztes Blut … korrodiertes, infiziertes Blut. Er konnte einfach nicht begreifen, warum sie Phury abgelehnt hatte. Der Mann war innen wie außen perfekt. Stattdessen saß sie hier auf den kalten harten Fliesen und biss sich durch seine Sklavenfessel. Warum machte sie …

Zsadist schloss die Augen. Ohne Zweifel glaubte sie, nach allem, was sie durchgemacht hatte, verdiene sie nichts Besseres als einen Mann, der selbst unrein war. Dieser *Lesser* hatte ihr vermutlich jede Selbstachtung geraubt.

Er schwor bei allem, was ihm heilig war, dass er diesem Mistkerl den letzten Atemzug mit der Hand herausquetschen würde.

Mit einem Seufzen löste sich Bella von seinem Handgelenk und lehnte sich mit dem Rücken an die Duschwand, die Lider gesenkt, der Körper erschlafft. Der seidige Stoff des Morgenmantels war nass und klebte an ihren Beinen, wodurch man die Umrisse ihrer Oberschenkel, ihrer Hüften … und der Stelle erkennen konnte, wo die Schenkel zusammentrafen.

Schon wieder schwoll *Es* in seiner Hose in rasender

Geschwindigkeit an, am liebsten hätte er das verdammte Ding abgeschnitten.

Sie sah ihn an. Halb rechnete er damit, dass sie eine Art Anfall bekommen würde oder so etwas. Er versuchte, nicht über die ganze Hässlichkeit nachzudenken, die sie geschluckt hatte.

»Alles in Ordnung bei dir?«, fragte er.

»Danke«, sagte sie mit belegter Stimme. »Danke, dass du mich …«

»Ja, spar dir das.« Er wünschte wirklich, er hätte sie vor sich selbst beschützt. Die Essenz der Herrin selbst floss durch seine Adern, der Widerhall der Grausamkeit dieser Frau war in dem endlosen Kreislauf seiner Arterien und Venen gefangen, zog Runde um Runde in seinem Körper. Und Bella hatte gerade von diesem Gift getrunken.

Er hätte sich stärker dagegen wehren sollen.

»Ich bringe dich jetzt ins Bett«, sagte er.

Da sie nicht protestierte, hob er sie auf, trug sie aus der Dusche und hielt kurz am Waschbecken an, um noch ein Handtuch für sie mitzunehmen.

»Der Spiegel«, murmelte sie. »Du hast den Spiegel abgehängt. Warum?«

Er gab keine Antwort, sondern ging einfach weiter; er konnte es nicht ertragen, über die furchtbaren Dinge zu sprechen, die sie hatte erleiden müssen.

»Sehe ich für dich so schlimm aus?«, wisperte sie an seiner Schulter.

Vor dem Bett stellte er sie auf die Füße. »Der Morgenmantel ist nass. Du solltest ihn ausziehen. Hiermit kannst du dich abtrocknen, wenn du möchtest.«

Sie nahm das Handtuch und löste den Knoten des Gürtels um die Taille. Rasch drehte er sich um, hörte ein Rascheln, ein Flattern, dann die Bettdecke.

Als sie sich hinkuschelte, verlangte ein sehr ursprünglicher, uralter Kern seines Wesens von ihm, jetzt bei ihr zu liegen. Und nicht im Sinne von »im Arm halten und kuscheln«. Er wollte in ihr sein, sich bewegen … loslassen. Aus irgendeinem Grund schien es das Richtige zu sein, ihr nicht nur das Blut aus seinen Venen zu schenken, sondern auch den sexuellen Akt zu vollenden.

Was wirklich *total* daneben war.

Er fuhr sich mit der Hand über den Kopf, unschlüssig, woher diese blöde Idee eigentlich gekommen war. Mann, er musste wirklich zusehen, dass er von ihr wegkam.

Was ja schon bald auch passieren würde. Heute Nacht würde sie gehen. Nach Hause zu ihrer Familie.

Seine Instinkte fuhren Achterbahn, wollten ihn dazu nötigen, darum zu kämpfen, dass sie in seinem Bett blieb. Er verfluchte seine idiotischen, primitiven Triebe. Er musste seine Arbeit machen. Er musste losziehen und diesen einen ganz bestimmten *Lesser* finden und das Schwein für sie abschlachten. Das war es, was er tun musste.

Z ging zum Schrank, zog ein Shirt an und bewaffnete sich. Als er sein Brusthalfter umschnallte, kam ihm kurz der Gedanke, sie nach einer Beschreibung des Vampirjägers zu fragen, der sie verschleppt hatte. Aber er wollte sie nicht mit der schrecklichen Erinnerung belasten … Nein, er würde Tohr bitten, sie zu fragen. Der Bruder konnte solche Sachen viel besser. Wenn er sie heute Nacht zu ihrer Familie fuhr, könnte Tohr ja mit ihr sprechen.

»Ich mach mich mal auf die Socken«, sagte Z, als er die Gurte des Halfters festzurrte. »Soll ich Fritz sagen, dass er dir noch etwas zu essen bringt, bevor du gehst?«

Als er keine Antwort bekam, spähte er um die Schranktür herum. Sie lag auf der Seite und beobachtete ihn.

Wieder machte sich ein dunkler, mächtiger Instinkt in ihm bemerkbar.

Er wollte ihr beim Essen zusehen. Nach dem Sex, wenn er in ihr gekommen war, sollte sie Essen bekommen, das er ihr gebracht hatte. Und zwar sollte sie aus seiner Hand essen. Mann, er wollte selbst rausgehen und etwas für sie töten, ihr das Fleisch bringen, es selbst zubereiten und sie damit füttern, bis sie satt war. Dann wollte er mit einem Dolch in der Hand neben ihr liegen und sie beschützen, während sie schlief.

Er duckte sich wieder in den Schrank. Langsam drehte er durch. Er war völlig neben der Spur.

»Ich lasse Fritz etwas hochbringen«, sagte er.

Er checkte die Klingen seiner beiden schwarzen Dolche, probierte sie an der Innenseite seines Unterarms aus und ritzte sich leicht in die Haut. Der Schmerz kitzelte sein Gehirn, und er starrte auf die beiden Einstiche, die Bella auf seinem Handgelenk hinterlassen hatte.

Er schüttelte sich leicht, um den Kopf wieder klarzukriegen, dann schnallte er sich den Pistolengurt um die Hüfte und überprüfte seine beiden SIG Sauers. Beide Neunmillimeterwaffen waren geladen, außerdem klemmten noch zwei Streifen Hohlspitzgeschosse an seinem Gürtel. Ein Wurfmesser wanderte hinten in den Hosenbund, außerdem steckte er noch ein paar Wurfsterne ein. Dann kamen die Stiefel und am Schluss eine dünne Windjacke, um das Arsenal zu verstecken.

Als er wieder aus dem Schrank hervorkam, sah Bella ihn immer noch vom Bett aus an. Ihre Augen waren so blau. Blau wie Saphire. Blau wie die Nacht. Blau wie …

»Zsadist?«

Er widerstand dem Drang, sich zu ohrfeigen. »Ja?«

»Findest du mich hässlich?« Als er zurückschreckte, legte sie sich die Hände vors Gesicht. »Vergiss es.«

Ohne ihr Gesicht noch sehen zu können, dachte er an das erste Mal, als er sie gesehen hatte, vor vielen Wochen, als sie ihn im Trainingsraum überrascht hatte. Damals hatte sie ihn sprachlos gemacht, sein Gehirn lahmgelegt, und diese Wirkung hatte sie immer noch auf ihn. Es war, als besäße er einen An- und Ausschalter, zu dem nur sie die Fernbedienung besaß.

Endlich räusperte er sich. »Für mich siehst du aus, wie du immer ausgesehen hast.«

Dann wandte er sich ab, nur um ein Schluchzen zu vernehmen. Und noch eins. Und noch eins.

Er blickte über die Schulter. »Bella … verdammt …«

»Tut mir leid«, murmelte sie in ihre Handflächen. »T-tut mir leid. Geh einfach. Alles in O-ordnung … alles okay.«

Doch er ging zum Bett und setzte sich auf die Kante. Er wünschte wirklich, er hätte die Gabe des Wortes. »Es gibt nichts, was dir leid tun müsste.«

»I-ich bin in dein Zimmer eingedrungen und in dein Bett. Hab dich gezwungen, neben mir zu schlafen. M-mir deine Vene zu geben. Es tut … mir so leid.«

Sie holte tief Luft und versuchte sich zu sammeln, doch ihre Verzweiflung hing weiterhin in der Luft, sie versprühte den erdigen Duft von Regen auf einem aufgeheizten Bürgersteig.

»Ich weiß, ich sollte gehen, ich weiß, dass du mich nicht hier haben willst, aber ich brauche einfach … ich kann nicht in mein Bauernhaus zurück. Dort hat mich der *Lesser* entführt, allein der Gedanke daran ist unerträglich. Und ich will nicht bei meiner Familie sein. Sie würden nicht verstehen, was gerade in mir vorgeht, und ich habe nicht die Energie, es ihnen zu erklären. Ich brauche einfach nur ein bisschen Zeit, muss das alles aus meinem Kopf bekommen, aber allein halte ich es nicht aus. Obwohl ich eigentlich niemanden sehen will außer …«

Ihre Worte erstarben, und er sagte hilflos: »Du bleibst hier, solange du nur willst.«

Wieder fing sie an zu schluchzen. *Verdammt.* Er hatte offensichtlich das Falsche gesagt.

»Bella … ich …« Was sollte er nur tun?

Geh auf sie zu, Arschloch. Nimm ihre Hand, du Blödmann.

Er konnte es nicht. »Soll ich ausziehen? Dir ein bisschen Freiraum geben?«

Noch mehr Schluchzen und ein dazwischen ausgestoßenes: »Ich brauche dich.«

Wenn er das richtig verstanden hatte, tat sie ihm leid.

»Bella, jetzt hör auf zu weinen. Hör auf zu weinen, und sieh mich an.« Endlich atmete sie tief durch und wischte sich das Gesicht ab. Als er sicher war, dass sie ihm auch zuhörte, begann er: »Du musst dir keine Sorgen machen. Du bleibst hier, solange du willst. Hast du mich verstanden?«

Sie starrte ihn nur an.

»Nick wenigstens, damit ich weiß, dass du mich gehört hast.« Als sie gehorchte, stand er auf. »Und ich bin das Letzte, was du brauchst. Also hör lieber gleich wieder auf mit dem Quatsch.«

»Aber ich …«

Er war schon auf dem Weg zur Tür. »Ich komme vor Sonnenaufgang zurück. Fritz weiß, wie er mich … ich meine natürlich, wie er uns alle findet.«

Dann ließ er sie allein und marschierte den Statuenkorridor entlang, bog links ab und schoss an Wraths

Arbeitszimmer und der Freitreppe vorbei. Drei Türen weiter klopfte er. Keine Antwort. Er klopfte noch einmal. Nichts.

Unten im Erdgeschoss fand er, was er gesucht hatte, in der Küche.

Mary, Rhages Frau, schälte Kartoffeln. Viele Kartoffeln. Bergeweise Kartoffeln. Sie blickte auf, und ihre grauen Augen sahen ihn fragend an. Das Schälmesser ruhte auf einer halb geschälten Kartoffel. Dann blickte sie sich um, als müsste er jemand anderen suchen. Oder vielleicht hoffte sie auch einfach, nicht mit ihm allein sein zu müssen.

»Könntest du das da ein Weilchen verschieben?« Z deutete mit dem Kopf auf den Haufen Kartoffelschalen.

»Klar. Rhage kann auch was anderes essen. Außerdem hat Fritz sowieso einen Anfall bekommen, weil ich kochen wollte. Was … was brauchst du denn?«

»Ich brauche nichts. Es geht um Bella. Sie könnte gerade gut eine Freundin gebrauchen.«

Mary legte das Messer und die halb geschälte Kartoffel beiseite. »Ich wollte sie die ganze Zeit schon besuchen.«

»Sie ist in meinem Zimmer.« Z wirbelte herum, in Gedanken war er schon in der Innenstadt und überlegte, welche Straßen er absuchen würde.

»Zsadist?«

Mit der Hand auf der Klinke blieb er stehen. »Was?«

»Du sorgst sehr gut für sie.«

Er dachte an das Blut, das er sie hatte schlucken lassen. Und seinen Drang, in ihrem Körper einen Orgasmus zu haben.

»Eigentlich nicht«, murmelte er über die Schulter.

Manchmal muss man wieder ganz von vorne anfangen, dachte O, als er durch den Wald trabte.

Etwa dreihundert Meter von der Stelle entfernt, wo er seinen Pick-up abgestellt hatte, gingen die Bäume in eine flache Wiese über. Er blieb stehen, verbarg sich aber weiter zwischen den Bäumen.

Jenseits der weißen Schneedecke lag das Bauernhaus, in dem er seine Frau gefunden hatte, und im schwindenden Tageslicht wirkte es wie die perfekte, bürgerliche, amerikanische Idylle. Das Einzige, was fehlte, war etwas Rauch, der aus dem roten Ziegelkamin aufstieg.

Er holte das Fernglas heraus und suchte die Umgebung ab, dann richtete er es auf das Haus. Die ganzen Reifenspuren in der Auffahrt und die Fußabdrücke vor der Tür ließen ihn befürchten, das Haus könnte den Besitzer gewechselt haben. Doch im Haus standen immer noch Möbel, Stücke, an die er sich noch erinnern konnte.

Er ließ das Fernglas sinken, dann kauerte er sich nieder. Er würde hier auf sie warten. Wenn sie noch lebte, würde entweder sie selbst zum Haus kommen, oder wer auch immer sich um sie kümmerte, würde ihr ein paar Sachen holen. Wenn sie tot war, würde jemand ihre Habseligkeiten ausräumen.

Zumindest hoffte er auf so etwas. Einen anderen Anhaltspunkt hatte er nicht, er kannte weder ihren Namen noch den Aufenthaltsort ihrer Familie. Hatte keinen Schimmer, wo sie sonst sein konnte. Seine einzige andere Option war, Zivilisten nach ihr zu fragen. Da in jüngerer Zeit keine andere Frau verschleppt worden war, wäre sie sicherlich das Gesprächsthema Nummer eins unter ihresgleichen gewesen. Das Blöde war nur, es würde Wochen dauern … oder Monate, bis er so etwas erfuhr. Und durch Überzeugungstechniken gewonnene Informationen waren nicht immer verlässlich.

Nein, ihr Haus zu observieren, erschien ihm viel aussichtsreicher. Er würde hier sitzen und warten, bis jemand sich verriet und ihn zu ihr führte. Vielleicht lief es sogar noch besser und der Bruder mit der Narbe würde hier auftauchen.

Das wäre ziemlich perfekt.

O hockte sich auf die Fersen und ignorierte den kalten Wind.

Gott … er hoffte, sie war noch am Leben.

19

John hielt den Kopf gesenkt und versuchte, sich am Riemen zu reißen.

Der Umkleideraum war erfüllt mit Dampf und Stimmen und dem Klatschen nasser Handtücher auf bloßen Hinterteilen. Die Auszubildenden hatten ihre verschwitzten Klamotten ausgezogen und duschten sich, bevor sie etwas aßen und danach in die Klassenräume zum theoretischen Teil des Unterrichts gingen.

Das alles war keine große Sache, bloß die üblichen Rangeleien unter Jungs, nur dass John sich überhaupt nicht nackt ausziehen wollte. Obwohl die anderen auch alle in etwa seine magere Statur hatten, entstammte das Gemeinschaftsduschen direkt dem Highschool-Albtraum, den er bis zu seinem sechzehnten Lebensjahr hatte aushalten müssen. Und im Augenblick war er schlicht und ergreifend viel zu erschöpft für diese Sache.

Seiner Schätzung nach musste es ungefähr Mitternacht sein, doch er fühlte sich, als wäre es vier Uhr morgens … und zwar übermorgen. Das Training war für ihn mörderisch gewesen. Keiner der anderen war besonders stark, aber sie alle konnten bei den Kampfstellungen einigermaßen mithalten, die erst Phury und danach Tohr ihnen zeigten. Ein paar davon waren sogar echte Naturtalente. John war eine Katastrophe. Seine Füße waren zu langsam, die Hände immer zur falschen Zeit am falschen Ort, und er hatte kein gutes Körpergefühl. Egal, wie sehr er sich anstrengte, er fand einfach nicht sein Gleichgewicht. Sein Körper war wie ein großer Wasserballon; wenn er sich in eine Richtung bewegte, schwappte die ganze Ladung über ihn hinweg.

»Du solltest dich besser beeilen«, riet ihm Blaylock. »Wir haben nur noch acht Minuten.«

John schielte zur Tür. Das Wasser in der Dusche lief noch, aber soweit er sehen konnte, war niemand mehr drin. Er zog seine Hose und das Suspensorium aus und stapfte schnell in die …

Mist. Lash stand in der Ecke. Als hätte er auf ihn gewartet.

»Hey, Großer«, begann er gedehnt. »Da hast du uns aber echt das ein oder andere gezeigt …«

Er verstummte und starrte Johns Brust an.

»Du kleiner Scheißer«, zischte er. Dann stürmte er aus der Dusche.

John sah auf die runde Narbe über seinem linken Brustmuskel, mit der er auf die Welt gekommen war … die, von der Tohr ihm erzählt hatte, dass die Mitglieder der Bruderschaft sie bei ihrer Initiation bekamen.

Na großartig. Die Liste der Dinge, über die er mit seinen Klassenkameraden nicht reden wollte, wurde immer länger. Als er mit einem Handtuch um die Hüfte wieder aus der Dusche kam, standen alle Jungen, selbst Blaylock, nebeneinander. Wie eine geschlossene, schweigende Einheit musterten sie ihn, und John überlegte, ob Vampire wohl einen Rudelinstinkt besaßen wie Wölfe oder Hunde.

Immer noch starrten sie ihn kollektiv an. *Das darf ich dann wohl als Ja werten.*

John zog den Kopf ein und ging zu seinem Spind. Er konnte es nicht erwarten, dass der Tag endlich vorüber war.

Gegen drei Uhr morgens ging Phury schnellen Schritts die Tenth Street zum *Zero Sum* hinunter. Butch wartete trotz der Kälte in lässiger Pose vor dem Glas-und-Chrom-Eingang des Clubs. In seinem langen Kaschmirmantel und der tief ins Gesicht gezogenen Red-Sox-Kappe sah er ziemlich gut aus. Anonym, aber gut.

»Was geht ab?«, fragte Butch, als sie ihre Handflächen zusammenschlugen.

»*Lesser*-technisch war die Nacht ein Desaster. Niemand hat welche gefunden. Hey, Mann, danke für die Gesellschaft, ich kann's brauchen.«

»Kein Problem.« Butch zog seine Baseballkappe noch tiefer herunter. Wie die Brüder hielt er sich bedeckt. Früher, als Beamter der Mordkommission, hatte er so einige Dealer und Killer in den Knast geschickt, deshalb war es besser für ihn, sich unauffällig zu verhalten.

Drinnen im Club nervten die Technobeats. Genau wie die Blitzlichter und all die Menschen. Aber Phury hatte seine Gründe hierherzukommen, und Butch war höflich. Mehr oder weniger.

»Der Laden ist einfach zu verkünstelt«, bemerkte der Polizist mit Blick auf einen Kerl in einem grell pinkfarbenen Jogginganzug und passendem Make-up. »Da sind mir ein paar bodenständige Rednecks und ein anständiges Bier allemal lieber als diese Pillenschlucker.«

Als sie im VIP-Bereich ankamen, wurde ohne weitere Fragen die Absperrung geöffnet, und sie konnten passieren.

Phury nickte dem Türsteher zu, dann sah er Butch an. »Dauert nicht lange.«

»Du weißt ja, wo du mich findest.«

Während der Polizist auf ihren Stammplatz zumarschierte, machte Phury sich auf den Weg ins Hinterzimmer und blieb vor den beiden Mauren stehen, die die Privatgemächer des Reverend bewachten.

»Wir sagen ihm Bescheid, dass du da bist«, sagte der Linke von den beiden.

Einen Sekundenbruchteil später wurde Phury eingelassen. Das Büro war wie eine Höhle, mit niedriger Decke und schwacher Beleuchtung, und der Vampir hinter dem Schreibtisch beherrschte den gesamten Raum. Besonders, als er sich erhob.

Der Reverend war knappe zwei Meter groß, und der kurze Irokesenschnitt passte genauso gut zu ihm wie der schicke italienische Zwirn, den er trug. Sein Gesichtausdruck war erbarmungslos und intelligent und deutete zu Recht genau auf den gefährlichen Geschäftszweig, in dem er tätig war. Seine Augen allerdings ... seine Augen passten nicht zum restlichen Eindruck. Sie waren auf eine merkwürdige Art schön und hatten die Farbe von Amethysten, ein tiefes, leuchtendes Violett.

»So schnell zurück?«, fragte er mit noch tieferer, härterer Stimme als üblich.

Hol dir das Zeug und dann raus hier, dachte Phury.

Er holte sein Bündel Scheine aus der Hosentasche und zählte drei Riesen ab. Dann breitete er die Tausender wie einen Fächer auf dem Chromschreibtisch aus. »Doppelt so viel wie sonst. Und ich möchte es geviertelt.«

Der Reverend lächelte kühl und drehte den Kopf zur Seite. »Rally, gib dem Mann, was er braucht. Und verpack es gut.« Ein Gehilfe trat aus der Dunkelheit und verschwand eilig durch eine Schiebetür im hinteren Teil des Raums.

Als sie allein waren, kam der Reverend langsam um seinen Schreibtisch herum. Er bewegte sich, als flösse Öl in seinen Adern, geballte geschmeidige Kraft. Er kam so nah an Phury heran, dass der seine Hand in die Jackentasche steckte und nach einer seiner Waffen tastete.

»Bist du ganz sicher, dass wir dir nicht den Mund nach etwas Härterem wässrig machen können?«, fragte der Reverend. »Dieser rote Rauch ist doch Kinderkram.«

»Wenn ich etwas anderes haben wollte, würde ich danach fragen.«

Der Vampir blieb neben ihm stehen. Sehr nahe.

Phury zog die Brauen zusammen. »Gibt's ein Problem?«

»Du hast tolle Haare, weißt du das? Wie eine schöne Frau. All diese unterschiedlichen Farben.« Die Stimme des Reverend war seltsam hypnotisch, die violetten Augen listig. »Apropos Frauen, ich höre, du machst keinen Gebrauch von dem, was meine Damen hier anbieten. Stimmt das?«

»Was interessiert es dich?«

»Ich wollte nur sichergehen, dass deinen Bedürfnissen hier auch entsprochen wird. Kundenzufriedenheit ist ja so verdammt wichtig.« Jetzt schob sich der Kerl noch näher heran und deutete mit dem Kopf auf Phurys Arm – den, der in der Manteltasche steckte. »Deine Hand liegt auf einer Knarre, stimmt's? Angst vor mir?«

»Ich will nur dafür sorgen, dass ich mich angemessen um dich kümmern kann.«

»Ach wirklich?«

»Ja. Falls du eine kleine Glock-zu-Mund-Beatmung brauchst.«

Der Reverend grinste, seine Fänge blitzten auf. »Weißt du, ich hab so ein Gerücht gehört ... über ein Mitglied der Bruderschaft, das im Zölibat lebt. Echt, stell dir das vor, ein Krieger, der enthaltsam ist. Und ich hab noch mehr von diesem Mann gehört. Er hat nur noch ein Bein. Und ein vernarbter Psychopath soll sein Zwillingsbruder sein. Du kennst nicht zufällig so einen Bruder?«

Phury schüttelte den Kopf. »Nein.«

»Ha. Lustig, ich hab dich schon mit einem Typen rumhängen sehen, der aussieht, als hätte er eine Halloweenmaske auf. Und mit ein paar anderen großen Kerlen, die auf ein paar Beschreibungen passen, die man mir ins Ohr geflüstert hat. Du meinst nicht zufällig ...«

»Tu mir einen Gefallen, und gib mir einfach mein Dope. Ich warte draußen.« Phury wandte sich um. Er hatte von Anfang an schlechte Laune gehabt: Frustriert, dass er keinen Kampf gefunden hatte, und innerlich blutend, weil Bella ihn abgelehnt hatte. Jetzt war kein guter Zeitpunkt für einen Konflikt. Seine Nerven waren zum Zerreißen gespannt.

»Lebst du im Zölibat, weil du auf Männer stehst?«

Phury warf einen Blick über die Schulter. »Was ist denn heute los mit dir? Du bist ja immer ein bisschen schlecht drauf, aber im Moment bist du außerdem ein richtiges Arschloch.«

»Weißt du, vielleicht musst du's dir einfach mal besorgen lassen. Ich persönlich steh nicht auf Männer, aber wir finden sicher einen, der dir gern einen bläst.«

Zum zweiten Mal innerhalb von vierundzwanzig Stunden verlor Phury die Beherrschung. Er machte einen Satz, packte den Reverend an seinem Gucci-Revers und nagelte ihn an die Wand. »Warum fängst du Streit mit mir an?«

»Willst du mich vor dem Sex küssen?«, murmelte der Reverend immer noch belustigt. »Ich meine, das ist doch das Mindeste, immerhin kennen wir uns bisher rein professionell. Oder hast du es nicht so mit dem Vorspiel?«

»Leck mich.«

»Na, das nenn ich mal eine originelle Antwort. Von dir hätte ich doch etwas Interessanteres erwartet.«

»Von mir aus. Wie wär's damit?«

Phury donnerte ihm seine Lippen auf den Mund, der Kuss war ein Schlag ins Gesicht, nicht im Entferntesten sexuell. Und er tat das auch nur, um dem Drecksack das Lächeln aus dem Gesicht zu putzen. Es funktionierte. Der Reverend erstarrte und fing an zu knurren, und Phury wusste, er hatte ihn bloßgestellt. Nur um sicherzugehen, dass die Lektion auch angekommen war, streifte er seine Unterlippe mit einem seiner Fänge.

Im selben Augenblick, als das Blut seine Zunge berührte, riss Phury den Kopf zurück, und seine Kinnlade fiel herunter. Entsetzt raunte er: »Sieh mal einer an, ein Sündenfresser.«

Beim Klang dieses Wortes war sofort Schluss mit den Spielchen, und der Reverend wurde todernst. In der anschließenden Stille schien er zu überlegen, welche Ausreden überzeugend wirken könnten.

Phury schüttelte den Kopf. »Gib dir keine Mühe. Ich kann es schmecken.«

Amethystaugen verengten sich zu Schlitzen. »Der politisch korrekte Terminus ist *Symphath.*«

Aus Reflex verstärkte Phury seinen Griff um den Kragen des Mannes. *Gütige Jungfrau im Schleier.* Ein *Symphath.* Hier in Caldwell, mitten unter ihnen. Und er versuchte, als ganz normaler Zivilist durchzugehen.

Das war eine brisante Information. Das Letzte, was Wrath brauchen konnte, war noch ein Bürgerkrieg unter den Vampiren.

»Ich sollte dich vielleicht auf etwas hinweisen«, sagte der Reverend leise. »Wenn du mich verpfeifst, verlierst du deinen Lieferanten. Denk mal drüber nach. Wo willst du dir besorgen, was du brauchst, wenn ich von der Bildfläche verschwinde?«

Unverwandt starrte Phury in die violetten Augen und dachte über die Tragweite dieses Vorfalls nach. Sobald er nach Hause kam, würde er den Brüdern davon berichten. Und er würde den Reverend im Auge behalten. Was das Verpfeifen betraf … Ihm war die Diskriminierung, unter der die *Symphathen* im Laufe der Geschichte gelitten hatten, immer ungerecht vorgekommen – vorausgesetzt, sie ließen die Finger von ihrer Trickkiste. Und der Reverend betrieb den Club schon seit mindestens fünf Jahren, ohne dass es irgendwelche *Sympathen*-Probleme gegeben hätte.

»Wir machen einen kleinen Deal«, sagte er dann und funkelte sein Gegenüber unerbittlich an. »Ich halte die Klappe, und du hältst dich bedeckt. Außerdem gehst du mir nie wieder auf den Sack. Ich leg mich bestimmt nicht für dich auf den Rücken, damit du an meinen Gefühlen saugen kannst. Was genau das war, was du gerade probiert hast, stimmt's? Du wolltest mich wütend machen, weil du Hunger auf diese Empfindung hattest.«

Gerade machte der Reverend den Mund auf, als die Tür zum Büro weit aufschwang. Eine Vampirin kam herein, blieb aber stocksteif stehen bei diesem zweifellos interessanten Anblick: zwei männliche Körper ganz nah beieinander, der Reverend mit blutender Lippe, Phury mit Blut auf dem Mund.

»Verpiss dich, aber flott«, fauchte der Reverend.

Die Frau zog sich so hastig zurück, dass sie stolperte und mit dem Ellbogen gegen den Türrahmen knallte.

»Also was ist, haben wir einen Deal?«, herrschte Phury, als sie weg war.

»Wenn du zugibst, dass du ein Bruder bist.«

»Bin ich nicht.«

Die Augen des Reverends blitzten auf. »Nur, damit du Bescheid weißt – ich glaube dir nicht.«

Phury hatte plötzlich so eine Ahnung, dass es kein Zufall war, dass die Sache mit der Bruderschaft heute Nacht zur Sprache gekommen war. Er presste den Mann an die Wand. Sehr fest. »Ich frage mich, wie es dir wohl erginge, wenn deine Identität bekannt würde?«

»Wir« – der Reverend atmete mühsam – »haben einen Deal.«

Butch hob den Kopf, als die Frau, die er geschickt hatte, um nach Phury zu sehen, zurückkam. Normalerweise dauerte es nicht so lange, etwas Rauchkraut zu kaufen, aber nun war er schon mehr als zwanzig Minuten weg.

»Ist mein Sportsfreund noch da drin?«, fragte Butch. Abwesend bemerkte er, dass sie sich den Ellbogen rieb, als hätte sie sich wehgetan.

»O ja, der ist da drin.« Als sie ihm ein verkniffenes Lächeln zuwarf, wurde ihm unvermittelt bewusst, dass sie eine Vampirin war. Dieses kleine Grinsen hatten sie alle drauf, wenn sie sich unter Menschen bewegten.

Und sie war sogar auf eine Art attraktiv, mit dem langen blonden Haar und dem schwarzen Leder über Brust und Hüften. Als sie sich neben ihm in die Nische setzte, erhaschte er ihren Duft und dachte flüchtig an Sex, zum ersten Mal seit … seit er Marissa im Sommer kennen gelernt hatte.

Mit einem großen Schluck leerte er sein Scotchglas. Dann warf er einen Blick auf die Brüste der Frau. Ja, er dachte an Sex, aber es war mehr ein körperlicher Reflex als sonst etwas. Sein Interesse war nicht mit dem vergleichbar, das er bei Marissa empfunden hatte. Damals war das Verlangen … verzehrend gewesen. Voller Ehrfurcht. Bedeutsam.

Die Vampirin neben ihm warf ihm einen Blick zu, als wüsste sie, welche Richtung seine Gedanken eingeschlagen hatten. »Dein Freund könnte noch ein Weilchen brauchen.«

»Ach ja?«

»Sie waren gerade erst zur Sache gekommen.«

»Beim Verkauf?«

»Beim Sex.«

Butchs Kopf schnellte nach oben, und er sah ihr direkt in die Augen. »Wie bitte?«

»Ups …« Sie runzelte die Stirn. »Seid ihr beiden zusammen oder so was?«

»Nein, wir sind nicht zusammen«, schnaubte er. »Wovon zum Henker redest du überhaupt?«

»Dachte ich mir schon, dass du nicht so drauf bist. Du ziehst dich zwar gut an, aber du kommst gar nicht so rüber.«

»Und mein Kumpel steht auch nicht auf Männer.«

»Bist du dir da ganz sicher?«

Er dachte an den Zölibat und kam ins Grübeln.

Egal. Er brauchte noch was zu trinken; in Phurys Angelegenheiten wollte er sich nicht einmischen. Also hob er den Arm und winkte einer Kellnerin, die sofort angerannt kam.

»Noch einen doppelten Scotch«, sagte er. Aus Höflichkeit wandte er sich an die Frau neben ihm. »Willst du auch was?«

Ihre Hand landete auf seinem Oberschenkel. »Um ehrlich zu sein, ja. Aber das kann *sie* mir nicht geben.«

Als die Kellnerin abzog, lehnte sich Butch zurück und streckte beide Arme aus, öffnete sich. Die Frau nahm die Einladung an, beugte sich über ihn und ließ ihre Hand gen Süden wandern. Sein Körper regte sich, das erste Lebenszeichen seit Monaten. Ihm schoss flüchtig durch den Kopf, dass er vielleicht Marissa aus dem Kopf bekäme, wenn er mal wieder ein bisschen Sex hätte.

Während die Vampirin ihn durch die Hose hindurch streichelte, betrachtete er sie mit einer Art klinischem Interesse. Er wusste, worauf das hinauslief. Am Ende würde er mit ihr in einem der privaten Toilettenräume verschwinden. Würde vielleicht zehn Minuten dauern, wenn überhaupt. Er würde es ihr besorgen, selbst kommen und sich dann schnellstmöglich aus dem Staub machen.

Diese Quickie-Nummer hatte er schon hunderte Male in seinem Leben abgezogen. Und im Grunde war es nicht mehr als Masturbation, verkleidet als Sex. Keine große Sache.

Er dachte an Marissa ... und spürte ein Stechen in seinen Tränenkanälen.

Die Frau neben ihm bewegte sich, sodass ihre Brüste auf seinem Arm zu liegen kamen. »Komm, Süßer, wir gehen nach hinten.«

Er legte seine Hand über ihre, die noch auf seinem Schritt ruhte, und sie ließ eine Art Schnurren an seinem Ohr ertönen. Zumindest so lange, bis er ihre Hand wegschob.

»Tut mir leid. Ich kann nicht.«

Die Vampirin zog den Kopf zurück und sah ihn an, als würde er Witze machen. Butch starrte ungerührt zurück.

Er wollte nicht unbedingt verkünden, dass er nie wieder Sex haben würde. Und er wusste definitiv nicht, warum Marissa ihm so nahegegangen war. Er wusste nur, dass sein altes Verhaltensmuster, wahllos Frauen flachzulegen, ihm nichts mehr gab.

Unvermittelt durchschnitt Phurys Stimme die Hintergrundgeräusche des Clubs. »Hey, Bulle, willst du bleiben oder gehen?«

Butch sah auf. Seine Reaktion ließ einen Moment auf sich warten, während dessen er Spekulationen über seinen Freund anstellte.

Die gelben Augen des Bruders verengten sich. »Was ist denn, Bulle?«

»Von mir aus können wir los«, wich Butch aus.

Als er aufstand, warf Phury der Blonden einen festen Blick zu. Einen echten Halt-bloß-deine-Klappe-Spezialblick.

Wow, dachte Butch auf dem Weg zur Tür. Also ist Phury wirklich schwul.

20

Stunden später wachte Bella von einem leise schabenden Geräusch auf. Sie blickte zu einem der Fenster, wo die Stahlrollläden herunterfuhren. Es musste bald dämmern.

Nervosität machte sich in ihr breit, und sie starrte die Tür an. Sie wollte, dass Zsadist durch diese Tür kam, wollte ihn vor Augen haben und sich vergewissern, dass er unversehrt war. Auch wenn er wieder ganz normal gewirkt hatte, als er gegangen war, hatte sie ihm doch einiges zugemutet.

Sie drehte sich auf den Rücken und dachte an Marys Besuch. Woher hatte Zsadist gewusst, dass sie eine Freundin gebraucht hatte? Und die Tatsache, dass er extra zu Mary gegangen war und …

Ohne jede Vorwarnung wurde die Tür weit aufgerissen.

Hastig setzte Bella sich auf und zog sich die Decke bis zum Hals. Doch dann erkannte sie zu ihrer Erleichterung Zsadists Schatten.

»Ich bin's nur«, sagte er schroff. Er trug ein Tablett und außerdem noch etwas über der Schulter. Eine Tasche. »Was dagegen, wenn ich das Licht anmache?«

»Hi …« *Ich bin so froh, dass du heil zurück bist.* »Überhaupt nicht.«

Er erweckte einige Kerzen zum Leben, und sie blinzelte in dem plötzlichen Lichtschein.

»Ich habe ein paar Sachen aus deinem Haus geholt.« Das Tablett stellte er auf den Nachttisch, dann öffnete er die Tasche. »Einige Klamotten und einen Parka. Die Shampooflasche aus deiner Dusche. Eine Bürste. Schuhe. Socken, damit du warme Füße hast. Und auch dein Tagebuch – keine Sorge, ich habe es nicht gelesen.«

»Das hätte mich auch überrascht. Du bist viel zu vertrauenswürdig für so etwas.«

»Nein. Aber ich kann nicht lesen.«

Ihre Augen weiteten sich kurz.

»Wie dem auch sei« – seine Stimme war so hart wie sein Gesichtsausdruck – »ich dachte mir, du möchtest sicher ein paar persönliche Sachen haben.«

Als er die Tasche neben sie aufs Bett stellte, starrte sie ihn unverwandt an, dann nahm sie völlig überwältigt seine Hand in ihre. Er zuckte zurück, und sie errötete und wandte sich der Tasche zu.

Himmel … sie war richtig nervös, ihre Sachen wiederzusehen. Besonders das Tagebuch.

Doch es war sehr tröstlich, ihren roten Lieblingspulli aus der Tasche zu ziehen, ihn sich an die Nase zu halten und einen Hauch des Parfüms zu erhaschen, das sie normalerweise immer trug. Und … ja, die Bürste, ihre Bürste, die mit dem großen rechteckigen Kopf und den Metallborsten, die sie so mochte. Sie klappte den Deckel ihres Shampoos auf und sog tief den Geruch ein. *Ah … Biotherm.* Kein Vergleich mit dem Zeug, das sie bei dem *Lesser* hatte benutzen müssen.

»Danke.« Ihre Stimme bebte, als sie das Tagebuch in die Hand nah. »Vielen, vielen Dank.«

Zärtlich streichelte sie über den Ledereinband des Journals. Sie würde es nicht öffnen. Nicht jetzt. Aber bald …

Dann hob sie den Blick. »Kannst du mich … kannst du mich zu meinem Haus bringen?«

»Natürlich.«

»Ich habe Angst hinzufahren, aber ich sollte es vermutlich.«

»Sag mir einfach nur, wann du bereit bist.«

All ihren Mut zusammennehmend, plötzlich ungeduldig, eines der großen bösen »Ersten Male« aus dem Weg zu schaffen, sagte sie: »Wenn die Sonne heute Abend untergeht, möchte ich es versuchen.«

»Dann machen wir das.« Er deutete auf das Tablett. »Und jetzt iss.«

Ohne dem Essen Beachtung zu schenken, beobachtete sie, wie er zum Schrank ging und die Waffen ablegte. Er ging sehr sorgfältig damit um, überprüfte sie gründlich, und sie fragte sich, wo er wohl gewesen war ... was er getan hatte. Seine Hände waren zwar sauber, aber auf seinen Unterarmen war schwarzes Blut.

Er hatte heute Nacht getötet.

Wahrscheinlich sollte sie eine Art Triumph verspüren, dass ein *Lesser* das Zeitliche gesegnet hatte. Aber als Zsadist mit einer Trainingshose über dem Arm zum Badezimmer ging, war ihr sein Wohlergehen viel wichtiger.

Und auch ... sein Körper. Er bewegte sich wie eine Raubkatze, im besten Sinne des Wortes, durch und durch verborgene Kraft und geschmeidiger Gang. Das Begehren, das sich bei ihrer allerersten Begegnung in ihr geregt hatte, erfasste sie wieder. Sie wollte ihn.

Die Badezimmertür fiel ins Schloss, und sie hörte, wie das Wasser anging. Sie rieb sich die Augen und entschied, dass sie nicht mehr alle Tassen im Schrank haben musste. Der Mann entzog sich ihr schon bei der bloßen Androhung einer Berührung. Glaubte sie allen Ernstes, er würde bei ihr liegen wollen?

Von sich selbst angeekelt nahm sie das Essen in Augenschein. Es gab Hühnchen im Kräutermantel, Bratkartoffeln und Kürbisgemüse. Daneben fand sie ein Glas Wasser und ein Glas Weißwein, sowie zwei grellgrüne Äpfel und ein Stückchen Karottenkuchen. Sie nahm die Gabel in die Hand und schob das Hühnchen auf dem Teller herum. Allein, weil er so fürsorglich gewesen war, ihr etwas zu bringen, wollte sie auch etwas essen.

Als Zsadist wieder aus dem Bad kam und nur die Trainingshose trug, erstarrte sie und konnte den Blick nicht von ihm abwenden. Seine Nippelringe blitzten im Kerzenlicht auf, genau wie die harten Muskeln an Bauch und Armen. Neben dem Mal der Bruderschaft auf der Brust zog sich ein frischer, purpurroter Kratzer quer über seinen Oberkörper, außerdem hatte er einen Bluterguss.

»Bist du verletzt?«

Er kam zum Bett und inspizierte den Teller. »Viel hast du aber nicht gegessen.«

Sie antwortete nicht, da ihr Blick an der Wölbung des Hüftknochens hängen blieb, der über dem niedrigen Bund der Hose hervorstand. Wenn der Stoff nur noch eine Idee niedriger hinge, würde sie alles sehen können.

Da fiel ihr plötzlich wieder ein, wie er sich wund gescheuert hatte, weil er dachte, er sei schmutzig. Sie schluckte. Was hatte man wohl ihm, seinem Geschlecht angetan? Ihn so zu wollen, wie sie es tat, schien ... unangemessen. Zudringlich.

Nicht, dass diese Erkenntnis an ihren Gefühlen etwas geändert hätte.

»Ich bin nicht so schrecklich hungrig«, murmelte sie.

Doch er schob das Tablett näher zu ihr hin. »Iss trotzdem.«

Als sie sich wieder dem Hühnchen zuwandte, nahm er die beiden Äpfel und ging damit quer durch den Raum.

Er biss in einen hinein und setzte sich im Schneidersitz auf den Boden, den Blick gesenkt. Einen Arm legte er über den Bauch, während er kaute.

»Hast du unten schon gegessen?«, fragte sie.

Er schüttelte den Kopf und biss noch ein Stück von dem Apfel ab. Das krachende Geräusch tanzte durch den Raum.

»Ist das etwa alles, was du zu dir nehmen willst?« Als er nur die Achseln zuckte, brummelte sie: »Und mir sagst du, ich soll essen.«

»Ja, genau. Also – warum machst du dich nicht wieder an die Arbeit, Frau.«

»Magst du kein Hühnchen?«

»Ich mag kein Essen.« Sein Blick blieb die ganze Zeit über auf den Boden gerichtet, doch seine Stimme wurde jetzt drängender. »Und jetzt leg los.«

»Warum magst du kein Essen?«

»Man kann ihm nicht trauen«, entgegnete er scharf. »Wenn man es nicht selbst gemacht hat oder es im Ganzen sehen kann, weiß man nie, was wirklich darin ist.«

»Warum sollte jemand …«

»Hab ich schon mal erwähnt, wie ungern ich rede?«

»Schläfst du heute Nacht wieder neben mir?« Sie platzte mit der Bitte einfach heraus. Besser, schnell eine Antwort zu bekommen, bevor er komplett das Sprechen einstellte.

Seine Augenbrauen zuckten. »Willst du das wirklich?«

»Ja.«

»Dann tue ich es.«

Das Schweigen, in dem er seine Äpfel verspeiste und sie ihren Teller leerte, war nicht gerade unbeschwert, aber es knisterte auch nicht. Als sie auch mit dem Karottenkuchen fertig war, ging sie ins Bad und putzte sich die Zähne. Bis sie zurückkam, war vom letzten Apfel nur noch das Gehäuse übrig, von dem er gerade die letzten Fetzen Fruchtfleisch mit den Fängen abnagte.

Für sie war es unbegreiflich, wie er mit einer solchen Ernährung überleben und auch noch kämpfen konnte. Er musste doch mehr essen.

Und sie hatte das Gefühl, etwas sagen zu müssen, aber stattdessen schlüpfte sie nur ins Bett und rollte sich zusammen, wartete auf ihn. Die Minuten verstrichen, und alles, was er tat, war diesen Apfelrest mit chirurgischer Präzision zu bearbeiten. Schließlich hielt sie die Anspannung nicht mehr aus.

Es reicht, dachte sie. Sie sollte sich wirklich ein anderes Plätzchen im Haus suchen. Sie benutzte ihn als Krücke, und das war nicht fair.

Gerade, als sie den Arm ausstreckte, um die Decke zurückzuschlagen, entknotete er seine Beine und stand auf. Er kam auf das Bett zu, und sie erstarrte. Doch er ließ nur den Apfelrest neben ihren Teller fallen, nahm die Serviette, die sie benutzt hatte, um sich den Mund abzuwischen. Nachdem er sich auch die Hände daran abgeputzt hatte, hob er das Tablett auf und stellte es direkt neben der Zimmertür im Flur ab.

Dann kam er zurück und ging um das Bett herum auf die andere Seite; die Matratze senkte sich ab, als er sich auf der Decke ausstreckte. Er verschränkte die Arme über der Brust und die Füße an den Knöcheln und schloss die Augen.

Eine nach der anderen verlöschten die Kerzen. Als nur noch ein einziger Docht brannte, sagte er: »Die lasse ich an, damit du etwas sehen kannst.«

Sie sah ihn an. »Zsadist?«

»Mhm?«

»Als ich …« Sie räusperte sich. »Als ich in diesem

Rohr im Boden steckte, habe ich an dich gedacht. Ich wollte, dass du mich holst. Ich wusste, du könntest mich befreien.«

Seine Augenbrauen zogen sich zusammen, obwohl die Lider geschlossen waren. »Ich habe auch an dich gedacht.«

»Wirklich?« Sein Kinn bewegte sich auf und ab, und trotzdem fragte sie noch einmal: »Ehrlich?«

»Ja. An manchen Tagen … konnte ich an nichts anderes denken. Nur an dich.«

Bella merkte, wie ihre Augen sich weiteten. Sie drehte sich zu ihm herum und stützte den Kopf auf den Arm auf.

»Im Ernst?« Als er nicht reagierte, musste sie nachhaken. »Warum?«

Seine breite Brust dehnte sich aus und er atmete hörbar aus. »Ich wollte dich zurückholen. Sonst nichts.«

Ach so … er hatte nur seinen Job gemacht.

Bella ließ den Arm sinken und wandte sich von ihm ab. »Tja, dann … Danke, dass du gekommen bist.«

Es wurde still, und sie sah der Kerze auf dem Nachttisch beim Brennen zu. Die tränenförmige Flamme schlängelte sich, so schön, so grazil …

Zsadists Stimme war leise. »Die Vorstellung, dass du verängstigt und allein bist, fand ich unerträglich. Dass jemand dir wehgetan hatte. Ich konnte … nicht loslassen.«

Bella hielt den Atem an und schielte über die Schulter.

»Diese ganzen sechs Wochen konnte ich nicht schlafen«, fuhr er kaum hörbar fort. »Immer, wenn ich die Augen schloss, sah ich dich vor mir, wie du um Hilfe riefst.«

Obwohl sein Gesicht so abweisend war, klang seine

Stimme weich und wunderschön, wie die Kerzenflamme.

Da drehte er den Kopf herum und schlug die Augen auf. Tiefe Gefühle lagen in seinem schwarzen Blick. »Ich wusste nicht, wie lange du überleben kannst. Ich war so sicher, dass du bereits tot wärst. Aber dann fanden wir dich und hoben dich aus diesem Loch. Als ich sah, was er dir angetan hatte …«

Langsam drehte Bella sich um, sie wollte ihn nicht erschrecken und wieder einen Rückzug riskieren. »Ich kann mich an nichts erinnern.«

»Gut. Das ist gut.«

»Eines Tages … muss ich es erfahren. Wirst du es mir erzählen?«

Er schloss die Augen. »Wenn du wirklich unbedingt die Einzelheiten wissen willst.«

Eine Zeit lang schwiegen sie, dann rutschte er etwas näher zu ihr und drehte sich auf die Seite. »Ich will dich das eigentlich gar nicht fragen, aber wie sah er aus? Kannst du dich an irgendetwas Besonderes erinnern?«

Reichlich, dachte sie. *Viel zu viel.*

»Er, äh, er hat sich die Haare braun gefärbt.«

»Was?«

»Zumindest bin ich mir da ziemlich sicher. Ungefähr einmal die Woche ging er ins Badezimmer, und ich konnte die Chemikalien riechen. Und zwischendrin sah man einen Ansatz. Eine dünne weiße Linie auf der Kopfhaut.«

»Aber ich dachte immer, das Ausbleichen wäre gut, weil es bedeutet, dass man schon länger in der Gesellschaft ist.«

»Ich kann es dir nicht erklären. Ich glaube, er hatte … oder hat … eine Machtposition. Nach dem zu urteilen, was ich im Loch hören konnte, waren die anderen *Les-*

ser sehr vorsichtig in seiner Gegenwart. Und sie nannten ihn O.«

»Was noch?«

Sie erschauerte, es war wie eine Rückkehr in den Albtraum. »Er hat mich geliebt.«

Aus Zsadists Kehle drang ein Knurren, tief und bösartig. Das Geräusch gefiel ihr. Sie fühlte sich dadurch beschützt. Es gab ihr die Kraft, weiterzusprechen.

»Der *Lesser* hat immer gesagt, er … liebt mich, und das war irgendwie auch so. Er war besessen von mir.« Sehr langsam stieß sie den Atem aus, bemüht, ihr flatterndes Herz zu beruhigen. »Am Anfang hatte ich wahnsinnige Angst vor ihm, aber nach einer Weile habe ich seine Gefühle gegen ihn eingesetzt. Ich wollte ihm wehtun.«

»Und hast du das?«

»Manchmal ja. Ich habe ihn … zum Weinen gebracht.«

Zsadists Gesicht nahm einen eigenartigen Ausdruck an. Als wäre er … neidisch. »Wie hat sich das angefühlt?«

»Das möchte ich dir nicht sagen.«

»Weil es gut war?«

»Du sollst nicht denken, ich wäre grausam.«

»Grausamkeit ist etwas anderes als Rache.«

In der Welt der Krieger stimmte das womöglich. »Ich bin nicht sicher, ob ich dir da zustimme.«

Seine schwarzen Augen wurden zu Schlitzen. »Es gibt diejenigen, die dich vergelten würden. Das weißt du doch?«

Sie dachte daran, dass er hinaus in die Nacht ziehen und den *Lesser* jagen würde, und konnte den Gedanken nicht ertragen, er könnte verletzt werden. Dann stellte sie sich ihren Bruder vor, zornig und stolz, ebenfalls bereit, ihren Peiniger in Stücke zu reißen.

»Nein … ich möchte nicht, dass du das tust. Weder du, noch Rehvenge, noch sonst jemand.«

Ein Windstoß fuhr durch den Raum, als hätte man ein Fenster aufgestoßen. Sie sah sich um und stellte fest, dass der frostige Hauch von Zsadists Körper ausging.

»Hast du einen Partner?«, fragte er unvermittelt.

»Wieso fragst … Ach so, nein. Rehvenge ist mein Bruder. Nicht mein Partner.«

Die breiten Schultern lockerten sich wieder. Doch dann verfinsterte sich sein Gesicht. »Hattest du jemals einen?«

»Einen Partner? Eine Zeit lang ja. Aber es hat nicht funktioniert.«

»Warum?«

»Wegen meines Bruders.« Sie stockte. »Eigentlich stimmt das nicht. Aber als der Mann Rehvenge nicht die Stirn bieten konnte, habe ich den Respekt vor ihm verloren. Und dann … dann ließ der Typ Einzelheiten unserer Beziehung in der *Glymera* durchsickern, und die Lage wurde … kompliziert.«

Um genau zu sein, war sie furchtbar geworden. Der Ruf des Mannes war selbstverständlich unbeschädigt geblieben, wohingegen ihrer völlig den Bach hinuntergegangen war. Vielleicht fühlte sie sich deshalb von Zsadist so angezogen. Ihm war es egal, was die anderen von ihm hielten. Da gab es keine Täuschung, kein höfliches Benehmen, um seine Gedanken und Instinkte zu verbergen. Er war ehrlich, und eben diese Offenheit flößte ihr Vertrauen ein – auch wenn sie nur dazu diente, seine Wut zum Vorschein zu bringen.

»Wart ihr beide …« Seine Stimme erstarb.

»Waren wir was?«

»Ein Liebespaar?« Sofort fluchte Zsadist heftig. »Vergiss es, das geht mich nichts …«

»Ja, das waren wir. Rehvenge hat es herausgefunden, und in dem Augenblick fingen die Probleme an. Du weißt ja, wie die Aristokratie ist. Eine Frau, die bei jemandem liegt, der nicht offiziell ihr Partner ist – eine solche Frau ist für den Rest ihres Lebens ruiniert. Ich meine, ich habe mir schon immer gewünscht, als Zivilistin geboren worden zu sein. Aber man kann sich seine Blutlinie nicht aussuchen, stimmt's?«

»Hast du den Mann geliebt?«

»Das dachte ich zumindest eine Weile. Aber … nein.« Ihr fiel der Totenkopf neben Zsadists Decken wieder ein. »Hast du jemals geliebt?«

Er fletschte die Zähne. »Was, zum Teufel, glaubst du denn?«

Als sie vor ihm zurückwich, schloss er die Augen. »Entschuldige. Ich meinte, nein. Nein, habe ich nicht.«

Aber warum hob er dann diesen Totenkopf auf? Wer war das gewesen? Sie wollte ihn gerade fragen, als er das Thema wechselte. »Dein Bruder will sich diesen *Lesser* schnappen?«

»Ganz bestimmt. Rehvenge ist … Na ja, er ist schon seit dem Tod meines Vaters der Haushaltsvorstand. Damals war ich noch sehr jung. Und Rehvenge ist sehr aggressiv. Extrem aggressiv.«

»Dann sag ihm Bescheid, dass er sich gefälligst zurückhalten soll. Ich werde dich vergelten.«

Sie sah ihm in die Augen. »Nein.«

»Doch.«

»Aber ich will das nicht.« Sie könnte sich nie verzeihen, wenn er dabei getötet würde.

»Und ich kann nicht anders.« Fest kniff er die Augen zu. »Ich bekomme keine Luft, solange das Schwein noch da draußen frei herumläuft. Er muss sterben.«

Furcht und Dankbarkeit schnürten ihr gleichermaßen die Brust zusammen. Aus einem Impuls beugte sie sich über ihn und küsste ihn auf die Lippen.

Mit einem Zischen riss er den Kopf zurück, die Augen so weit aufgerissen, als hätte sie ihn geohrfeigt.

Lieber Himmel. Warum hatte sie das getan? »Tut mir leid, tut mir leid. Ich …«

»Nein, ist schon okay. Alles okay.« Er drehte sich auf den Rücken und hob die Hand an den Mund. Seine Finger rieben hin und her über seine Lippen, als wollte er ihren Kuss von sich abwischen.

Als sie tief aufseufzte, fragte er: »Was ist denn los?«

»Bin ich so abstoßend?«

Er ließ den Arm sinken. »Nein.«

Glatt gelogen. »Vielleicht sollte ich dir einen Waschlappen holen, wie wäre das?«

Doch als sie aus dem Bett schießen wollte, klammerte er seine Hand um ihren Arm. »Das war mein erster Kuss, okay? Ich hab einfach nicht damit gerechnet.«

Bella stockte der Atem. Wie konnte das denn sein?

»Um Himmels willen, jetzt schau mich doch nicht so an.« Er ließ sie los und starrte wieder an die Decke.

Sein erster Kuss … »Zsadist?«

»Was.«

»Wirst du mich das noch mal tun lassen?«

Eine lange, lange Pause entstand. Bella kroch zaghaft zu ihm herüber, schob ihren Körper zwischen Laken und Decke hindurch.

»Ich werde dich sonst nirgendwo anfassen. Nur meine Lippen. Auf deinen.«

Dreh den Kopf, bat sie ihn wortlos. *Dreh den Kopf und sieh mich an.*

Und dann tat er es.

Sie wartete nicht lange auf eine goldgeprägte Einladung seinerseits. Fest presste sie ihre Lippen auf seine, dann hob sie den Kopf und schwebte knapp über ihm. Als er sich nicht rührte, senkte sie das Gesicht wieder und strich ihm dieses Mal sanft über die Lippen. Er keuchte leise.

»Zsadist?«

»Ja«, flüsterte er.

»Lass deine Lippen ganz locker für mich.«

Darauf bedacht, ihn nicht zu bedrängen, stützte sie sich auf die Ellbogen und näherte sich ihm wieder. Seine Lippen waren bestürzend weich, außer an der Stelle, an der die obere Lippe vernarbt war. Um ihm zu versichern, dass diese Unvollkommenheit für sie keine Rolle spielte, verweilte sie absichtlich an dieser Stelle, kehrte wieder und wieder dorthin zurück.

Und dann geschah es: Er erwiderte den Kuss. Es war nur eine kaum merkliche Bewegung seines Mundes, aber sie konnte sie bis in ihr Innerstes spüren. Als er den Druck noch einmal erwiderte, belohnte sie ihn mit einem kleinen Aufstöhnen und überließ ihm die Führung.

Er war so sachte, tastete sich so überaus sanft über ihren Mund. Er küsste sie so süß und vorsichtig, und er schmeckte nach Apfel, Gewürz und Männlichkeit. Und die Berührung zwischen ihnen – leicht und langsam – erfüllte sie mit einem schmerzlichen Sehnen.

Als sie verstohlen die Zunge hinausschob und ihn leckte, zog er den Kopf heftig zurück. »Ich weiß nicht, was ich hier eigentlich mache.«

»O doch.« Sie senkte den Kopf, um den Kontakt nicht zu verlieren. »Und wie du das weißt.«

»Aber …«

Sie brachte ihn mit ihren Lippen zum Schweigen, und es dauerte nicht lange, bis er wieder im Spiel war. Als ihre Zunge wieder über seinen Mund strich, öffnete er die Lippen und seine eigene kam ihr entgegen, glatt und warm. Ein langsames Umkreisen begann … und dann war er in ihrem Mund, drängend, suchend.

Sie spürte das Begehren in ihm aufwallen, die Hitze und das Verlangen in seinem Körper wachsen. Sie hungerte danach, fest an ihn gezogen zu werden. Als er das nicht tat, zog sie den Kopf zurück und betrachtete ihn. Seine Wangen brannten, die Augen glitzerten. Er gierte nach ihr, doch er rührte sich nicht und kam ihr nicht näher. Und das würde er auch nicht tun.

»Ich möchte dich berühren«, sagte sie.

Doch als sie die Hand hob, wurde er ganz starr und packte grob ihr Handgelenk. Angst lauerte direkt unter seiner Oberfläche; sie konnte fühlen, wie sie durch seinen Körper floss, wie er sich verkrampfte. Geduldig wartete sie, bis er sich entschieden hatte. Sie würde ihn in dieser Sache nicht drängen.

Allmählich lockerte sich sein Griff. »Mach … einfach nur langsam.«

»Ich verspreche es dir.«

Sie fing mit seinem Arm an, fuhr mit der Fingerspitze über die glatte, unbehaarte Haut. Seine Augen verfolgten jede ihrer Bewegungen mit einem Misstrauen, an dem sie keinen Anstoß nahm, und seine Muskeln zuckten und flatterten unter der Berührung. Langsam streichelte sie ihn, ließ ihn sich an die Empfindung gewöhnen, und als sie sicher war, dass er sich wohlfühlte, beugte sie sich herunter und legte die Lippen auf seinen Bizeps. Seine Schulter. Das Schlüsselbein. Den Brustmuskel.

Sie steuerte auf seine gepiercte Brustwarze zu.

Als sie dem Silberring mit der kleinen Kugel ganz nahe gekommen war, hob sie den Kopf. Seine Augen waren weit aufgerissen, so weit, dass das Weiße um seine schwarzen Iris zu sehen war.

»Ich möchte dich hier küssen«, sagte sie. »In Ordnung?«

Er nickte und leckte sich über die Lippen.

Bei der ersten Berührung durch ihren Mund zuckte sein Körper, als hätte man ihm einen Stromstoß versetzt. Sie hörte nicht auf. Sie saugte das Piercing in den Mund und wirbelte ihre Zunge darum herum.

Zsadist stöhnte. Das tiefe Geräusch brachte seine Brust zum Vibrieren; dann atmete er zischend ein. Er warf den Kopf rückwärts ins Kissen, hielt ihn aber so angewinkelt, dass er sie weiter beobachten konnte.

Als sie an dem Silberreif züngelte und dann ein bisschen daran zupfte, bäumte er sich vom Bett auf, ein Bein angewinkelt, die Ferse in die Matratze gebohrt. Wieder kitzelte sie seine Brustwarze und wieder, bis er die Decke zwischen den Fäusten zerknüllte.

»O … *verdammt* … Bella …« Sein Atem ging schnell und heftig, er strahlte Hitze ab. »Was machst du mit mir?«

»Soll ich aufhören?«

»Entweder das, oder du machst es härter.«

»Wie wäre es mit ein bisschen mehr?«

»Ja … ein bisschen mehr.«

Sie bearbeitete ihn mit dem Mund, spielte mit dem Ring, trieb ihn immer weiter, bis seine Hüften sich hin und her wanden.

Als sie an seinem Körper herunterblickte, verlor sie den Rhythmus. Seine Erektion war enorm und drängte von innen gegen den dünnen Stoff der Trainingshose, und sie konnte alles erkennen: die Spitze mit dem eleganten Rand, den kräftigen Schaft, die beiden Gewichte darunter.

Er war … riesig.

Sie wurde unglaublich feucht zwischen den Schenkeln

und hob ihm ihre Augen entgegen. Seine Lider waren immer noch weit aufgerissen, und sein Mund stand offen. In seiner Miene standen Ehrfurcht, Entsetzen und Hunger im Widerstreit.

Sie steckte ihm den Daumen zwischen die Lippen. »Saug an mir.«

Kraftvoll zog er an ihrem Finger, ohne sie aus den Augen zu lassen. Sie machte weiter in ihrem Liebesspiel. Ein wilder Taumel ergriff Besitz von ihm; sie konnte es spüren. Die Lust baute sich in ihm auf, verwandelte ihn in ein Pulverfass. Und verflucht noch mal, sie wollte ihn. Sie wollte, dass er ihretwegen explodierte. In ihr explodierte.

Sie ließ von seiner Brustwarze ab, zog ihren Daumen aus seinem Mund und stieß ihm die Zunge zwischen die Lippen. Er stöhnte wild auf bei diesem Eindringen, sein mächtiger Körper wehrte sich gegen seinen eigenen festen Griff um die Decke.

Sie wünschte sich, er würde loslassen und sie anfassen, aber sie konnte nicht länger warten. Dieses erste Mal müsste sie die Kontrolle übernehmen. Ungeduldig schob sie die Decke beiseite, schob ihren Oberkörper auf seine Brust und warf ein Bein über seine Hüfte.

Sobald er ihr Gewicht auf sich spürte, wurde er stocksteif und hörte auf, ihren Kuss zu erwidern.

»Zsadist?«

Er schleuderte sie mit solcher Heftigkeit von sich herunter, dass sie von der Matratze abprallte.

Keuchend und abgekämpft stürzte Zsadist aus dem Bett. Sein Körper war gefangen zwischen Gegenwart und Vergangenheit, zum Zerreißen gespannt zwischen beiden.

Ein Teil von ihm wollte mehr von dem, was Bella mit ihm anstellte. Er gierte danach, den ersten Geschmack von Erregung weiter zu erforschen. Die Empfindungen waren unglaublich. Eine Offenbarung. Das einzig Gute, das er seit … Ewigkeiten gefühlt hatte.

Gütige Jungfrau im Schleier, kein Wunder, dass Vampire töteten, um ihre Partnerinnen zu beschützen.

Aber er konnte es einfach nicht ertragen, eine Frau auf sich zu spüren, selbst Bella nicht, und die wilde Panik, die durch seine Adern hämmerte, war gefährlich. Was, wenn er durchdrehte? Um Himmels willen, er hatte sie schon quer über das verdammte Bett geworfen.

Er sah sie von der Seite an. Zwischen den zerwühlten Laken und verstreut liegenden Kissen war sie so schmerzhaft schön. Doch er hatte schreckliche Angst vor ihr, und genau darum schreckliche Angst *um* sie. Die Berührungen und die Küsse, sosehr sie ihm anfangs gefallen hatten, lösten zu viel in ihm aus. Und er konnte nicht zulassen, dass er derart die Beherrschung verlor, solange er in ihrer Nähe war.

»So weit lassen wir es nie wieder kommen«, sagte er. »Das machen wir nie wieder.«

»Aber es hat dir gefallen.« Ihre Stimme war sanft, aber fest. »Ich konnte spüren, wie dein Blut unter meinen Fingern raste.«

»Darüber gibt es keine Diskussion.«

»Du bist hart für mich.«

»Willst du unbedingt verletzt werden?« Sie umklammerte das Kissen noch fester, aber er gab nicht nach. »Denn ganz ohne Umschweife: Sex und ich, das funktioniert nur auf eine einzige Art und Weise, und daran willst du bestimmt nicht teilhaben.«

»Ich mochte es, wie du mich geküsst hast. Ich möchte bei dir liegen. Dich lieben.«

»Mich lieben? *Mich lieben?*« Er breitete die Arme weit aus. »Bella … alles, was ich dir anbieten kann, ist ficken.

Dir wird es nicht gefallen, und um ehrlich zu sein, ich möchte dich auch nicht so nehmen. Du bist so viel besser als das.«

»Ich habe deine Lippen auf meinen gespürt. Sie waren sanft …«

»Ach, *bitte* …«

»Halt den Mund, und lass mich ausreden!«

Zsadists Kinnlade klappte herunter, als hätte sie ihm einen Stiefel in den Hintern gerammt. Niemand erlaubte sich jemals diesen Ton bei ihm. Allein das hätte schon seine Aufmerksamkeit erregt, aber dass sie es war, die das wagte, machte ihn sprachlos.

Bella warf sich die Haare über die Schulter. »Wenn du nicht mit mir zusammen sein willst, bitte. Sag es einfach. Aber versteck dich nicht hinter der Behauptung, du wolltest mich beschützen. Glaubst du etwa, ich wüsste nicht, dass Sex mit dir krass wäre?«

»Willst du es deshalb?«, fragte er mit tonloser Stimme. »Glaubst du, nach dem *Lesser* verdienst du nur noch, verletzt zu werden?«

Sie runzelte die Stirn. »Überhaupt nicht. Aber wenn ich dich nur so haben kann, dann nehme ich dich eben so.«

Er fuhr sich mit der Hand über den rasierten Schädel, in der Hoffnung, die Reibung würde seinen Verstand wieder in Gang bringen.

»Ich glaube, du bist verwirrt.« Er starrte auf den Boden. »Du hast keine Ahnung, was du da gerade sagst.«

»Du überheblicher Sack«, fauchte sie.

Abrupt klappte Zs Kopf nach oben. Arschtritt Numero zwei … »Wie bitte?«

»Tu uns beiden einen Gefallen und versuch nicht, für mich zu denken, okay? Weil dabei nämlich sowieso nur Blödsinn rauskommt.« Damit marschierte sie hoch erhobenen Hauptes ins Badezimmer und knallte die Tür hinter sich zu.

Zsadist blinzelte ein paarmal. *Was zum Henker war das denn jetzt gewesen?*

Er sah sich im Zimmer um, als könnten die Möbel oder die Gardinen ihm weiterhelfen, das alles zu verstehen. Dann schnappte sein feines Gehör ein leises Geräusch auf. Sie ... weinte.

Fluchend ging er zur Badezimmertür. Er klopfte nicht, drehte nur am Knauf und ging hinein. Sie stand neben der Dusche, die Arme verschränkt. Tränen kullerten aus ihren Saphiraugen.

Jungfrau und Schleier. Was sollte denn ein Mann in so einer Situation tun?

»Es tut mir leid«, murmelte er. »Wenn ich ... äh, deine Gefühle verletzt habe oder so was.«

Sie funkelte ihn wütend an. »Ich bin nicht verletzt. Ich bin stinksauer und sexuell frustriert.«

Sein Kopf zuckte heftig zurück. *Aha ... tja. Okaaaaaay.*

Mann, nach diesem Gespräch würde er eine Halskrause brauchen.

»Ich sag es gern noch mal, Zsadist. Wenn du nicht bei mir liegen willst, dann ist das okay. Aber versuch nicht, mir einzureden, dass ich nicht weiß, was ich will.«

Z pflanzte seine Handflächen auf die Hüftknochen und hielt den Blick auf die Marmorfliesen gerichtet. *Sag jetzt nichts, Idiot. Halt einfach nur den Mund ...*

»Darum geht es nicht«, platzte er heraus. Noch während die Worte in der Luft schwebten, verwünschte er sich. Reden war schlecht. Reden war eine echt miserable Idee ...

»Darum geht es nicht? Also willst du mich doch?«

Er dachte an seine Stange, die immer noch versuchte,

sich einen Weg aus seiner Hose zu bahnen. Bella hatte Augen im Kopf. Sie konnte das verdammte Ding sehen. »Du weißt, dass ich es will.«

»Gut, aber wenn ich bereit bin, … hart … genommen zu werden« Sie hielt inne, und er hatte das Gefühl, sie würde erröten. »Warum können wir dann nicht zusammen sein?«

Sein Atem ging so flach, dass seine Lungen zu brennen begannen, und sein Herz hämmerte. Er fühlte sich, als stünde er an einem Abgrund und schaute hinunter. Du lieber Himmel, er würde es ihr doch nicht tatsächlich erzählen? Oder?

Sein Magen drehte sich um, als die Worte aus ihm hervorsprudelten. »Sie hat mich immer geritten. Die Herrin. Wenn sie … zu mir kam, lag sie immer oben. Du, ähm, du hast dich auf meine Brust gelegt und … genau, also das funktioniert bei mir nicht.«

Er rieb sich das Gesicht, sowohl um sich vor ihr zu verstecken, als auch um seine plötzlichen Kopfschmerzen zu bekämpfen.

Er hörte ein tiefes Ausatmen. Begriff, dass sie das war.

»Zsadist, entschuldige. Ich wusste ja nicht …«

»Ja … verdammt … vielleicht vergisst du einfach, dass ich das gesagt habe.« Er musste von hier weg, bevor er noch mehr ausplaudern konnte. »Hör mal, ich gehe jetzt …«

»Was hat sie dir angetan?« Bellas Stimme war so fein wie ein einzelnes Haar.

Er sah sie eindringlich an. *O nein, kommt nicht infrage,* dachte er.

Jetzt machte sie einen Schritt auf ihn zu. »Zsadist, hat sie … dich gegen deinen Willen genommen?«

Er wandte sich ab. »Ich gehe trainieren. Bis später.«

»Nein, warte …«

»Bis später, Bella. Ich … kann das nicht.«

Auf dem Weg nach draußen, schnappte er sich seine Turnschuhe und den MP3-Player.

Er musste jetzt laufen, weit und schnell. Schön lang … laufen. Vielleicht brachte es ihn nirgendwohin. Und wenn schon. Zumindest hätte er die verschwitzte Illusion, sich selbst entkommen zu können.

21

Entrüstet sah Phury zu, wie Butch auf dem Billardtisch seinen Stoß vorbereitete. Irgendetwas stimmte nicht mit dem Menschen, aber da der Polizist drei Kugeln mit einem einzigen Stoß versenkte, lag es mit Sicherheit nicht an dem Spiel.

»Mann, Butch. Vier Siege nacheinander. Kannst du mir erklären, warum ich überhaupt mit dir spiele?«

»Die Hoffnung stirbt zuletzt.« Butch kippte sich den Rest aus seinem Glas in den Hals. »Willst du eine Revanche?«

»Warum nicht. Schlimmer kann's ja nicht werden.«

»Du baust auf, und ich schenke nach.«

Während Phury die Kugeln zusammensammelte, wurde ihm klar, was das Problem war. Jedes Mal, wenn er sich abwandte, glotzte Butch ihn so komisch an.

»Hast du was auf dem Herzen, Bulle?«

Butch goss sich Lagavulin ins Glas und nahm dann einen tiefen Schluck. »Nichts Besonderes.«

»Du lügst. Seit wir vom *Zero Sum* zurückgekommen sind, taxierst du mich so merkwürdig. Warum spuckst du's nicht einfach aus?«

Butchs haselnussbraune Augen blickten ihn offen an. »Bist du schwul?«

Phury ließ die Achterkugel fallen und hörte sie dumpf auf dem Marmorboden aufschlagen. »Was? Wie kommst du denn …«

»Ich hörte, du sollst dem Reverend ziemlich nahe gekommen sein.« Als Phury fluchte, hob Butch die schwarze Kugel wieder auf und rollte sie über den grünen Filz. »Hör mal, ich hab damit kein Problem, wenn du keines hast. Es geht mir ehrlich am Arsch vorbei, auf wen du stehst. Ich würde es nur ganz gern wissen.«

Das ist ja absolut großartig, dachte Phury. Nicht nur schmachtete er die Frau an, die seinen Zwillingsbruder wollte; nein, jetzt hatte er angeblich auch noch was mit einem beschissenen *Symphathen.*

Diese Vampirin, die in sein kleines Gespräch mit dem Reverend geplatzt war, hatte offensichtlich die Klappe nicht halten können und … *Mist.* Butch hatte es bestimmt brühwarm Vishous erzählt. Die beiden waren wie ein altes Ehepaar, zwischen ihnen gab es keine Geheimnisse. Und V würde es Rhage stecken. Und wenn Rhage es erst wusste, könnte man genauso gut eine Meldung bei Reuters rausgeben.

»Phury?«

»Nein, ich bin nicht schwul.«

»Du musst dich vor mir nicht verstellen oder so.«

»Das würde ich auch nicht tun. Ich bin es nur einfach nicht.«

»Bist du dann bi?«

»Butch, lass stecken. Wenn überhaupt einer von den Brüdern sich für das andere Ufer interessiert, dann ist das dein Mitbewohner.« Als der Polizist ihn mit großen Augen anglotzte, murmelte er: »Komm schon, du musst doch inzwischen über V Bescheid wissen. Du wohnst mit ihm zusammen.«

»Offenbar nicht … O, hallo, Bella.«

Phury wirbelte herum. Bella stand in einem schwarzen Morgenmantel auf der Türschwelle. Er konnte den Blick nicht von ihr lösen. Ein gesunder Schimmer war in ihr ebenmäßiges Gesicht zurückgekehrt, die Wunden verschwunden, die Schönheit wieder zum Vorschein gekommen. Sie war … überwältigend.

»Hallo«, sagte sie. »Phury, könnte ich wohl kurz mit dir sprechen? Wenn du fertig gespielt hast?«

»Butch, hast du was dagegen, eine kleine Pause zu machen?«

»Kein Problem. Bis später, Bella.«

Als der Polizist den Raum verließ, steckte Phury sein helles Holzqueue mit übertriebener Präzision zurück in den Wandhalter. »Du siehst gut aus. Wie fühlst du dich?«

»Besser. Viel besser.«

Weil sie sich von Zsadist genährt hatte.

»Also … was gibt's?« Er versuchte, sich nicht Bella an der Vene seines Zwillingsbruders vorzustellen.

Ohne ihm zu antworten, ging sie zur Terrassentür hinüber, der Morgenmantel wehte hinter ihr her über den Marmorfußboden wie ein Schatten. Beim Laufen strichen die Spitzen ihrer langen Haare über ihren Rücken und wiegten sich mit dem Schwung ihrer Hüften. Hunger überfiel ihn mit plötzlicher Macht, und er betete, dass sie den Duft nicht bemerkte.

»Sieh mal, Phury, der Mond ist beinahe voll.« Sie legte die Hand auf die Scheibe. »Ich wünschte, ich könnte …«

»Willst du nach draußen? Ich könnte dir einen Mantel holen.«

Sie lächelte ihn über die Schulter hinweg an. »Ich habe keine Schuhe.«

»Die kann ich dir auch bringen. Warte hier.«

In null Komma nichts kam er mit einem Paar pelzgefütterter Stiefel und einem viktorianischen Cape zurück, die Fritz aus einem Schrank gezogen hatte.

»Du bist aber fix«, sagte Bella, als er ihr den blutroten Samt um die Schultern legte.

Er kniete sich vor sie. »Lass mich dir beim Anziehen helfen.«

Sie hob ein Knie an, und als er ihr den Stiefel über den Fuß streifte, versuchte er nicht zu bemerken, wie weich die Haut an ihrem Knöchel war. Oder wie quälend ihr Duft für ihn war. Oder, dass er einfach nur den Morgenmantel auseinanderschieben müsste und …

»Und jetzt den anderen«, sagte er heiser.

Dann öffnete er ihr die Tür, und sie gingen zusammen hinaus, ihre Schritte knirschten über den Schnee, der die Terrasse bedeckte. Am Rande der Wiese zog sie das Cape enger um sich und blickte auf. Ihr Atem kam in kleinen weißen Wölkchen aus ihrem Mund, und der Wind neckte den roten Samtstoff um ihren Körper, als wollte er ihn streicheln.

»Die Sonne geht bald auf«, sagte sie.

»Es dauert nicht mehr lang«, bestätigte er.

Er fragte sich, worüber sie wohl mit ihm sprechen wollte, doch dann wurde ihr Gesicht ganz ernst, und er wusste, warum sie hier war. Zsadist. Natürlich.

»Ich möchte von dir etwas über ihn erfahren«, murmelte sie. »Über deinen Zwilling.«

»Was willst du wissen?«

»Wie wurde er zum Sklaven?«

Verflucht ... Er wollte nicht mit ihr über die Vergangenheit sprechen.

»Phury? Wirst du es mir erzählen? Ich würde ihn ja fragen, aber ...«

Ach, zur Hölle. Es gab keinen guten Grund, ihr nicht zu antworten. »Eine Kinderfrau entführte ihn. Sie schmuggelte ihn aus dem Haus, als er sieben Monate alt war. Wir konnten sie nirgendwo finden, und soweit ich in Erfahrung bringen konnte, starb sie zwei Jahre später. Daraufhin wurde er von demjenigen, der ihn gefunden hatte, in die Sklaverei verkauft.«

»Das muss für eure gesamte Familie schrecklich gewesen sein.«

»Es war unerträglich. Ein Tod ohne einen Körper, den wir begraben konnten.«

»Und als ... als er ein Blutsklave war ...« Sie holte tief Luft. »Weißt du, was dort mit ihm geschehen ist?«

Phury rieb sich den Nacken. Noch zögerte er, deshalb sagte sie: »Ich spreche nicht über die Narben oder über das erzwungene Nähren. Ich möchte erfahren ... was ihm möglicherweise sonst noch angetan wurde.«

»Weißt du, Bella ...«

»Ich muss es wissen.«

»Warum?« Natürlich kannte er die Antwort. Sie wollte bei Z liegen, hatte es vermutlich schon probiert. Das war das *Warum.*

»Ich muss es eben wissen.«

»Dann solltest du ihn fragen.«

»Er wird es mir nicht erzählen, das weißt du genau.« Sie legte ihm die Hand auf den Arm. »Bitte. Hilf mir, ihn zu verstehen.«

Phury schwieg immer noch. Er redete sich ein, dass er das tat, um Zs Privatsphäre zu schützen, und zum Großteil stimmte das auch. Nur ein winziger Teil von ihm wollte nicht daran beteiligt sein, Z in ihr Bett zu legen.

Bella drückte seinen Arm. »Er sagt, er wurde festgebunden. Und dass er es nicht ertragen kann, eine Frau auf sich zu haben, wenn …« Sie brach ab. »Was hat man ihm angetan?«

Wahnsinn. Zsadist hatte tatsächlich mit ihr über seine Gefangenschaft gesprochen?

Phury fluchte leise. »Er wurde für mehr benutzt als nur zum Nähren. Mehr will ich dazu nicht sagen.«

»Lieber Himmel.« Ihre Knie gaben nach. »Ich musste es einfach von jemandem hören. Ich musste Gewissheit haben.«

Als ein kalter Wind aufkam, atmete er tief ein, aber sein Hals war wie zugeschnürt. »Du solltest wieder reingehen, bevor du dir noch eine Erkältung holst.«

Sie nickte und wollte losgehen. »Kommst du nicht?«

»Ich rauche zuerst noch eine. Geh schon.«

Er sah ihr nicht nach, als sie zurück ins Haus ging, aber er hörte die Tür zuklappen.

Mit den Händen in den Taschen ließ er den Blick über den weiß gezuckerten Rasen schweifen. Dann schloss er die Augen und ließ die Vergangenheit vor seinem geistigen Auge vorbeiziehen.

Sobald Phury seine Transition überstanden hatte, machte er sich auf die Suche nach seinem Zwillingsbruder, bereiste das Alte Land, machte Haushalte ausfindig, die wohlhabend genug waren, um sich Dienstboten zu halten. Mit der Zeit hörte er wieder und wieder das Gerücht, es gebe einen Vampir, so groß wie ein Krieger, der von einer Vampirin aus den obersten Rängen der Glymera *gefangen gehalten wurde. Doch er konnte den genauen Aufenthaltsort dieses Vampirs nicht herausfinden.*

Was nicht überraschend war. Damals, im frühen neunzehn-

ten Jahrhundert, lebte die Spezies noch vergleichsweise abgeschottet, und die alten Regeln und Bräuche hatten noch viel Gewicht. Für jemanden, der sich einen Krieger als Blutsklaven hielt, hätte das Gesetz die Todesstrafe vorgesehen. Deshalb musste Phury sehr diskret bei seiner Suche sein. Hätte er eine Versammlung der Aristokraten eingefordert und einen Aufruf zur Rückkehr seines Zwillings gemacht; oder hätte man ihn dabei ertappt, wie er Zsadist zu finden suchte, so hätte er ebenso gut selbst seinem Bruder den Dolch in die Brust stoßen können: Zsadist zu töten und seine Leiche verschwinden zu lassen, wäre die beste und einzige Verteidigung des Missetäters gewesen.

Gegen Ende des Jahrhunderts hatte er die Hoffnung schon beinahe aufgegeben. Seine Eltern waren inzwischen beide eines natürlichen Todes gestorben. Die Vampirgesellschaft im Alten Land war zersplittert, und die erste Auswanderungswelle nach Amerika hatte bereits eingesetzt. Er war wurzellos, durchstreifte Europa, jagte geflüsterten Gerüchten und verstohlenen Andeutungen nach … als er plötzlich fand, wonach er gesucht hatte.

In der Nacht, als das geschah, befand er sich auf englischem Boden. Er hatte ein Treffen unter seinesgleichen in einem Schloss hoch oben auf den Klippen von Dover besucht. In einer dunklen Ecke des Ballsaals stehend, hörte er zufällig die Unterhaltung zweier Vampire mit an, die von der Gastgeberin sprachen. Sie erzählten, sie habe einen unglaublich prächtig ausgestatteten Blutsklaven, und dass sie sich gerne beobachten lasse und ihn manchmal sogar mit anderen teile.

Phury hatte an eben jenem Abend begonnen, der Vampirin den Hof zu machen.

Er machte sich keine Sorgen, dass sein Gesicht ihn verraten könnte, obwohl er und Zsadist eineiige Zwillinge waren. Zum einen trug er die Kleider eines wohlhabenden Mannes, und niemand würde jemanden von seinem Stand verdächtigen, nach einem Sklaven zu suchen, der als kleines Kind rechtmäßig auf dem Markt erworben worden war. Und zum anderen gab er stets Acht darauf, sich zu verstellen. Er hatte sich ein Bärtchen wachsen lassen, um seine Gesichtszüge zu verändern, und er verbarg seine Augen hinter einer dunklen Brille, angeblich, da er nicht besonders gut sah.

Ihr Name war Catronia gewesen. Als Aristokratin von großem Wohlstand hatte sie sich mit einem Halbblut, der als Kaufmann Geschäfte in der Welt der Menschen betrieb, vereinigt. Augenscheinlich war sie viel allein, da ihr Hellren *ausgedehnte Reisen unternahm, aber dem Gerücht zufolge hatte sie den Blutsklaven schon vor ihrem Partner besessen.*

Phury bat darum, in ihrem Haushalt willkommen geheißen zu werden, und da er gebildet und aufmerksam war, überließ sie ihm einen Raum, obgleich er etwas unbestimmt blieb, was seine Abstammung betraf. Die Höfe waren zu der Zeit voller Prahler, und sie fühlte sich von ihm angezogen, weswegen sie offenbar willens war, gewisse Formalitäten zu übergehen. Doch sie war auch vorsichtig. Wochen vergingen, und wenn sie auch viel Zeit mit ihm verbrachte, so nahm sie ihn doch nie mit zu dem Sklaven, den sie angeblich besaß.

Bei jeder sich bietenden Gelegenheit suchte er das Anwesen und die Gebäude ab, in der Hoffnung, seinen Zwillingsbruder in einer Zelle versteckt zu finden. Doch die Schwierigkeit dabei war, dass er überall beobachtet wurde und Catronia ihn meist mit Beschlag belegte. Wann immer ihr Hellren *abreiste, was ziemlich häufig vorkam, kam sie in Phurys Quartier, und je mehr er ihr auswich, desto mehr begehrte sie ihn.*

Zeit … es war nur eine Frage der Zeit. Dazu kam, dass sie einfach nicht widerstehen konnte, ihre Trophäe vorzuführen, ihr Spielzeug, ihren Sklaven. Eines Nachts, kurz vor Tagesanbruch, hatte sie ihn zum ersten Mal in ihr Schlafgemach gebeten. Der geheime Eingang, nach dem er gesucht hatte, befand sich in ihrem Vorzimmer, in der Rückwand eines Schranks. Zusammen stiegen sie eine breite, steile Treppe hinunter.

Phury erinnerte sich noch genau an die dicke Eichentür,

die am Fuße der Treppe aufschwang, und an den Anblick des Mannes, der nackt, mit gespreizten Beinen auf ein mit Gobelins bedecktes erhöhtes Lager gekettet war.

Zsadist hatte an die Decke gestarrt. Sein Haar war so lang, dass es auf den Steinboden herabfiel. Er war sauber rasiert und eingeölt, als hätte man ihn für ihr Vergnügen vorbereitet, und er roch nach teuren Gewürzen. Die Frau ging ohne Umschweife auf ihn zu und streichelte ihn liebevoll, aber ihre gierigen braunen Augen wanderten besitzergreifend über seinen Körper.

Phurys Hand war zum Dolch geschnellt, noch bevor er wusste, was er da tat. Als hätte er die Bewegung gespürt, hatte Zsadists Kopf sich langsam gedreht, und seine toten schwarzen Augen hatten den Abstand zwischen ihnen überbrückt. Da war kein Aufblitzen von Erkennen gewesen. Nur brennender Hass.

Entsetzen und Kummer hatten Phury ergriffen, doch er ließ sich nicht beirren und suchte nach einem Fluchtweg. Auf der anderen Seite der Zelle befand sich eine weitere Tür, aber sie hatte weder Knauf noch Klinke, nur einen kleinen Schlitz einen guten Meter über dem Boden. Er hatte noch gedacht, er könnte sie vielleicht durchbr…

Catronia begann, seinen Bruder intim zu berühren. Sie hatte eine Salbe auf ihren Händen verstrichen, und während sie die Männlichkeit seines Zwillings liebkoste, sagte sie abscheuliche Dinge über die Größe, die sein Schwanz erreichen würde. Phury fletschte die Fänge und hob den Dolch.

Da schwang plötzlich die Tür gegenüber auf. Im Rahmen stand ein weichlicher Höfling in einem hermelinbesetzten Umhang. Völlig außer sich verkündete er, Catronias Hellren *sei unerwartet zurückgekehrt und suche nach ihr. Die Gerüchte über Phury und sie waren ihm offenbar zu Ohren gedrungen.*

Phury kauerte sich hin, bereit, die Vampirin und ihren Höfling zu töten. Doch das Geräusch donnernder Füße – sehr vieler Füße – hallte schon durch den Raum.

Schon kam der Hellren *die geheime Treppe hinabgeeilt, und er und seine Privatwache drängten in die Zelle. Der Mann hatte völlig verblüfft gewirkt, ganz eindeutig hatte er keine Ahnung gehabt, dass seine* Shellan *sich einen Blutsklaven hielt. Catronia erhob das Wort, doch er schlug sie so fest ins Gesicht, dass sie gegen die Steinwand prallte.*

Dann brach das Chaos los. Die Privatwache stürzte sich auf Phury. Der Hellren *ging mit einem Messer auf Zsadist los.*

Die Soldaten des Hofes zu töten, war eine langwierige und blutige Angelegenheit, und als Phury sich endlich aus dem Handgemenge befreien konnte, war von Zsadist nichts zu entdecken außer einer Blutspur, die aus der Zelle herausführte.

Phury rannte los in den Korridor, durch die unterirdischen Gänge des Schlosses, immer der roten Fährte folgend. Als er aus dem Burgverlies trat, dämmerte schon fast der Morgen. Er musste Zsadist unbedingt finden. Er hielt kurz an, um sich zu orientieren, und vernahm ein rhythmisches Geräusch durch die Luft schnalzen.

Eine Peitsche.

Zu seiner Rechten hatte man Zsadist an einem Ast über der Klippe aufgehängt, und vor dem Hintergrund der weiten See wurde er bis aufs Blut ausgepeitscht.

Phury griff die drei Wachen an, die seinen Zwillingsbruder schlugen. Obwohl die Männer sich heftig wehrten, war er doch halb wahnsinnig vor Zorn. Er tötete sie alle drei, dann machte er Zsadist los, nur um fünf weitere Wachen dicht aneinandergedrängt aus dem Schloss auf sich zustürmen zu sehen.

So kurz vor Sonnenaufgang, dessen erster Schimmer schon auf seiner Haut brannte, wusste Phury, er hatte keine Zeit mehr zu verlieren. Er warf sich Zsadist über die Schulter, schnappte sich eine der Pistolen von den toten Wachen und schob sich die Waffe in den Gürtel. Dann schätzte er die Höhe der Felsen über dem Wasser ab. Nicht der beste Fluchtweg in die Freiheit, aber weit besser, als sich den Weg zurück zum Schloss zu erkämpfen.

Er rannte los, in der Hoffnung, sie beide weit genug über den Felsen hinaus zu tragen, dass sie im Wasser landeten.

Ein Dolch traf ihn im Oberschenkel, und er stolperte.

Es war ihm völlig unmöglich, sein Gleichgewicht wiederzufinden oder seinen Schwung abzubremsen. Er und Zsadist taumelten über den Rand und rutschten auf der Felswand herunter, bis Phurys Stiefel sich in einer Spalte verfing. Als sein Körper ruckartig hängen blieb, konnte er gerade noch Zsadist festhalten. Er wusste genau, dass sein Bruder ohnmächtig war und ertrinken würde, sollte er ohne ihn ins Wasser stürzen.

Zsadists von seinem Blut glitschige Haut entglitt Phurys Griff, er rutschte …

In letzter Sekunde konnte er das Handgelenk seines Zwillings greifen und drückte zu, so fest er vermochte. Mit einem heftigen Ruck stoppte er den Sturz des schweren Vampirkörpers. Schmerz fuhr Phury bis hinauf ins Bein. Ihm wurde schwarz vor Augen. Mal konnte er sehen, dann wieder nicht. Er spürte, wie Zsadists Körper mitten in der Luft hing und bedrohlich hin und her schwang, unbarmherzig an seinem Arm riss.

Die Wachen spähten über den Rand der Felsen, dann musterten sie das zunehmende Tageslicht und schirmten sich die Augen ab. Sie lachten, steckten ihre Waffen ein und überließen ihn und Zsadist dem sicheren Tod.

Als die Sonne sich am Horizont erhob, schwanden Phurys Kräfte rasch. Er wusste, er würde Zsadist nicht mehr lange halten können. Das Licht war furchtbar, es brannte und verstärkte noch die Qualen, die er ohnehin litt. Und gleich wie fest er an seinem Bein zog, der Knöchel blieb verklemmt.

Da tastete er nach der Pistole und zog sie aus dem Hosenbund. Er holte tief Luft und richtete den Lauf auf sein Bein.

Er traf unterhalb des Knies. Zweimal. Der Schmerz war verblüffend, wie ein Feuerball in seinem Körper, und er ließ die Waffe fallen. Mit zusammengebissenen Zähnen suchte er mit dem freien Fuß einen Halt im Felsen und drückte sich mit aller

Kraft, die noch in ihm steckte, ab. Er schrie, als sein Bein zersplitterte und abriss.

Und dann war da die gähnende Leere der freien Luft.

Das Meer war eiskalt gewesen, aber der Schock hatte ihn wieder zu Bewusstsein gebracht, und die Wunde versiegelt, sodass er nicht verblutete. Benommen, würgend, verzweifelt hatte er den Kopf über Wasser gehalten, ohne seinen unbarmherzigen Griff um Zsadist jemals zu lockern. Er zerrte ihn in seine Arme, hielt seinen Kopf über Wasser und schwamm mit ihm ans Ufer.

Gott sei Dank war unweit der Stelle, an der sie im Wasser aufgetroffen waren, ein Höhleneingang gewesen, und Phury brachte sie beide mit letzter Kraft in die dunkle Mündung. Nachdem er sich und Zsadist aus dem Wasser gehievt hatte, war er praktisch blind. Er schleppte sie beide, so weit es irgend ging, in die Höhle hinein. Eine Biegung in der natürlichen Struktur war ihre Rettung, indem sie ihnen die nötige Dunkelheit bot.

Dort verbarg er sich und seinen Zwilling vor der Sonne. Er drückte Zsadist fest an sich, um ihrer beider Körperwärme zu bewahren, und starrte verloren in die Schwärze.

Phury rieb sich die Augen. *Gütige Jungfrau,* der Anblick von Zsadist, wie er auf diesem Lager angekettet war …

Seit jener Rettung hatte Phury einen wiederkehrenden Albtraum, einen, der ihn jedes Mal wieder in Angst und Schrecken versetzte, wenn sein Unterbewusstsein ihn damit quälte. Der Traum war immer gleich: Er rannte die verborgene Treppe hinunter und warf die Tür auf. Zsadist lag in Fesseln vor ihm. Catronia stand in der Ecke, lachend. Sobald Phury in der Zelle ankam, wandte Z den Kopf zu ihm, und seine schwarzen, leblosen Augen blickten ihn aus einem Gesicht ohne Narben an. Mit harter Stimme sagte er dann: »Lass mich hier, Bruder. Ich will hierbleiben.«

Das war immer Phurys Stichwort, in kalten Schweiß gebadet aufzuwachen.

»Hey, was ist los, Mann?«

Butchs Stimme war durchdringend, aber willkommen. Phury fuhr sich mit den Händen über das Gesicht, dann blickte er über die Schulter. »Ich genieße nur die Aussicht.«

»Ich gebe dir mal einen heißen Tipp. So was macht man an einem tropischen Strand, nicht hier draußen in der Eiseskälte. Hör mal, komm doch zum Essen rein, ja? Rhage wollte Pfannkuchen haben, und Mary hat einen ganzen Tanklaster voller Teig gemacht. Und Fritz dreht fast durch vor lauter Sorge, dass er nicht behilflich sein darf.«

»Klar. Gute Idee.« Als sie ins Haus gingen, sagte Phury: »Kann ich dich mal was fragen?«

»Sicher. Was ist denn?«

Phury blieb am Billardtisch stehen und hob die Achterkugel auf. »Als du noch bei der Mordkommission warst, hast du doch sicher eine Menge fertiger Leute zu sehen bekommen, oder? Leute, die ihre Ehemänner oder Frauen … Söhne oder Töchter verloren haben.« Als Butch langsam nickte, fuhr er fort: »Hast du jemals herausgefunden, was mit ihnen passiert ist? Ich meine, mit den Hinterbliebenen. Weißt du, ob sie jemals darüber hinwegkommen?«

Butch rieb sich mit dem Daumen über die Augenbraue. »Nein, weiß ich nicht.«

»Klar, ich vermute mal, man beschäftigt sich nicht so mit …«

»Aber ich kann dir sagen, dass ich niemals darüber hinweggekommen bin.«

»Du meinst, der Anblick dieser Leichen hat sich dir für immer eingebrannt?«

Der Mensch schüttelte den Kopf. »Du hast die Schwestern vergessen. Brüder und Schwestern.«

»Was?«

»Die Leute verlieren Ehemänner und Frauen, Söhne, Töchter … und Geschwister. Ich habe eine Schwester verloren, als ich zwölf war. Zwei Jungs haben sie auf dem Sportplatz der Schule so lange missbraucht und geschlagen, bis sie gestorben ist. Darüber bin ich nie hinweggekommen.«

»Du lieber …« Phury hielt inne, er merkte, dass sie nicht allein waren.

Mit nacktem Oberkörper stand Zsadist im Türrahmen. Der Schweiß floss ihm in Strömen herunter, als wäre er kilometerweit auf dem Laufband gerannt.

Als Phury seinen Zwilling ansah, spürte er ein vertrautes Gefühl des Herabsinkens: als wäre Z ständig von einer Art Tiefdruckgebiet umgeben.

Mit rauer Stimme sagte Zsadist jetzt: »Ich möchte, dass ihr beide mich heute Nacht begleitet.«

»Wohin?«, fragte Butch.

»Bella will zu ihrem Haus, und ich bringe sie nicht ohne Verstärkung dahin. Ich brauche auch ein Auto, falls sie ein paar Sachen von dort mitnehmen möchte, und ich brauche jemanden, der den Kasten unter die Lupe nimmt, bevor wir dort aufschlagen. Die gute Nachricht ist, dass es einen Fluchttunnel gibt, der aus dem Keller herausführt, falls es etwas stürmisch werden sollte. Ich hab ihn letzte Nacht ausgetestet, als ich ein paar Dinge für sie geholt habe.«

»Von mir aus können wir los«, sagte Butch.

Zsadists Blick wanderte quer durch den Raum. »Was ist mit dir, Phury?«

Nach einem kurzen Moment nickte Phury. »Von mir aus auch.«

22

In dieser Nacht, als der Mond noch höher stieg, erhob sich O ächzend vom Boden. Seit die Sonne vor vier Stunden untergegangen war, hatte er am Rande der Wiese gelauert und gehofft, dass sich jemand beim Haus blicken lassen würde. Aber nichts war geschehen. Und das seit zwei Tagen. Beziehungsweise hatte er vergangene Nacht kurz vor Morgengrauen geglaubt, etwas zu sehen, einen Schatten, der sich im Haus bewegte, aber was auch immer es gewesen war, er hatte es nur einmal kurz aus den Augenwinkel erhascht und dann nicht wieder.

Er wünschte wirklich, er könnte sämtliche Ressourcen der Gesellschaft nutzen, um seine Frau zu finden. Wenn er jeden *Lesser* ausschickte, den er hatte … Dann könnte er sich aber auch gleich die Kugel geben. Irgendjemand würde bei Omega plaudern, dass der Fokus sich auf eine einzelne unbedeutende Frau verschoben hatte. Und dann wäre die Hölle los.

Er sah auf die Uhr und fluchte. Apropos Omega …

O hatte heute eine Galavorstellung bei seinem Herrn und Meister, und ihm blieb keine Wahl, als die verdammte Verabredung einzuhalten. Als Vampirjäger funktionsfähig zu bleiben, war die einzige Möglichkeit, seine Frau zurückzubekommen, und er würde sicher nicht riskieren, sich ins Jenseits befördern zu lassen, nur weil er ein Treffen verpasste. Er holte sein Handy aus der Tasche und beorderte drei Betas her, um das Haus zu beobachten. Da das Anwesen ein bekannter Treffpunkt von Vampiren war, hatte er wenigstens eine gute Ausrede für diesen Sonderauftrag.

Zwanzig Minuten später kamen die Jäger durch den Wald getrabt, das Geräusch ihrer Stiefel wurde durch den Schnee gedämpft. Alle drei stämmigen Männer hatten gerade erst ihre Einführung hinter sich gebracht, daher war ihr Haar noch dunkel und die Haut gerötet von der Kälte. Sie waren sichtlich begeistert, eingesetzt zu werden, und bereit zum Kampf, aber O befahl ihnen, nur zu beobachten und zu überwachen. Wenn jemand auftauchte, sollten sie erst angreifen, wenn der oder diejenige wieder verschwinden wollte, und dann sollten alle Vampire lebend gefangen werden, egal ob Männer oder Frauen. Keine Ausnahmen. Os Einschätzung nach würde die Familie seiner Frau bestimmt zuerst Späher ausschicken, bevor sie sich irgendwo in der Nähe des Hauses materialisierten. Zumindest würde er das so machen. Und wenn sie tot war und ihre Verwandten das Haus ausräumten, dann wollte er sie in redefähigem Zustand, damit er ihr Grab finden konnte.

Nachdem er sich vergewissert hatte, dass die Betas alle seine Anweisungen verinnerlicht hatten, ging O durch den Wald zu seinem Pick-up, der zwischen einer Baumgruppe versteckt war. Er fuhr auf die Route 22 auf und stellte fest, dass die *Lesser* den Ford Explorer, mit dem sie gekommen waren, direkt am Straßenrand abgestellt hatte, keinen Kilometer entfernt von der Abzweigung zum Bauernhaus.

Er rief die Idioten an und wies sie an, gefälligst ihren Verstand einzusetzen und das Auto gut zu verstecken. Dann fuhr er zur Hütte. Beim Fahren zogen immer wieder Bilder seiner Frau an seinem inneren Auge vorbei und trübten seinen Blick auf die Straße vor ihm. Er sah sie, wie sie am schönsten war, unter der Dusche mit nassem Haar und nasser Haut. Dann war sie besonders rein …

Aber dann verschob sich das Bild. Er sah sie nackt auf dem Rücken liegend, unter dieser vampirischen Hackfresse, der sie ihm gestohlen hatte. Der Kerl fasste sie an … küsste sie … stieß in sie hinein … Und ihr gefiel es. Der Schlampe gefiel das. Sie hatte den Kopf in den Nacken geworfen und stöhnte. Sie kam wie eine Nutte und wollte immer mehr.

Os Hände umklammerten so fest das Lenkrad, dass die Knöchel fast durch die Haut platzten. Er versuchte, sich wieder zu beruhigen, aber seine Wut war wie ein hungriger Pitbull an einer Papierleine.

In diesem Augenblick wurde ihm mit absoluter Deutlichkeit bewusst, dass, falls sie nicht schon tot war, er sie töten würde, wenn er sie fand. Er musste sie sich nur mit dem Bruder vorstellen, der sie mitgenommen hatte, und sein gesunder Menschenverstand setzte vollständig aus.

Und genau das brachte ihn in die Klemme. Ohne sie zu leben, wäre furchtbar. Und auch wenn die Vorstellung, nach ihrem Tod durch Selbstmord abzutreten, verlockend war, würde ihn so ein Stunt doch nur für alle Ewigkeit zu Omega katapultieren. Denn *Lesser* kehrten nun einmal zu ihrem Meister zurück, wenn sie zerstört wurden.

Doch dann kam ihm ein Gedanke. Er stellte sich seine Frau in vielen Jahren vor, die Haut verblasst, das Haar gebleicht, die Augen in der Farbe der Wolken. Ein *Lesser* wie er. Die Lösung war so perfekt, dass sein Fuß vom Gas rutschte und der Pick-up mitten auf der Straße zum Stehen kam.

Auf diese Weise würde sie für immer ihm gehören.

Als es auf Mitternacht zuging, zog Bella eine alte Jeans und den roten Pulli an, den sie so sehr mochte. Dann ging sie ins Badezimmer, zog die beiden Handtücher vom Spiegel fort und betrachtete sich. Ihr Spiegelbild war das derselben Frau, die sie schon immer darin gesehen hatte: blaue Augen. Hohe Wangenknochen. Volle Lippen. Eine Masse dunkelbraunen Haares.

Sie hob den Saum des Pullis hoch und warf einen verstohlenen Blick auf ihren Bauch. Die Haut war makellos, nicht länger vom Namen des *Lesser* gezeichnet. Sie legte die flache Hand auf die Stelle, an der die Buchstaben gewesen waren.

»Bist du so weit?«, fragte Zsadist.

Sie schaute in den Spiegel. Er ragte hinter ihr auf, ganz in Schwarz, Waffen am Körper hängend. Seine kohlschwarzen Augen fixierten die entblößte Haut.

»Die Narben sind verheilt«, sagte sie. »In nur achtundvierzig Stunden.«

»Ja. Und ich bin froh darüber.«

»Es macht mir Angst, zu meinem Haus zu fahren.«

»Phury und Butch kommen mit. Du hast ausreichend Schutz.«

»Das weiß ich …« Sie ließ den Pulli sinken. »Es ist nur … was, wenn ich es nicht ertrage, reinzugehen?«

»Dann versuchen wir es einfach in ein paar Tagen noch mal. Sooft du willst.« Er hielt ihr den Parka hin.

Beim Hineinschlüpfen meinte sie: »Du hast doch bestimmt Besseres zu tun, als auf mich aufzupassen.«

»Im Augenblick nicht. Gib mir deine Hand.«

Mit zitternden Fingern streckte sie den Arm aus. Das war das erste Mal, dass er sie darum gebeten hatte, ihn zu berühren, und sie hatte die vage Hoffnung, das würde zu einer Umarmung führen.

Aber er hatte kein Interesse an Zärtlichkeiten. Er legte ihr nur eine kleine Pistole in die Hand, ohne ihre Haut dabei zu streifen.

Widerwillig schrak sie zurück. »Nein, ich ...«

»Du musst sie ...«

»Moment mal, ich ...«

»... so halten.« Er drückte ihr den kleinen Kolben in die Handfläche. »Hier ist die Sicherung. An. Aus. Verstanden? An ... aus. Um hiermit jemanden zu töten, musst du sehr nah dran sein, aber sie ist mit zwei Kugeln geladen, die einen *Lesser* immerhin so weit abbremsen werden, dass du entkommen kannst. Du musst einfach nur zielen und zweimal abdrücken. Du musst keinen Hahn spannen oder so was. Und am besten immer auf den Rumpf zielen, den kannst du nicht so leicht verfehlen.«

»Ich will das nicht.«

»Und ich will nicht, dass du so etwas brauchst. Aber es ist besser, als dich ins Licht zu schicken.«

Sie schüttelte den Kopf und schloss die Augen. Wie hässlich das Leben manchmal doch sein konnte.

»Bella? Bella, sieh mich an.« Als sie gehorchte, sagte er: »Bewahr das Ding in der rechten Außentasche deiner Jacke auf. Wenn du es benutzen musst, soll es gleich griffbereit in der richtigen Hand liegen.« Sie öffnete den Mund, doch er ließ sie gar nicht zu Wort kommen. »Du bleibst bei Butch und Phury. Und solange du bei ihnen bist, ist es extrem unwahrscheinlich, dass du die Knarre brauchst.«

»Wo wirst du sein?«

»Nicht weit entfernt.« Als er sich abwandte, fiel ihr auf, dass er ein Messer hinten im Hosenbund stecken hatte – zusätzlich zu den beiden Dolchen über der Brust und den zwei Pistolen auf der Hüfte. Sie fragte sich, wie viele weitere Waffen er wohl am Leib trug, die sie nicht sehen konnte.

In der Tür blieb er mit hängendem Kopf stehen. »Ich werde dafür sorgen, dass du diese Pistole nicht ziehen musst, Bella. Das verspreche ich dir. Aber ich kann dich nicht unbewaffnet gehen lassen.«

Sie atmete tief durch. Und ließ das kleine Stück Metall in die Jackentasche gleiten.

Draußen im Flur wartete schon Phury, an die Balustrade gelehnt. Auch er war für den Kampf gerüstet, trug Pistolen und Dolche überall an sich. Sein Körper strahlte eine tödliche Ruhe aus. Als sie ihn anlächelte, nickte er und zog sich eine schwarze Lederjacke über.

Zsadists Handy klingelte, und er klappte es auf. »Bist du schon da? Wie sieht's aus?« Als er wieder auflegte, nickte er. »Wir können.«

Die drei gingen hinunter in die Eingangshalle und dann hinaus in den Innenhof. In der kalten Luft umfassten beide Männer ihre Pistolen, dann dematerialisierten sie sich allesamt.

Bella nahm ihre Gestalt auf ihrer Veranda wieder an, vor sich die glänzend rote Tür mit dem Messingtürklopfer. Sie konnte Zsadist und Phury hinter sich spüren, zwei riesige Männer unter Strom. Schritte erklangen, und sie blickte über die Schulter. Butch auf die Veranda. Auch er hatte die Waffe gezogen.

Sich jetzt Zeit zu lassen und behutsam in ihr Haus einzutreten, schien ihr plötzlich gefährlich und selbstsüchtig. Also entriegelte sie die Tür durch ihre Gedanken und ging hinein.

Es roch immer noch wie früher … eine Mischung aus dem Zitronenwachs, mit dem sie die breiten Kieferndielen pflegte, und den Rosmarinkerzen, die sie so gerne anzündete.

Als sie die Tür hinter sich ins Schloss fallen hörte und die Alarmanlage deaktiviert wurde, sah sie sich um. Butch und Phury waren ihr dicht auf den Fersen, aber Zsadist war verschwunden.

Sie wusste, dass er nicht weggegangen war. Aber sie wünschte, er wäre hier drinnen bei ihr.

Dann riss sie sich zusammen und sah sich im Wohnzimmer um. Ohne Licht konnte sie nur die vertrauten Schatten und Umrisse erkennen, nicht viel mehr als den Grundriss der Möbel und der Wände.

»Alles sieht … alles sieht völlig unverändert aus.«

Wobei über ihrem Sekretär etwas fehlte. Ein Spiegel hatte dort gehangen, ein Spiegel, den sie und ihre Mutter vor etwa zehn Jahren in Manhattan gekauft hatten. Rehvenge hatte ihn immer sehr gemocht. Hatte er ihn mitgenommen? Sie war nicht sicher, ob sie gerührt oder gekränkt sein sollte.

Als sie die Hand ausstreckte, um eine Lampe anzumachen, hielt Butch sie davon ab. »Kein Licht, bitte. Tut mir leid.«

Sie nickte und ging weiter ins Haus hinein, betrachtete ihre Sachen. Es war, wie unter guten alten Freunden zu sein, die sie seit Jahren nicht gesehen hatte. Gleichzeitig schön und traurig, vor allem aber eine Erleichterung. Sie war sich so sicher gewesen, dass es sie aus der Fassung bringen würde …

An der Tür zum Esszimmer blieb sie stehen. Ganz am

Ende hinter dem breiten Bogen lag die Küche. Angst machte sich in ihren Eingeweiden breit.

Doch sie fasste sich ein Herz und lief immer weiter, bis sie bei dem Durchgang ankam. Alles war ordentlich aufgeräumt, und nichts war geblieben, was sie an die Gewalt erinnerte, die hier stattgefunden hatte.

»Jemand hat sauber gemacht«, wisperte sie.

»Zsadist.« Butch trat neben sie, die Waffe auf Brusthöhe, die Augen die Umgebung absuchend.

»Er … hat das alles gemacht?« Sie machte eine ausladende Handbewegung.

»In der Nacht nach deiner Entführung. Er hat Stunden damit zugebracht. Das Untergeschoss ist auch picobello.«

Sie versuchte, sich Zsadist mit Eimer und Putzlappen vorzustellen, wie er die Blutflecken und die Glasscherben entfernte.

Warum?, überlegte sie.

Butch zuckte die Achseln. »Er sagte, das wäre eine persönliche Angelegenheit.«

Hatte sie das gerade laut gesagt? »Hat er auch erklärt … warum es das war?«

Als der Mensch den Kopf schüttelte, wurde ihr bewusst, dass Phury sich betont für den Garten interessierte.

»Willst du in dein Schlafzimmer?«, fragte Butch sie jetzt.

Sie nickte, und Phury sagte: »Ich bleibe hier oben.«

Unten im Keller fand sie wie angekündigt ebenfalls alles in schönster Ordnung vor, aufgeräumt und sauber. Sie machte den Schrank auf, zog die Schubladen der Kommode heraus und spazierte durch ihr Badezimmer. Kleinigkeiten faszinierten sie. Eine Parfümflasche. Eine Zeitschrift aus der Zeit vor der Entführung. Eine Kerze neben der Löwenfuß-Wanne, die sie beim Baden angezündet hatte.

Sie träumte, berührte, fühlte sich auf eine tief greifende Art und Weise wieder zugehörig; am liebsten hätte sie Stunden hier verbracht ... Tage. Aber sie konnte Butchs wachsende Anspannung spüren.

»Ich glaube, für heute Nacht habe ich genug gesehen.« Sie wünschte, sie könnte noch länger bleiben.

Butch ging voraus die Treppe hinauf. Als er wieder in die Küche kam, sah er Phury an. »Sie ist fertig, wir können wieder los.«

Phury klappte sein Handy auf und wählte. »Z, Zeit für den Abflug. Lass schon mal das Auto für Butch an.«

Als Butch die Kellertür hinter sich zuzog, stellte sich Bella vor das Aquarium und betrachtete die Fische. Sie fragte sich, ob sie jemals wieder in diesem Haus leben würde. Und hatte so eine Ahnung, dass das wohl nicht passieren würde.

»Willst du noch irgendwas mitnehmen?«, fragte Butch.

»Nein, ich glaube ...«

Ein Schuss ging draußen los, der hohle Knall klang gedämpft.

Butch umklammerte sie und riss sie rückwärts an seinen Körper. »Pst«, raunte er ihr ins Ohr.

»Vorne«, zischte Phury und ging in die Hocke. Er zielte mit der Pistole durch den Flur auf die Tür, durch die sie hereingekommen waren.

Dann fiel noch ein Schuss. Und noch einer. Sie kamen näher. Kamen um das Haus herum.

»Wir hauen durch den Tunnel ab«, flüsterte Butch, drehte sie herum und schob sie auf die Kellertür zu.

Phurys Pistolenlauf folgte den Geräuschen. »Ich gebe euch Deckung.«

Genau als Butchs Hand die Klinke berührte, verdichtete sich die Zeit zu endlosen Sekunden und zerfiel dann in Sinnlosigkeit.

Die Terrassentür in ihrem Rücken barst, der Holzrahmen splitterte, das Glas zersprang in tausend Scherben.

Zsadist nahm das ganze Ding mit seinem Rücken auseinander, als er von irgendeinem gewaltigen Druck hindurchgeworfen wurde. Als er auf dem Küchenboden landete, knallte sein Schädel mit solcher Wucht auf die Fliesen, dass es wie ein weiterer Pistolenschuss klang. Und dann, mit einem grauenhaften Schrei, sprang ihm der *Lesser,* der ihn durch die Tür geworfen hatte, auf die Brust, und die beiden schlitterten quer durch den Raum genau auf die Kellertreppe zu.

Zsadist lag regungslos unter dem Jäger. Ohnmächtig? Tot?

Bella schrie laut auf, als Butch sie aus dem Weg zerrte. Der einzig freie Platz war vor dem Herd, also drängte er sie in diese Richtung und schirmte sie mit dem eigenen Körper ab.

Sowohl Phury als auch Butch zielten auf das Gewirr aus Armen und Beinen auf dem Fußboden, aber der *Lesser* kümmerte sich nicht darum. Er hob die Faust und schlug Zsadist auf den Kopf.

»Nein!«, brüllte Bella.

Doch seltsamerweise schien der Schlag Zsadist aufzuwecken. Oder vielleicht war es auch ihre Stimme gewesen. Er schlug die schwarzen Augen auf, und ein bösartiger Ausdruck zeigte sich auf seinem Gesicht. Blitzschnell packte er den Angreifer unter den Achseln und drehte so fest, dass der Rumpf des Untoten sich zu einem grotesken Bogen verzerrte.

Im Handumdrehen saß Zsadist rittlings auf dem *Lesser.* Er ergriff seinen rechten Arm und dehnte ihn in einem gemeinen Winkel immer weiter, bis die Knochen knackten. Dann rammte er ihm den Daumen so weit ins Kinn, dass der halbe Finger verschwand, und fletschte seine langen, weiß glitzernden und tödlichen Fänge. Er biss den *Lesser* in den Hals, direkt durch die Speisesröhre.

Der Vampirjäger heulte vor Schmerz auf und warf sich unter Zsadist hin und her. Doch das war erst der Anfang. Zsadist riss seine Beute in Stücke. Als sie sich nicht mehr bewegte, hielt er keuchend inne und schob seine Finger in das dunkle Haar des *Lesser,* suchte die Kopfhaut ab, eindeutig auf der Suche nach einem hellen Ansatz.

Aber sie hätte ihm sagen können, dass das nicht David war. Vorausgesetzt, sie hätte ihre Stimme wiedergefunden.

Zsadist fluchte und schnaufte, blieb aber über seinen Fang gebeugt, nach Zeichen von Leben forschend. Als wollte er weitermachen.

Dann aber kniff er die Augen zusammen und hob den Kopf. Ihm wurde offensichtlich klar, dass der Kampf vorüber war und es Zeugen gab.

Gütige Jungfrau der Schrift. Sein Gesicht war mit schwarzem Blut verschmiert, und noch mehr davon befleckte seine Brust und die Hände.

Und seine Augen leuchteten. Glänzten. Genau wie das Blut, das er vergossen hatte, um sie zu verteidigen. Und dann wandte er rasch den Blick ab, als wollte er die Befriedigung verbergen, die er beim Töten empfunden hatte.

»Die anderen beiden sind auch erledigt«, sagte er, immer noch nach Atem ringend. Er zog sein Shirt aus der Hose und wischte sich das Gesicht ab.

Phury machte sich auf den Weg in den Flur. »Wo sind sie? Im Garten?«

»Versuch's mal mit Omegas Haustür. Ich hab ihnen beiden den Dolch in die Brust gerammt.« Zsadist schaute Butch an. »Bring sie nach Hause. Sofort. Sie steht unter Schock, sie kann sich jetzt nicht dematerialisieren. Und Phury, du fährst mit ihnen mit. Sobald sie den Fuß ins Haus setzt, will ich einen Anruf, klar?«

»Was ist mit dir?«, fragte Butch noch, manövrierte Bella aber schon um den toten *Lesser* herum.

Zsadist stand auf und zog einen Dolch. »Ich schicke den hier auch nach Hause und warte, ob noch mehr kommen. Wenn diese kleinen Scheißer hier sich nicht zurückmelden, schicken sie bestimmt Nachschub.«

»Wir kommen zurück.«

»Ist mir egal. Hauptsache, ihr bringt sie nach Hause. Also halt den Mund und fahr los.«

Bella streckte die Hände nach ihm aus, obwohl sie nicht wusste, warum eigentlich. Sie war entsetzt über das, was er getan hatte, und darüber, wie er jetzt aussah, grün und blau geschlagen, verschmiert mit seinem Blut und dem des *Lesser*.

Zsadist wedelte mit der Hand durch die Luft und schickte sie weg. »Bring sie hier weg, zum Teufel.«

John sprang aus dem Bus, er war so erleichtert, endlich zu Hause zu sein, dass er über seine eigenen Füße stolperte. Mann, nach den ersten beiden Tagen zu urteilen, würden die nächsten paar Jahre die Hölle werden.

Als er zur Tür hereinkam, pfiff er.

Wellsies Stimme wehte aus ihrem Arbeitszimmer herüber. »Hallo! Wie war's heute?«

Als Antwort pfiff er zweimal kurz hintereinander, was so ungefähr bedeuten sollte *Okay, ganz in Ordnung*.

»Gut. Hey, Havers kommt in einer Stunde.«

In der Tür zum Arbeitszimmer blieb John stehen.

Wellsie saß am Schreibtisch und war von einer Sammlung alter Bücher umgeben. Die meisten der dicken Wälzer waren aufgeschlagen. Der Anblick all dieser ausgebreiteten Seiten erinnerte ihn an Hunde, die erwartungsvoll auf dem Rücken lagen und darauf warteten, dass man ihnen den Bauch kraulte.

Sie lächelte. »Du siehst müde aus.«

Ich leg mich ein bisschen aufs Ohr, bevor Havers kommt, bedeutete er.

»Ist wirklich alles in Ordnung?«

Absolut. Er lächelte, um die Schwindelei glaubwürdiger zu machen. Er hasste es, sie anzulügen, aber er wollte nicht näher auf seine Misserfolge eingehen. In sechzehn Stunden müsste er sein Versagen schon wieder zur Schau stellen. Er brauchte eine Pause, und zweifellos brauchte seine Unfähigkeit auch eine Pause, so sehr wie er sie heute wieder strapaziert hatte.

»Ich weck dich, wenn der Arzt kommt.«

Danke.

Als er sich umdrehte, sagte sie: »Du weißt hoffentlich, dass, gleich was der Test ergibt, wir schon damit klarkommen werden.«

Er warf ihr einen Blick zu. Also machte sie sich auch Sorgen um das Ergebnis.

Unvermittelt machte er ein paar schnelle Schritte auf sie zu und umarmte sie, dann ging er in sein Zimmer. Er machte sich nicht einmal die Mühe, die verschwitzte Wäsche in die Tonne zu werfen, er ließ einfach nur die Taschen fallen und warf sich auf das Bett. O Mann, acht Stunden gesammelter Spott hatten ihn so erschöpft, dass er am liebsten eine Woche lang geschlafen hätte.

Doch er konnte nur an Havers' Besuch denken. Was, wenn alles nur ein Irrtum war? Was, wenn er sich nicht in etwas Fantastisches und Mächtiges verwandeln würde?

Was, wenn seine nächtlichen Visionen lediglich das Produkt eines psychotischen Draculafimmels waren?

Was, wenn er überwiegend menschlich war?

Irgendwie wäre das einleuchtend. Auch wenn das Training gerade erst begonnen hatte, war doch klar, dass er nicht wie die anderen jungen Vampire in seiner Klasse war. Er war eindeutig eine totale Niete, was alles Körperliche betraf, und er war auch schwächer als die anderen Jungs. Vielleicht würde das Training etwas daran ändern, aber er bezweifelte es.

John schloss die Augen und hoffte auf einen guten Traum. Einen Traum, der ihn in einen kraftvollen Körper versetzen würde, ihn stark machen …

Tohrs Stimme weckte ihn. »Havers ist hier.«

John gähnte, streckte sich und versuchte, sich vor dem Mitgefühl in Tohrs Miene zu verstecken. Das war das andere Problem am Unterricht: Er musste ständig vor Tohrs Augen versagen.

»Wie geht es dir so, mein Sohn – ich meine, John?«

John schüttelte den Kopf und sagte mit den Händen: *Mir geht es gut, aber mir wäre es lieber, du würdest mich* Sohn *nennen.*

Tohr lächelte. »Sehr gut. So ist es mir auch lieber. Und jetzt komm, wir hören uns das Ergebnis der Tests an, okay? Am besten, wir springen einfach mit dem Kopf voraus ins kalte Wasser.«

John folgte Tohr ins Wohnzimmer. Da saß Havers auf der Couch. Mit seiner Hornbrille, dem Fischgrätsakko und der roten Fliege sah er aus wie ein Professor aus dem Lehrbuch.

»Hallo, John«, sagte er.

John hob die Hand und setzte sich dann in den Ohrensessel, der Wellsie am nächsten stand.

»Ich habe jetzt die Ergebnisse der Blutuntersuchung.«

Havers zog einen Zettel aus der Innentasche seines Sakkos. »Ich habe ein wenig länger gebraucht, weil es eine Anomalie gab, mit der ich nicht gerechnet hatte.«

Scheu blickte John zu Tohr. Dann zu Wellsie. *O je …* Was, wenn er durch und durch ein Mensch war? Was würden sie dann mit ihm machen? Müsste er dann wieder gehen?

Havers räusperte sich. »John, du bist ein reinrassiger Krieger. In deinen Adern fließen nur winzige Spurenelemente speziesfremden Blutes.«

Tohr lachte laut und klatschte in die Hände. »Ich wusste es! Das ist ja großartig!«

Langsam breitete sich ein Lächeln auf Johns Gesicht aus, so lange, bis er von einem Ohr zum anderen grinste.

»Aber da ist noch etwas anderes.« Havers schob sich die Brille auf der Nase hoch. »Du stehst in der Abstammungslinie des Darius von Marklon. So nah, dass du sein Sohn sein könntest. So nah … dass du eigentlich sein Sohn sein *musst.*«

Eine undurchdringliche Stille senkte sich über den Raum.

Fragend sah John von Tohr zu Wellsie und zurück. Die beiden waren völlig erstarrt. Waren das gute Nachrichten? Schlechte? Wer war dieser Darius? Ihren Mienen nach zu urteilen, war der Typ vielleicht ein Krimineller oder so was.

Dann sprang Tohr vom Sofa hoch und riss John in seine Arme. Er drückte ihn so fest, dass die beiden fast miteinander verschmolzen. Nach Luft schnappend, die Füße in der Luft zappelnd, schaute John zu Wellsie. Sie hatte beide Hände vor den Mund gelegt, und Tränen rannten ihr über die Wangen.

Urplötzlich ließ Tohr ihn wieder los und trat zurück.

Er hüstelte etwas, und seine Augen schimmerten. »Tja … wer hätte das gedacht.«

Noch ein paarmal räusperte er sich. Rieb sich über das Gesicht. Wirkte ein bisschen benommen.

Wer ist Darius?, wollte John wissen, als er sich wieder hinsetzte.

Tohrs Mund verzog sich zu einem Lächeln. »Er war mein bester Freund, mein Bruder im Kampf, mein … ich kann es kaum erwarten, dir alles von ihm zu erzählen. Und das heißt außerdem, dass du eine Schwester hast.«

Wen?

»Beth, unsere Königin. Wraths *Shellan* …«

»Was sie betrifft«, fiel Havers ein. Er sah John an. »Ich begreife deine Reaktion auf sie nicht. Die Computertomografie zeigt keine Auffälligkeiten, ebenso wenig wie das EKG und das große Blutbild. Ich glaube dir natürlich, dass sie der Auslöser für den Anfall war, aber noch habe ich keine Ahnung, warum das so ist. Es wäre am besten, wenn du dich ein Weilchen von ihr fernhältst, damit wir sehen können, ob das auch in einer anderen Umgebung passiert. Okay?«

John nickte, obwohl er die Frau gern wiedergesehen hätte, besonders, wenn er mit ihr verwandt war. Er hatte eine Schwester. Wie cool …

»Und jetzt komme ich zu der anderen Angelegenheit«, sagte Havers betont deutlich.

Wellsie beugte sich vor und legte John die Hand aufs Knie. »Havers möchte etwas mit dir besprechen.«

Misstrauisch runzelte John die Stirn. *Was denn?*

Der Arzt lächelte und versuchte, beruhigend zu wirken. »Ich möchte, dass du zu diesem Therapeuten gehst.«

Ein eiskalter Schauer lief John über den Rücken. Panisch forschte er in Wellsies Gesicht, dann in Tohrs, unsicher, wie viel der Arzt ihnen wohl über den Vorfall von vor einem Jahr erzählt haben mochte.

Warum sollte ich?, zeigte er. *Mir geht es gut.*

Völlig unaufgeregt erklärte Wellsie: »Das ist nur, um dir den Übergang in deine neue Welt zu erleichtern.«

»Und dein erster Termin ist morgen Abend«, ergänzte Havers und senkte den Kopf etwas. Über den Rand seiner Hornbrille hinweg sah er John in die Augen, und die Botschaft in seinem Blick lautete: *Entweder gehst du freiwillig hin, oder ich nenne ihnen den wahren Grund, warum das nötig ist.*

John blieb keine andere Wahl, als zuzustimmen, und das machte ihn wütend. Aber eine Erpressung aus Mitgefühl war sicher noch besser, als Tohr und Wellsie wissen zu lassen, was ihm zugestoßen war.

In Ordnung. Ich gehe hin.

»Ich kann dich bringen«, sagte Tohr rasch. Dann stockte er. »Ich meine … wir finden sicher jemanden, der dich bringt. Butch könnte dich fahren.«

Johns Gesicht brannte. Tohr wollte er bei diesem Therapeutenauftritt nicht in seiner Nähe haben. Auf gar keinen Fall.

Es klingelte.

Wellsie grinste. »Ah, prima. Das ist Sarelle. Sie kommt, um mit mir das Winterfest vorzubereiten. John, möchtest du uns vielleicht helfen?«

Sarelle kam wieder her? Das hatte sie letzte Nacht beim Chatten gar nicht erwähnt.

»John? Möchtest du mit Sarelle zusammenarbeiten?«

Er nickte und versuchte, cool zu bleiben, obwohl sein ganzer Körper unter Strom stand. Er kribbelte geradezu. *Ja, kann ich schon machen.*

Er legte die Hände in den Schoß und starrte darauf, bemüht, sein Lächeln nicht zu zeigen.

23

Und ob Bella nach Hause kommen würde. Heute Nacht noch.

Rehvenge war nicht die Sorte Mann, die gut mit einer Enttäuschung umgehen konnte. Deshalb war die Zeit des Wartens, dass seine Schwester wieder dahin zurückkehrte, wo sie hingehörte, für ihn vorbei. Verflucht noch mal, er war nicht nur ihr Bruder, er war auch ihr Hüter, und das bedeutete, er hatte Rechte.

Ungeduldig zog er seinen knöchellangen Zobelmantel über. Der Pelz schwang noch eine Weile um seinen großen Körper nach. Er trug einen schwarzen Anzug von Ermenegildo Zegna. Die beiden Neunmillimeterhandfeuerwaffen unter seinen Achseln waren von Heckler & Koch.

»Rehvenge, bitte tu das nicht.«

Er sah seine Mutter an. Madalina stand im Flur unter dem Kronleuchter, das Inbild einer Aristokratin mit ihrer hoheitsvollen Haltung und ihren Diamanten und der Seidenrobe. Das Einzige, was nicht dazupasste, war die Besorgnis in ihrer Miene, und das lag nicht daran, dass ihre Maurice-Lacroix-Uhr sich nicht mit ihrer sonstigen Haute Couture vertrug. Sie regte sich nie auf. Niemals.

Er holte tief Luft. Es würde ihm sicher leichter fallen, sie zu beruhigen, wenn er nicht seinen berüchtigten Jähzorn zur Schau stellte; beziehungsweise lief er in seiner derzeitigen Verfassung Gefahr, sie an Ort und Stelle fertigzumachen, und das wäre nicht fair gewesen.

»So kommt sie sicher nach Hause«, sagte er.

Die elegante Hand seiner Mutter wanderte zu ihrem Hals hinauf, ein sicheres Zeichen, dass sie hin und her gerissen war zwischen dem, was sie wollte, und dem, was sie für richtig hielt. »Aber es ist so drastisch.«

»Willst du, dass sie in ihrem eigenen Bett schläft? Willst du sie hierhaben, wo sie hingehört?« Seine Stimme stanzte Löcher in die Luft. »Oder willst du, dass sie bei der Bruderschaft bleibt? Das sind Krieger, *Mahmen*. Blutdurstige, blutrünstige Krieger. Glaubst du, die würden auch nur einen Moment zögern, eine Frau zu nehmen? Und du weißt verdammt gut, dass der Blinde König bei jeder Frau liegen darf, die er sich aussucht. Willst du etwa, dass sie in so einer Umgebung bleibt? Ich nämlich nicht.«

Als seine *Mahmen* einen Schritt rückwärts machte, wurde ihm bewusst, dass er sie anbrüllte. Noch einmal atmete er tief durch.

»Aber, Rehvenge, ich habe mit ihr gesprochen. Sie will noch nicht nach Hause kommen. Und das sind Männer von Ehre. Im Alten Land …«

»Wir wissen nicht einmal mehr, wer der Bruderschaft angehört.«

»Sie haben sie gerettet.«

»Dann können die Brüder sie auch ihrer Familie zurückgeben. Um Gottes Willen, sie ist eine Vampirin der Aristokratie. Glaubst du etwa, die *Glymera* wird sie nach dieser Sache noch akzeptieren? Und sie hatte schon einmal eine Affäre.«

Und was für eine Katastrophe das gewesen war. Der Mann war ihrer absolut unwürdig gewesen, ein erbärmlicher Idiot, und trotzdem hatte er es geschafft, aus der Trennung gesellschaftlich völlig unversehrt hervorzugehen. Über Bella hingegen war monatelang getuschelt worden. Und auch wenn sie sich bemüht hatte, so zu tun, als mache ihr das nichts aus, wusste Rehv doch, dass dem nicht so war.

Er hasste die Aristokratie und ihre Regeln, in denen sie gefangen waren, aus tiefstem Herzen.

Jetzt schüttelte er den Kopf, wütend auf sich selbst. »Sie hätte niemals aus diesem Haus ausziehen dürfen. Das hätte ich niemals erlauben dürfen.«

Und sobald er sie zurückgeholt hatte, würde sie niemals wieder ohne seine Zustimmung das Haus verlassen. Er würde sie zur Gebannten erklären lassen. Ihr Blut war rein genug, um das zu rechtfertigen, und offen gestanden hätte sie von Anfang an der Bannung unterworfen werden müssen. Wenn das erst geschehen war, war die Bruderschaft gesetzlich dazu verpflichtet, sie in seine Obhut zurückzugeben. Dann könnte sie nicht mehr ohne seine Erlaubnis ausgehen. Und das war noch nicht alles. Jeder Vampir, der sie sehen wollte, müsste zuerst an ihm als Familienoberhaupt vorbei, und er würde jeden einzelnen von diesen Mistkerlen abweisen. Einmal hatte er versagt, und er hatte seine Schwester nicht beschützen können. Das würde ihm nicht wieder passieren.

Rehv sah auf die Uhr, obwohl er schon wusste, dass er

spät dran war für sein Vorhaben. Er würde das Gesuch auf Bannung seiner Schwester vom Büro aus stellen. Es war eigenartig, etwas so Altertümliches und Traditionelles per E-Mail zu erledigen, aber so liefen die Dinge eben heutzutage.

»Rehvenge …«

»Was.«

»Du wirst sie vertreiben.«

»Unmöglich. Wenn ich das hier erst geregelt habe, kann sie nirgendwo anders mehr hin.«

Er nahm seinen Stock und zögerte. Seine Mutter wirkte so unglücklich, dass er sich zu ihr herunterbeugte und ihr einen Kuss auf die Wange gab.

»Mach du dir keine Gedanken, *Mahmen*. Ich werde dafür sorgen, dass ihr nie wieder wehgetan wird. Warum bereitest du nicht schon mal das Haus für ihre Rückkehr vor? Du könnest das Trauertuch abnehmen.«

Madalina schüttelte den Kopf. Mit ehrfurchtsvoller Stimme sagte sie: »Nicht, bis sie nicht über die Schwelle getreten ist. Es würde die Jungfrau der Schrift beleidigen, ihre sichere Rückkehr einfach vorauszusetzen.«

Er verbiss sich seinen Fluch. Die Hingabe seiner *Mahmen* an die Mutter ihrer Rasse war schon beinahe legendär. Eigentlich müsste sie selbst eine der Auserwählten sein, mit all ihren Gebeten und ihren Regeln und ihrer furchtbaren Angst, dass ein falsches Wort das sichere Verderben über sie bringen würde.

Wie sie meint. Das war ihr spiritueller Käfig, nicht seiner.

»Wenn du es wünschst«, sagte er, stützte sich auf seinen Stock und drehte sich um.

Bedächtig bewegte er sich durch das Haus. Schon an den unterschiedlichen Fußbodenbelägen erkannte er, in welchem Raum er sich befand. In der Eingangshalle lag Marmor, ein farbenprächtiger Perserteppich im Esszimmer, breite Hartholzdielen in der Küche. Er benutzte seine Augen, um festzustellen, ob er bedenkenlos sein Gewicht darauf verlagern konnte. Den Stock hatte er für den Fall, dass er sich verschätzte und das Gleichgewicht verlor.

An der Garagentür hielt er sich zunächst am Türrahmen fest, bevor er erst einen Fuß aufsetzte, dann den anderen und so die vier Stufen hinunterstieg. Dann setzte er sich in seinen kugelsicheren Bentley, betätigte den automatischen Garagentoröffner und wartete, bis der Weg frei war.

Verflucht noch mal. Wenn er doch nur wüsste, wer diese Brüder waren und wo sie wohnten. Er würde auf der Stelle hinfahren, einfach durch die Tür stürmen und Bella hinauszerren.

Als er die Auffahrt hinter sich erkennen konnte, legte er den Rückwärtsgang ein und trat das Gaspedal so heftig durch, dass die Reifen quietschten. Jetzt, da er am Steuer saß, konnte er sich die Geschwindigkeit aussuchen, mit der er sich fortbewegte. Schnell. Wendig. Gewagt.

Das lang gezogene Rasenstück verschwamm vor ihm, als er den gewundenen Weg zum Tor entlangjagte, das ein Stück von der Straße zurückversetzt lag. Ungeduldig ertrug er die kleine Pause, bis das Tor sich geöffnet hatte; dann raste er auf die Thorne Avenue und bog in eine der wohlhabenderen Gegenden Caldwells ein.

Um seiner Familie Sicherheit und materiellen Wohlstand zu bieten, ging er einer widerwärtigen Beschäftigung nach. Aber er war gut in dem, was er tat, und seine Mutter und seine Schwester verdienten das Leben, das sie führten. Er würde ihnen alles geben, was sie wollten, ihnen jeden Wunsch von den Augen ablesen. Viel zu lange war das Leben für sie zu hart gewesen …

Ja, der Tod seines Vaters war sein erstes Geschenk an sie gewesen, die erste von vielen Maßnahmen, mit denen er ihr Leben verbessert und Schaden von ihnen ferngehalten hatte. Und er würde genau diesen Weg weiterverfolgen.

Rehv hatte ein irres Tempo drauf und war kurz vor der Innenstadt, als seine Schädelbasis zu kribbeln begann. Er versuchte, das Gefühl zu ignorieren, aber innerhalb von Sekunden hatte es sich zu einem festen Griff verdichtet, als hätte man ihm einen Schraubstock um die Spitze seiner Wirbelsäule geklemmt. Er nahm den Fuß vom Gas und wartete darauf, dass die Empfindung verging.

Und dann geschah es. Mit einem stechenden Schmerz nahm sein gesamtes Sichtfeld unterschiedlich rote Schattierungen an, als hätte er sich einen durchsichtigen Schleier vor das Gesicht gezogen: Die Scheinwerfer entgegenkommender Autos waren neonpink, die Straße trübe rostbraun, der Himmel wurde weinrot wie ein alter Burgunder. Er sah auf die Uhr am Armaturenbrett, deren Ziffern jetzt einen Rubinschimmer hatten.

Scheiße. Das durfte nicht sein. Das sollte nicht pass…

Er blinzelte und rieb sich die Augen. Als er sie wieder öffnete, war sein räumliches Wahrnehmungsvermögen weg.

Es passiert aber. Und er würde es nicht bis in die Innenstadt schaffen.

Ruckartig riss er das Steuer nach rechts und fuhr auf den Parkplatz des Einkaufszentrums, neben dem früher die Kampfsportschule gestanden hatte, bevor sie abgebrannt war. Er schaltete die Beleuchtung des Bentleys aus und fuhr um das lange, schmale Gebäude herum. Er parkte parallel zu der Ziegelmauer, um im Falle des Falles nur aufs Gas steigen und losrasen zu können.

Den Motor ließ er laufen, dann zog er den Zobelmantel und die Anzugjacke aus und krempelte den linken Ärmel auf. Durch den roten Dunst hinweg tastete er nach dem Handschuhfach und holte eine Spritze und ein Stück Gummischlauch heraus. Seine Hände zitterten so heftig, dass er die Spritze fallen ließ und sich bücken und sie vom Boden aufheben musste.

Dann klopfte er seine Jackentaschen ab, bis er ein Glasröhrchen fand, dass den Neuromodulator Dopamin enthielt. Er stellte es auf dem Armaturenbrett ab.

Er brauchte zwei Versuche, um die sterile Verpackung der Spritze zu öffnen, und dann brach er beinahe die Nadel ab, als er sie durch den Gummiverschluss des Dopaminröhrchens stecken wollte. Als die Spritze endlich aufgezogen war, wickelte er sich den Gummischlauch mit der anderen Hand und den Zähnen um den Oberarm; danach suchte er eine Vene. Da er momentan nur zweidimensional sah, war der ganze Vorgang etwas komplizierter.

Er konnte einfach nicht genug erkennen. Alles, was er vor Augen hatte, war … rot.

Rot … rot … rot … Das Wort raste ihm durch den Kopf, prallte von der Innenseite seines Schädels ab. Rot war die Farbe der Panik. Rot war die Farbe der Verzweiflung. Rot war die Farbe seines Selbsthasses.

Aber Rot war nicht die Farbe seines Blutes. Jetzt im Augenblick zumindest nicht.

Er riss sich zusammen, befühlte seine Armbeuge und suchte nach einer inneren Abschussrampe für die Droge, eine Hochgeschwindigkeitsautobahn, die das Zeug hinauf zu den Rezeptoren in seinem Gehirn transportieren würde. Leider kollabierten seine Venen gerade.

Er spürte nichts, als er die Nadel einführte, was er als

gutes Zeichen wertete. Aber dann kam es … ein kleiner Stich an der Injektionsstelle. Die Empfindungslosigkeit, die sein Schutzschild war, hatte bald ein Ende.

Während er noch unter der Haut nach einer brauchbaren Vene stocherte, spürte er allmählich Empfindungen in seinem Körper: sein eigenes Gewicht auf dem Ledersitz des Wagens. Die Heizung, die ihm um die Knöchel blies. Die Luft, die rasch in seinen Mund hinein- und wieder herausströmte und ihm die Zunge austrocknete.

Vor Schreck drückte er den Kolben herunter und löste den Gummischlauch. Die Jungfrau allein wusste, ob er die richtige Stelle erwischt hatte.

Sein Herz pochte laut, und er starrte auf die Uhr.

»Komm schon«, murmelte er und begann, auf dem Fahrersitz vor- und zurückzuschaukeln. »Komm schon … du sollst wirken.«

Rot war die Farbe seiner Lügen. Er war gefangen in einer Welt aus Rot. Und eines Tages würde das Dopamin nicht mehr funktionieren. Dann wäre er für immer im Rot verloren.

Die Ziffern der Uhr sprangen um. Eine Minute verging.

»Verdammte Scheiße …« Er rieb sich wieder die Augen, als könnte ihm das die Tiefenwahrnehmung und das normale Farbspektrum zurückgeben.

Sein Handy klingelte, aber er beachtete es nicht.

Mit einem Schlag kehrte sein Sehvermögen zurück, das Rot sickerte aus seinem Gesichtsfeld heraus, die dreidimensionale Perspektive war wieder da. Es war, als hätte man ihm das Böse aus dem Körper gesaugt. Sein Körper wurde wieder taub, die Empfindungen verdunsteten, bis er nur noch die Gedanken in seinem Kopf wahrnahm. Mit der Droge wurde er zu einer atmenden, sprechenden, laufenden Hülle, die sich nur noch um vier Sinne kümmern musste, nun, da der Tastsinn medikamentös aufs Nebengleis geschoben worden war.

Er sank in seinen Sitz zurück. Der ganze Stress wegen Bellas Entführung hatte ihm zugesetzt, mehr, als er zugeben wollte. Deshalb hatte ihn die Attacke so heftig und schnell erwischt. Und vielleicht musste er auch die Dosis neu einstellen. Er sollte zu Havers gehen und sich erkundigen.

Es dauerte ein Weilchen, bis er den Gang wieder einlegen konnte. Als er sich vom Parkplatz in den Verkehr einfädelte, redete er sich ein, er sei nur ein weiterer Autofahrer in einer langen Schlange von Wagen. Anonym. Genau wie alle anderen.

Die Lüge entspannte ihn ein bisschen … und verstärkte seine Einsamkeit.

An einer Ampel hörte er die Nachricht auf seiner Mailbox an.

Bellas Alarmanlage war für etwa eine Stunde ausgeschaltet und gerade wieder aktiviert worden. Jemand war schon wieder in ihrem Haus gewesen.

Zsadist fand den schwarzen Ford Explorer im Wald, etwa dreihundert Meter von der Abzweigung der Straße zu Bellas Haus entfernt. Er war nur deshalb darauf gestoßen, weil er die ganze Gegend durchkämmt hatte, zu ruhelos, um nach Hause zu fahren, zu gefährlich, um sich in fremde Gesellschaft zu begeben.

Eine Fußspur führte in Richtung Bauernhaus.

Er legte die hohlen Hände an die Scheibe und spähte durch die Scheiben. Die Alarmanlage war eingeschaltet.

Der Wagen musste den drei *Lessern* gehören. Er konnte überall darauf ihren süßlichen Duft riechen.

Aber warum nur eine Fußspur? Vielleicht hatte der Fahrer seine Kumpel zuerst abgesetzt und die Karre dann versteckt? Oder hatte der SUV zuerst an anderer Stelle gestanden und umgeparkt werden müssen?

Egal. Die Gesellschaft würde zurückkommen, um ihr Eigentum zu holen. Wäre es nicht toll, zu erfahren, wo um alles in der Welt sie dann hinfuhren? Aber wie konnte er das verdammte Ding verfolgen?

Er stützte die Hände in die Hüften ... und ganz zufällig fiel sein Blick auf den Pistolengurt.

Als er das Handy abmontierte, dachte er mit den freundlichsten Gefühlen an Vishous, diesen durchgeknallten Technikfreak.

Not macht erfinderisch, heißt es nicht so?

Er dematerialisierte sich unter den SUV, um möglichst wenig Spuren im Schnee zu hinterlassen. Als er sich auf den Rücken legte, zuckte er. O Mann, die Begegnung mit der Terrassentür würde er noch büßen müssen. Mal ganz abgesehen von dem Sturz auf den Hinterkopf. Aber er hatte schon Schlimmeres überlebt.

Er zog eine Taschenlampe heraus und untersuchte das Fahrgestell, um die richtige Stelle zu finden. Sie musste einigermaßen großflächig sein und durfte sich nicht zu nahe am Auspuff befinden, denn selbst in dieser Kälte würde es dort zu heiß werden. Natürlich wäre er viel lieber in den SUV eingestiegen und hätte das Telefon unter einem Sitz befestigt, aber die Alarmanlage stellte ein Problem dar. Wenn sie ausgelöst wurde, könnte er sie möglicherweise nicht wieder neu einstellen, sodass die *Lesser* wissen würden, dass sich jemand am Auto zu schaffen gemacht hatte.

Und das nur, falls eine eingeschlagene Scheibe nicht Hinweis genug wäre.

Verdammt ... Er hätte diesen Kerlen die Taschen durchsuchen sollen, bevor er sie ins ewige Vergessen beförderte. Einer dieser Penner hatte bestimmt die Schlüssel gehabt. Aber er war so stinksauer gewesen, dass er überstürzt gehandelt hatte.

Z fluchte und dachte wieder daran, wie Bella ihn angesehen hatte, nachdem er vor ihren Augen den *Lesser* erledigt hatte. Ihre Augen in dem blassen Gesicht waren weit aufgerissen gewesen, der Mund vor Schreck weit offen.

Die Sache war die: der Job der Bruderschaft, die Vampire zu beschützen, war ein schmutziger Job. Er war hässlich, brutal, manchmal auch krank und immer blutig. Und zu allem Überfluss hatte sie auch noch die Mordlust in seinen Augen gesehen. Aus irgendeinem Grund hätte er darauf wetten mögen, dass sie das am meisten verstörte.

Konzentrier dich, Blödmann. Komm schon, schlag sie dir aus dem Kopf.

Z suchte weiter und rutschte unter dem Wagen herum. Endlich fand er, was er suchte: Eine kleine Höhlung im Fahrgestell. Er zog seine Windjacke aus, wickelte das Handy darin ein und stopfte das Bündel in das Loch. Er vergewisserte sich, dass die Vorrichtung einigermaßen fest saß, dann dematerialisierte er sich wieder unter dem SUV hervor.

Er wusste, dass es nicht lange halten würde, aber es war besser als nichts. Und jetzt könnte Vishous den Ford Explorer von zu Hause aus verfolgen, weil das kleine Wunderhandy einen eingebauten GPS-Chip hatte.

Z leuchtete mit der Taschenlampe zur Wiese herüber, sodass er die Rückseite des Bauernhauses sehen konnte. Er hatte die zerstörte Terrassentür leidlich reparieren können. Der Rahmen war nicht ganz zerbrochen gewesen, sodass er ihn wiederherstellen und die Sensoren der Alarmanlage daran hatte befestigen können. In der Garage hatte er eine Plastikplane gefunden und das riesige Loch in der Scheibe damit geflickt.

Besser als vorher, aber nur eine Notlösung.

Komisch … er glaubte nicht, dass er Bellas Meinung von sich ebenso erfolgreich würde reparieren können. Aber – *verflucht noch mal* – er wollte in ihren Augen kein Wilder sein.

In der Ferne bogen zwei Scheinwerfer von der Route 22 ab und leuchteten die schmale Straße aus. Vor Bellas Haus wurde das Auto langsamer, dann fuhr es in die Einfahrt.

War das ein Bentley? Sah jedenfalls so aus.

Mannomann, so ein teurer Schlitten? Musste ein Mitglied von Bellas Familie sein. Ohne Zweifel waren sie benachrichtigt worden, dass die Alarmanlage eine Weile außer Betrieb gewesen und dann vor etwa zehn Minuten wieder aktiviert worden war.

Verfluchter Mist. Das war jetzt kein guter Zeitpunkt, um einen Rundgang durch das Haus zu machen. Bei Zs Glück würden die *Lesser* sich genau diesen Moment aussuchen, um ihren Wagen abzuholen – und beschließen, nur so aus Lust und Laune vorher beim Bauernhaus vorbeizuschauen.

Unterdrückt fluchend wartete er darauf, dass sich die Autotür öffnete … aber niemand stieg aus, und der Motor brummte weiter. Das war gut. Solange die Alarmanlage angeschaltet war, würden sie vielleicht nicht ins Haus gehen. Denn die Küche war ein Schlachtfeld.

Z schnüffelte in die kalte Luft, konnte aber keinen Geruch aufschnappen. Sein Instinkt sagte ihm aber, dass in der Limousine ein Mann saß. Ihr Bruder? Sehr wahrscheinlich. Er würde am ehesten nach dem Rechten sehen.

So ist es brav, Kumpel. Schau dir die Fenster von vorne an. Siehst du? Nichts los. Niemand im Haus. Und jetzt tu uns beiden einen Gefallen, und verzieh dich hier.

Der Wagen blieb noch gefühlte fünf Stunden dort stehen. Dann setzte er zurück, wendete auf der Straße und fuhr weg.

Z atmete tief durch. *Grundgütiger …* Seine Nerven waren heute in keinem guten Zustand.

Die Zeit verstrich. Er stand allein zwischen den Bäumen und starrte zu Bellas Haus hinüber. Und fragte sich, ob sie jetzt Angst vor ihm hatte.

Der Wind frischte auf, die Kälte wurde beißender und kroch ihm in die Knochen. Verzweifelt hieß er den Schmerz, der damit einherging, willkommen.

24

John blickte unverwandt über den Schreibtisch im Arbeitszimmer. Sarelles Kopf war gesenkt, während sie durch eines der uralten Bücher blätterte, das halblange blonde Haar hing ihr vor das Gesicht, sodass er nur ihr Kinn sehen konnte. Die beiden hatten Stunden damit verbracht, eine Liste von Beschwörungsformeln für das Wintersonnwendfest zu erstellen. Unterdessen war Wellsie in der Küche verschwunden und gab Bestellungen für die Zeremonie auf.

Als Sarelle eine Seite umblätterte, dachte er, dass sie wirklich hübsche Hände hatte.

»Gut«, sagte sie jetzt. »Ich glaube, das war der Letzte.«

Sie sah ihm in die Augen, und es war, wie vom Blitz getroffen zu werden: Erst erlitt er einen Hitzeschock und dann eine verstörende Desorientierung. Zudem leuchtete er jetzt auch im Dunkeln; zumindest glaubte er das.

Sie lächelte und klappte das Buch zu. Dann entstand ein langes Schweigen. »Also … ähm, ich glaube, mein Freund Lash ist in deiner Trainingsklasse.«

Lash war ihr Freund? *Na großartig.*

»Ja … und er sagt, du hast das Mal der Bruderschaft auf der Brust.« Als John nicht reagierte, sagte sie: »Stimmt das?«

John zuckte die Achseln und kritzelte auf dem Rand ihrer Liste herum.

»Darf ich es sehen?«

Er kniff die Augen zu. Wozu? Damit sie seine Hühnerbrust zu sehen bekam? Oder die Narbe, die ihm schon so viel Ärger eingebracht hatte?

»Ich glaube nicht, dass du sie dir selbst zugefügt hast, wie die anderen sagen«, versicherte sie hastig. »Und, ich meine, ich will dich nicht kontrollieren oder so was. Ich weiß noch nicht mal, wie es eigentlich aussehen müsste. Ich bin einfach nur neugierig.«

Sie rückte ihren Stuhl näher an seinen heran, und ein Hauch von ihrem Parfüm stieg ihm in die Nase … oder vielleicht war es auch gar kein Parfüm. Vielleicht war das nur … sie.

»Auf welcher Seite ist es?«

Als gehörte seine Hand ihr, klopfte er sich auf die linke Brust.

»Knöpf dein Hemd ein bisschen auf.« Sie lehnte sich seitlich über den Stuhl, den Kopf so geneigt, dass sie seine Brust sehen konnte. »John? Kann ich es bitte sehen?«

Er schielte zur Tür. Wellsie war immer noch in der Küche am Telefon, würde also wahrscheinlich nicht hereinplatzen. Aber das Arbeitszimmer schien trotzdem irgendwie zu öffentlich, um sich auszuziehen.

O Gott. Würde er das wirklich tun?

»John? Ich will das Mal nur ansehen.«

Okay, er würde es tun.

Er stand auf und nickte zur Tür. Ohne ein Wort folgte ihm Sarelle den Flur hinunter bis in sein Zimmer.

Er zog die Tür halb hinter sich zu und tastete nach dem obersten Knopf. Mühsam hielt er die Hand ruhig, indem er ihr insgeheim androhte, sie abzuhacken, wenn sie ihn blamierte. Die Drohung schien Wirkung zu zeigen, denn er schaffte es immerhin ohne größere Schwierigkeiten, das Hemd bis zum Bauch aufzuknöpfen. Dann zog er die linke Seite auf und wandte den Blick ab.

Als er eine leichte Berührung spürte, schrak er zusammen.

»Entschuldige, meine Hand ist kalt.« Sarelle blies auf ihre Fingerspitzen und legte sie zurück auf seine Brust.

Ach du lieber Himmel. Irgendetwas geschah mit seinem Körper, eine Art wildes Zucken unter der Haut. Er bekam keine Luft mehr, es schnürte ihm den Hals zu. Er machte den Mund auf, um besser atmen zu können.

»Das ist echt cool.«

Er war enttäuscht, als sie die Hand wieder sinken ließ. Doch dann lächelte sie ihn an.

»Hättest du denn Lust, mal was zusammen zu unternehmen? Wir könnten zum Beispiel zum Laserdrome fahren. Das wäre super. Oder vielleicht ins Kino gehen.«

John nickte wie der Trottel, der er war.

»Gut.«

Ihre Blicke trafen sich. Sie war so hübsch, dass ihm schwindlig wurde.

»Möchtest du mich küssen?«, flüsterte sie.

John fielen fast die Augen aus dem Kopf. Als hätte jemand hinter ihm einen Luftballon platzen lassen.

»Das fände ich nämlich schön.« Sie leckte sich flüchtig über die Lippen. »Wirklich.«

Wahnsinn … die Chance meines Lebens, direkt vor meiner Nase, dachte er.

Fall jetzt bloß nicht in Ohnmacht. Umkippen wäre der absolute Stimmungskiller.

In Windeseile ging John jeden Film durch, den er jemals gesehen hatte … was ihn keinen Schritt weiterbrachte. Als Horrorfan beschwor er nur Bilder von Godzilla herauf, der Tokio in Grund und Boden stampfte, und vom Weißen Hai, der an einem Badegast knabberte. Sehr hilfreich.

Er rief sich die Technik ins Gedächtnis. *Kopf zur Seite neigen. Vorbeugen. Kontakt aufnehmen.*

Errötend sah Sarelle sich um. »Wenn du nicht willst, ist das schon okay. Ich dachte nur …«

»John?«, hörte er Wellsies Stimme aus dem Flur. Sie kam näher. »Sarelle? Wo seid ihr beiden denn?«

Er zog eine Grimasse. Bevor ihn noch der Mut verlassen konnte, schnappte er sich Sarelles Hand, zog sie zu sich heran und drückte ihr mit zusammengepressten Lippen einen satten Kuss direkt auf den Mund. Keine Zunge, aber für so was blieb keine Zeit mehr, und vermutlich müsste er danach sowieso den Notarzt rufen. Er hyperventilierte bereits praktisch.

Dann schob er sie wieder von sich weg. Und machte sich Sorgen, wie er wohl abgeschnitten hatte.

Vorsichtig riskierte er einen Blick. *O* … sie lächelte strahlend.

Er glaubte, sein Brustkorb müsste vor Glück zerspringen.

Gerade ließ er die Hand sinken, als Wellsie den Kopf durch die Tür steckte. »Ich muss jetzt … äh … tut mir leid. Ich wusste nicht, dass ihr zwei …«

John bemühte sich um ein beiläufiges Lächeln, bis er bemerkte, dass Wellsies Blick auf seine Brust geheftet war. Er sah an sich herab. Sein Hemd stand weit offen.

Hektisch an den Knöpfen zu fummeln, machte die Situation nur noch schlimmer, aber er konnte nicht anders.

»Ich sollte besser fahren«, meinte Sarelle unbefangen. »Meine *Mahmen* wollte, dass ich früh nach Hause komme. John, ich bin später online, okay? Dann können wir uns überlegen, welchen Film wir sehen wollen. Gute Nacht, Wellsie.«

Als Sarelle Richtung Wohnzimmer ging, konnte er nicht widerstehen und warf Wellsie einen Blick zu. Dann sah er Sarelle nach, die ihren Mantel von der Garderobe nahm, ihn anzog und die Schlüssel aus der Tasche zog. Kurze Zeit später hörte man das gedämpfte Geräusch der Eingangstür, die ins Schloss fiel.

Lange Zeit sagte keiner etwas. Dann lachte Wellsie und strich sich das rote Haar zurück.

»Ich, äh, habe keine Ahnung, wie man mit so was umgeht«, bekannte sie. »Ich kann nur sagen, dass ich sie sehr gerne habe. Und dass sie einen guten Männergeschmack hat.«

John rieb sich die Wangen, ihm war klar, dass er die Farbe einer Tomate haben musste.

Ich mache mal einen Spaziergang, sagte er in Zeichensprache.

»Tohr hat gerade angerufen. Er wollte hier vorbeikommen und dich abholen. Dachte, du möchtest vielleicht mit ihm ins Trainingszentrum fahren, weil er dort ein bisschen Papierkram zu erledigen hat. Aber es bleibt natürlich ganz dir überlassen, ob du lieber hierbleiben möchtest. Ich muss los zu einer *Princeps*-Ratsversammlung.«

Er nickte, als Wellsie sich abwandte.

»Ähm, John?« Sie blieb stehen und sah sich über die Schulter. »Dein Hemd. Es ist irgendwie schief zugeknöpft.«

Er sah hinunter. Und fing an zu lachen. Obwohl er kein Geräusch machte, musste er einfach sein Glücksgefühl herauslassen, und Wellsie lächelte. Ganz offensichtlich freute sie sich für ihn. Als er die Knöpfe diesmal richtig zumachte, dachte er, dass er noch nie jemanden so sehr geliebt hatte.

Die Stunden nach ihrer Rückkehr ins große Haus verbrachte Bella auf Zsadists Bett sitzend, das Tagebuch auf dem Schoß. Zuerst ließ sie das Heft einfach nur dort liegen, noch viel zu aufgewühlt von dem, was in ihrem Haus geschehen war.

Sie war nicht gerade überrascht, dass Zsadist genauso bedrohlich war, wie sie immer gedacht hatte. Und immerhin hatte er sie gerettet, oder etwa nicht? Wenn dieser *Lesser,* den er getötet hatte, sie in die Finger bekommen hätte, wäre sie wieder in einem Loch in der Erde gelandet.

Das Blöde war nur, dass sie sich einfach nicht entscheiden konnte, ob diese Tat ein Beweis für seine Kraft oder für seine Brutalität war.

Als sie sich endlich entschieden hatte, dass es vermutlich eine Mischung aus beidem war, machte sie sich Sorgen, ob es ihm gut ging. Er war verletzt und trotzdem noch da draußen unterwegs, wahrscheinlich auf der Suche nach weiteren Jägern. Lieber Himmel ... Was wenn er ...

Was wenn, was wenn. Sie würde noch durchdrehen, wenn sie so weitermachte.

Um sich irgendwie abzulenken, blätterte sie durch

das Buch und sah sich an, was sie im vergangenen Jahr geschrieben hatte. Zsadists Name spielte eine wichtige Rolle in den Einträgen kurz vor ihrer Entführung. Sie war wie besessen von ihm gewesen, und daran hatte sich nicht besonders viel geändert, wie sie jetzt feststellte. Um ehrlich zu sein, waren ihre Gefühle für ihn jetzt so stark, selbst nach dem, was er heute Nacht getan hatte, dass sie sich fragte, ob sie ihn nicht …

Liebte.

Plötzlich konnte sie nicht mehr allein sein, nicht mit dieser Erkenntnis, die ihr im Kopf herumging. Sie putzte sich die Zähne, bürstete ihre Haare und lief die Treppe hinunter, in der Hoffnung, jemandem zu begegnen. Schon auf halber Treppe jedoch hörte sie Stimmen aus dem Esszimmer und blieb stehen. Das letzte Essen für diese Nacht war in vollem Gange, und die Vorstellung, sich zu den ganzen Brüdern und Mary und Beth zu gesellen, war zu viel für sie. Außerdem wäre Zsadist vielleicht auch dabei. Wie sollte sie ihm gegenübertreten, ohne sich zu verraten? Der Mann würde sicher nicht gerade locker darauf reagieren, dass sie ihn liebte. Ausgeschlossen. Andererseits würde sie ihm früher oder später sowieso begegnen müssen. Und Versteckspielen war nicht ihr Stil.

Doch als sie unten ankam und auf den Mosaikboden der Eingangshalle trat, wurde ihr bewusst, dass sie vergessen hatte, ihre Schuhe anzuziehen. Wie konnte sie mit bloßen Füßen das Speisezimmer des Königs und der Königin betreten?

Sie blickte hoch zur Balustrade im oberen Stock und war plötzlich unfassbar erschöpft. Um nach oben und wieder herunterzulaufen, war sie zu müde; weiterzugehen war ihr zu peinlich. Also lauschte sie einfach nur den Geräuschen der Mahlzeit: Frauen- und Männerstimmen plauderten und lachten. Eine Weinflasche wurde mit einem Ploppen entkorkt. Jemand dankte Fritz dafür, noch mehr Lamm aufgetragen zu haben.

Sie betrachtete ihre nackten Füße und dachte, was für eine Idiotin sie doch war. Sie fühlte sich völlig verloren wegen dem, was der *Lesser* ihr angetan hatte. Und schwach wegen dem, was sie Zsadist heute Nacht hatte tun sehen. Und so allein wegen dem, was ihr eben über ihre eigenen Gefühle für Zsadist klar geworden war.

Gerade wollte sie das Handtuch werfen und wieder nach oben gehen, als etwas an ihren Beinen entlangstrich. Erschrocken blickte sie auf den Boden. Die jadegrünen Augen einer schwarzen Katze starrten sie an. Das Tier blinzelte, schnurrte und rieb seinen Kopf an ihrem Knöchel.

Sie bückte sich und streichelte mit unsicheren Bewegungen das Fell der Katze. Sie war unvergleichlich elegant, schlank, grazil und geschmeidig. Und ohne besonderen Grund wurde ihr Blick verschwommen. Je mehr ihre Gefühle sich Bahn brachen, desto näher kamen Bella und das Tier sich, bis sie am Schluss auf der untersten Treppenstufe saß und die Katze auf ihrem Schoß lag.

»Er heißt Boo.«

Sie fuhr auf und hob den Kopf. Phury stand vor ihr, ein imposanter Mann, der nun nicht mehr seine Kampfmontur trug, sondern Kaschmir und Wolle. Er hielt eine Serviette in der Hand, als wäre er gerade erst vom Tisch aufgestanden, und er roch wirklich gut, als hätte er sich vor Kurzem erst geduscht und rasiert. Plötzlich wurde ihr bewusst, dass die Stimmen und Geräusche verstummt waren. Zurückgeblieben war eine Stille, die ihr sagte, dass alle wussten, dass sie heruntergekommen und hier draußen hängen geblieben war.

Phury kniete sich vor sie hin und drückte ihr seine Leinenserviette in die Hand. Wodurch ihr erst klar wurde, dass ihr Tränen über die Wangen liefen.

»Möchtest du nicht zu uns hereinkommen?«, fragte er sanft.

Sie tupfte sich das Gesicht ab, ohne den Kater loszulassen. »Kann ich ihn unter Umständen mitnehmen?«

»Aber natürlich. Boo ist immer willkommen an unserem Tisch. Und du auch.«

»Ich habe keine Schuhe an.«

»Das ist uns egal.« Er hielt ihr die Hand hin. »Komm schon, Bella. Setz dich zu uns.«

Als Zsadist in die Eingangshalle trat, war er so durchgefroren und steif, dass er die Beine nicht mehr richtig heben konnte. Eigentlich hatte er bis zum Morgengrauen bei ihrem Haus Wache halten wollen, aber sein Körper hatte nicht besonders gut auf die frostige Luft reagiert.

Er wollte nichts essen, ging aber trotzdem zum Esszimmer und blieb im Schatten davor stehen. Bella saß am Tisch, neben Phury. Vor ihr stand ein Teller voller Essen, aber sie kümmerte sich mehr um die Katze auf ihrem Schoß. Zärtlich streichelte sie Boo und hörte auch nicht auf, als sie aufblickte und Phury ansah, der etwas zu ihr sagte. Sie lächelte, und als sie den Kopf wieder senkte, blieb Phurys Blick verlangend auf ihr Profil gerichtet.

Schnell drehte sich Z um und lief zur Treppe. Er wollte diese Idylle nicht stören. Er war schon beinahe in Sicherheit, als Tohr aus der verborgenen Tür unter dem ersten Treppenabsatz trat. Der Bruder sah ernst aus, aber andererseits war er nie ein besonderer Spaßvogel.

»Hey, Z, warte mal.«

Zsadist fluchte, und zwar nicht besonders leise. Er

hatte keine Lust darauf, wegen irgendwelchem Formalitäten- oder Verfahrensscheiß aufgehalten zu werden. Und das war das Einzige, worüber Tohr in letzter Zeit sprach. Der Typ griff hart durch in der Bruderschaft, organisierte Schichten, versuchte, aus vier unberechenbaren Riesen wie V, Phury, Rhage und Zsadist disziplinierte Soldaten zu machen. Kein Wunder, dass er immer aussah, als täte ihm der Kopf weh.

»Zsadist, ich sagte *warte.*«

»Nicht jetzt …«

»Doch, genau jetzt. Bellas Bruder hat Wrath ein Gesuch geschickt. Er verlangt die Bannung für sie, mit ihm als ihrem Hüter.«

Ach du Scheiße. Wenn das passierte, dann war Bella so gut wie aus der Welt. Nicht einmal die Bruderschaft konnte sie von ihrem Hüter fernhalten.

»Z? Hast du mich gehört?«

Nick mit dem Kopf, du Blödmann, sagte er zu sich selbst. Mühsam senkte er das Kinn einmal. »Aber warum erzählst du mir das?«

Tohrs Lippen wurden dünn. »Willst du mir etwa erzählen, dass sie dir nichts bedeutet? Bitte, wie du meinst. Ich dachte nur, es würde dich vielleicht interessieren.«

Dann ging er ins Esszimmer.

Z hielt sich am Geländer fest und rieb sich die Brust. Er fühlte sich, als hätte ihm jemand statt Sauerstoff Teer in die Lungen geblasen. Ratlos sah er die Treppe hoch und fragte sich, ob Bella wohl noch einmal in sein Zimmer käme, bevor sie das Haus verließ. Sie müsste wohl, denn ihr Tagebuch war dort. Sie könnte vielleicht ihre Kleider zurücklassen, aber nicht ihr Tagebuch. Außer natürlich, sie hatte es schon weggebracht.

Verdammt … wie sollte er sich von ihr bloß verabschieden?

Auf ein Gespräch konnte er jedenfalls gut verzichten. Er konnte sich nicht vorstellen, was er zu ihr sagen sollte. Besonders nicht, nachdem sie seinen Auftritt in ihrem Haus mit angesehen hatte.

Z ging in die Bibliothek und rief von einem der Telefone dort Vishous auf dem Handy an. Die Nummer hatte er sich nach dem Muster der Ziffern gemerkt. Er hörte das Klingeln sowohl durch den Hörer als auch durch die Halle. Als V abhob, erzählte er dem Bruder von dem Ford Explorer und dem Handy.

»Ich bleib dran«, sagte V. »Aber wo bist du? Da ist so ein komischer Hall in der Leitung.«

»Ruf mich an, wenn das Auto bewegt wird. Ich bin im Trainingsraum.« Er legte auf und machte sich auf den Weg in das unterirdische Tunnelsystem.

Er würde dort unten schon ein paar Klamotten finden, und dann könnte er sich in einen Zustand totaler Erschöpfung rennen. Wenn seine Oberschenkel schrien und seine Waden zu Stein erstarrt waren und seine Kehle vom Keuchen wehtat, dann würde der Schmerz seine Gedanken klären und ihn reinigen ... Er lechzte mehr nach dem Schmerz, als er nach Essen lechzte.

Als er in die Umkleidekabine kam, fand er in seiner Kabine seine Laufschuhe und eine kurze Hose. Den Oberkörper hatte er ohnehin lieber frei, vor allem, wenn er allein war.

Er legte die Waffen ab und wollte sich gerade ausziehen, als er ein Geräusch bei den Schließfächern hörte. Lautlos ging er ihm nach und stellte sich ... einer halben Portion in den Weg.

Es gab einen metallischen Schlag, als der schmächtige Körper gegen eine der Bänke knallte.

Shit. Das war der Junge. Wie hieß er noch? John Sowieso. Und John-Boy sah aus, als würde er gleich in Ohnmacht fallen, seine Augen waren glasig und traten ihm fast aus dem Kopf.

Aus seiner vollen Höhe funkelte Z auf ihn herab. Er hatte wirklich ausgesprochen miese Laune im Augenblick, er fühlte sich schwarz und kalt wie der Weltraum; und doch hatte er keine Lust, Johnny hier, der doch gar nichts gemacht hatte, die Ohren langzuziehen.

»Verschwinde hier, Kleiner.«

John fummelte etwas aus der Tasche. Zettel und Stift. Zsadist schüttelte den Kopf.

»Ich hab dir doch gesagt, dass ich nicht lesen kann. Hör mal, jetzt geh einfach. Tohr ist oben im Haus.«

Z wandte sich ab und riss an seinem T-Shirt. Als er ein Keuchen hörte, sah er über die Schulter. Johns Augen ruhten auf seinem Rücken.

»Verdammt noch mal, Kleiner ... jetzt verzieh dich endlich.«

Als Z das Trappeln kleiner Füße hörte, die sich entfernten, ließ er die Hose herunter, zog schwarze Shorts an und setzte sich auf die Bank. Er hob die Laufschuhe an den Schnürsenkeln hoch und ließ sie zwischen den Knien baumeln. Bei diesem Anblick durchzuckte ihn der dumme Gedanke, wie oft er wohl schon seine Füße in diese Schuhe gesteckt und seinen Körper auf eben jener Tretmühle bestraft hatte, auf die er jetzt zusteuerte. Dann überlegte er, wie häufig er sich absichtlich in Kämpfen mit *Lessern* hatte verletzen lassen. Und wie oft er Phury gebeten hatte, ihn zu schlagen.

Nein, nicht gebeten. Gezwungen. Es hatte Zeiten gegeben, in denen er von seinem Zwilling gefordert hatte, ihn immer wieder zu schlagen, bis sein narbiger Körper grün und blau war und er nichts mehr empfand als den pochenden Schmerz in seinen Knochen. Um ehrlich zu sein, gefiel es ihm nicht, Phury in die Sache mit hineinzuziehen. Lieber hätte er sich die Verletzungen selbst zugefügt, wenn er das gekonnt hätte. Aber man konnte sich nun mal schlecht selbst die Seele aus dem Leib prügeln.

Langsam stellte Z die Schuhe auf dem Boden ab und lehnte sich rückwärts an den Spind. Er dachte an seinen Zwillingsbruder. Oben im Speisezimmer, neben Bella.

Seine Augen wanderten zu dem Telefon an der Wand der Umkleidekabine. Vielleicht sollte er im Haus anrufen.

Ein leises Pfeifen erklang neben ihm. Er drehte den Kopf nach links und runzelte die Stirn.

Da stand der Junge mit einer Wasserflasche in der Hand, und er näherte sich ihm zaghaft, den Arm weit ausgestreckt, den Kopf halb abgewandt. Als nähme er Kontakt mit einem wilden Panther auf und hoffte, die Erfahrung heil zu überstehen.

John stellte die Flasche etwa einen Meter von ihm entfernt auf die Bank. Dann drehte er sich um und rannte weg.

Z starrte die Tür an, durch die der Junge weggelaufen war. Als sie ganz langsam zufiel, dachte er an andere Türen auf dem Anwesen, insbesondere an die Eingangstür des großen Hauses.

Gütige Jungfrau der Schrift. Bella würde auch bald weggehen. Sie könnte sogar jetzt gerade gehen.

Genau in diesem Augenblick.

J. R. Wards
BLACK DAGGER
wird fortgesetzt in:

Dunkles Erwachen

Leseprobe

Ein weiteres Beben erschütterte das Haus und brachte die Männer im Raum ins Wanken. Zsadist umklammerte die Tischkante, und damit war er nicht allein. Vishous' Knöchel waren schon ganz weiß, so verkrampft hielt er sich fest.

Bella … das war Bella. Sie musste es sein. Die Triebigkeit der Vampirin hatte eingesetzt.

Havers hatte ihn gewarnt, dachte Zsadist. Bei der Untersuchung hatte der Arzt festgestellt, dass sie offenbar kurz vor ihrer fruchtbaren Zeit stand.

Hölle und Granaten. Eine triebige Vampirin. In einem Haus mit sechs Männern.

Wäre es nicht helllichter Tag gewesen, hätten sie einfach das Weite suchen können. Doch sie waren auf dem

Anwesen gefangen, und bis es dunkel genug sein würde, um hinauszugehen, wäre es längst zu spät. Wenn ein Vampir diesem Sog zu lange ausgesetzt war, würde er sich instinktiv dagegen sperren, die Nähe der Frau aufzugeben. Egal, was sein Gehirn ihm befähle, sein Körper würde sich dagegen zur Wehr setzen; und falls er sich doch entfernte, wären die Entzugsqualen noch schlimmer als vorher sein Verlangen. Wrath und Rhage hatten ein Ventil für ihre körperliche Reaktion, doch der Rest der Brüder steckte schwer in der Klemme. Ihre einzige Hoffnung lag darin, sich bis zur Besinnungslosigkeit zu betäuben.

Und Bella ... Sie litt mehr Schmerzen als alle anderen zusammen.

V stand auf und stützte sich mühsam an seiner Stuhllehne ab. »Komm schon, Phury. Wir sollten was rauchen. Jetzt sofort. Z, du gehst zu ihr, oder?«

Zsadist schloss die Augen.

»Z? Z, du wirst ihr doch dienen – *oder?*«

Vor seiner Zimmertür blieb Z stehen. Er würde nur kurz hineingehen, nach Bella sehen und sich danach schnurstracks zu Phury verkrümeln und sich ordentlich bedröhnen. Er hasste zwar jede Art von Drogen, aber alles war besser als dieser wütende Drang nach Sex.

Vorsichtig öffnete er die Tür einen Spalt und sackte sofort gegen den Pfosten. Der Duft im Raum war wie ein Garten in voller Blüte, das Wunderbarste, was ihm jemals in die Nase gestiegen war.

In seiner Hose hämmerte es, *Es* schrie danach, herausgelassen zu werden.

»Bella?«, forschte er in die Dunkelheit.

Als er ein Stöhnen hörte, ging er hinein und schloss die Tür hinter sich.

Gütige Jungfrau. Ihr Duft … Ein Knurren löste sich tief aus seiner Kehle, seine Finger krümmten sich zu Klauen. Seine Füße übernahmen das Kommando, marschierten zum Bett; der Verstand wurde dabei von den Instinkten einfach zurückgelassen. Vollkommen in die Laken verwickelt, wand Bella sich auf der Matratze. Bei seinem Anblick schrie sie auf, fasste sich dann aber wieder, als zwänge sie sich selbst zur Ruhe.

»Alles in Ordnung bei mir.« Sie drehte sich auf den Bauch, die Oberschenkel rieben aneinander, als sie sich die Decke über den Körper zog. »Wirklich … alles … ich komm schon …«

Wieder entströmte ihr eine Druckwelle, so vehement, dass sie Zsadist nach hinten drückte. In einer fließenden Bewegung rollte Bella sich zu einem Ball zusammen.

»Geh weg«, ächzte sie. »Schlimmer … wenn du hier bist. O … Gott …«

Als sie einen heftigen Fluch ausstieß, taumelte Z rückwärts, obwohl sein Körper danach brüllte, zu bleiben.

Sich auf den Flur zu schleppen, war so einfach, wie ein Raubtier von seiner Beute wegzuzerren. Er schaffte es schließlich dennoch, die Tür zu schließen, und raste zu Phurys Zimmer.

Den ganzen Statuenflur hinunter konnte er bereits den Rauch riechen, den sein Zwillingsbruder und V produzierten. Und als er durch die Tür gestürmt kam, war die Qualmwolke schon so dicht wie Nebel.

Vishous und Phury saßen auf dem Bett, jeder einen fetten Joint zwischen den Fingern, die Gesichtszüge verkrampft, die Körper aufs Äußerste angespannt.

»Was, zum Henker, machst du hier?«, verlangte V zu wissen.

»Gebt mir auch was.« Z deutete mit dem Kopf auf die Mahagonikiste zwischen den beiden.

»Warum hast du sie allein gelassen?« V zog fest an der Selbstgedrehten, die orangefarbene Spitze leuchtete hell auf. »Die Triebigkeit ist doch noch nicht vorüber.«

»Sie hat gesagt, es wäre schlimmer, wenn ich da bin.« Z beugte sich über seinen Zwilling und schnappte sich einen Joint. Seine Hände zitterten so stark, dass er es kaum schaffte, ihn anzuzünden.

»Wie kann das sein?«

»Sehe ich aus, als hätte ich Erfahrung damit?«

»Aber es heißt doch, dass es besser wird, wenn ein Mann bei ihr ist.« V rieb sich das Gesicht, dann sah er ungläubig zu Z hinüber. »Moment mal – du hast gar nicht bei ihr gelegen, oder? Z? Z, antworte gefälligst!«

»Nein, hab ich nicht«, fauchte er. Ihm war bewusst, dass Phury sehr, sehr still geworden war.

»Wie konntest du die arme Frau in ihrem Zustand im Stich lassen?«

»Sie hat gesagt, es wäre alles in Ordnung.«

»Kann ja sein, aber es fängt doch gerade erst an. Nichts ist in Ordnung. Die Schmerzen können nur dadurch gelindert werden, dass ein Mann in ihr zum Ende kommt, verstehst du mich? Du *darfst* sie nicht damit allein lassen. Das ist grausam.«

Z wanderte unruhig zu einem der Fenster. Die Rollläden waren noch für den Tag heruntergelassen, und er dachte an die Sonne, diesen großen, hellen Gefängniswärter. O, wie sehr er sich wünschte, das Haus verlassen zu können. Er fühlte sich, als schnappte eine Falle zu, und der Drang wegzulaufen war beinahe so stark wie die Lust, die ihn völlig handlungsunfähig machte.

Er dachte an Phury, der den Blick gesenkt hielt und kein Wort sagte.

Das ist deine Chance, dachte Z. *Schick einfach deinen Zwillingsbruder zu ihr. Er soll ihr dienen.*

Mach schon. Sag ihm, er soll in dein Zimmer gehen, seine Kleider ausziehen und sie mit seinem Körper bedecken.

O … beim Schleier und der Ewigkeit …

Vishous' Stimme schnitt durch seine Selbstquälereien, klang durchdringend und vernünftig. »Zsadist, das ist nicht richtig, und das weißt du auch, hab ich recht? Du darfst ihr das nicht antun, sie ist …«

»Wie wär's, wenn du mir mal vom Leib bleibst, mein Bruder.«

Eine kurze Pause entstand. »Na gut, dann kümmere ich mich eben um sie.«

Zs Kopf wirbelte herum, als Vishous seinen Joint ausdrückte und aufstand. Er zog sich die Hose hoch, wobei seine Erregung unübersehbar war.

Zsadist warf sich so schnell durch den Raum, dass er seine Füße nicht einmal spürte. Er riss Vishous zu Boden und umklammerte den kräftigen Hals seines Bruders mit den Händen. Die Fänge schossen aus seinem Oberkiefer wie Messer, und er fletschte sie knurrend.

Wenn du in ihre Nähe kommst, bringe ich dich um.

Hinter sich hörte er ein hektisches Gemenge, zweifellos Phury, der sie trennen wollte, doch V durchkreuzte jeglichen Rettungsversuch.

»Nicht, Phury!« Mühsam rang V nach Atem. »Nur zwischen mir … und ihm.«

Vishous' Diamantaugen blickten scharf nach oben, und obwohl er kaum Luft bekam, war seine Stimme so kraftvoll wie immer.

»Komm wieder runter, Zsadist … du Vollidiot …« Er sog die Luft tief in seine Lungen. »Ich gehe nirgendwohin … wollte nur deine Aufmerksamkeit erregen. Jetzt … lass los.«

Z lockerte den Griff, blieb aber immer noch auf dem Bruder sitzen.

Gierig atmete Vishous ein. Mehrere Male. »Spürst du deine Vibes, Z? Spürst du diesen Revierinstinkt? Du hast dich an sie gebunden.«

Z wollte es einfach leugnen, doch das war nach der Rugbynummer, die er gerade abgezogen hatte, ein bisschen schwierig. Und angesichts der Tatsache, dass seine Hände immer noch um den Hals des anderen Vampirs lagen.

V senkte seine Stimme zu einem Flüstern herab. »Dein Pfad aus der Hölle heraus wartet auf dich. Sie ist am Ende des Flurs, Mann. Sei kein Dummkopf. Geh zu ihr. Es wird euch beiden einen Dienst erweisen.«

Z schwang sein Bein zur Seite und stieg von Vishous herab, dann rollte er sich auf den Boden.

Um nicht an Pfade aus der Hölle und Frauen und Sex denken zu müssen, überlegte er abwesend, was wohl mit dem Joint passiert war. Ein Blick zum Fenster sagte ihm, dass er immerhin den Anstand gehabt hatte, ihn auf der Fensterbank abzulegen, bevor er sich wie eine Rakete auf Vishous gestürzt hatte.

Er war eben ein echter Gentleman.

»Sie kann dich heilen«, sagte V.

Lesen Sie weiter in:
J.R. Ward: DUNKLES ERWACHEN